章鱼欺诈

THE OCTOPUS DECEPTION

[美] 丹尼尔·埃斯图林 / 著　黄安琪 / 译

重庆出版集团　重庆出版社

THE OCTOPUS DECEPTION

Copyright © 2013 by Daniel Estulin. All rights reserved.
Presentation copyright © 2013 Trine Day, LLC

版贸核渝字(2014)第131号

图书在版编目(CIP)数据

章鱼欺诈/(美)丹尼尔·埃斯图林著;黄安琪译.—重庆:重庆出版社,2016.12
书名原文:The Octopus Deception

ISBN 978-7-229-11616-3

Ⅰ.①章… Ⅱ.①丹… ②黄… Ⅲ.①长篇小说—美国—现代 Ⅳ.①I712.45

中国版本图书馆CIP数据核字(2016)第229864号

章鱼欺诈
ZHANGYU QIZHA
[美]丹尼尔·埃斯图林 著 黄安琪 译

责任编辑:陈渝生
责任校对:郑 葱
装帧设计:王芳甜

重庆出版集团
重庆出版社 出版

重庆市南岸区南滨路162号1幢 邮政编码:400061 http://www.cqph.com
重庆出版社艺术设计有限公司制版
自贡兴华印务有限公司印刷
重庆出版集团图书发行有限公司发行
邮购电话:023-61520646
全国新华书店经销

开本:880mm×1230mm 1/32 印张:9.5 字数:240千
2017年4月第1版 2017年4月第1次印刷
ISBN 978-7-229-11616-3
定价:32.00元

如有印装质量问题,请向本集团图书发行有限公司调换:023-61520678

版权所有 侵权必究

序 幕

  夜幕缓缓降临,黑暗笼罩大地,时间渐渐流逝。昨晚下了场雨。午夜十点钟声响起的时候,天空开始下起了雪,接着便一直飘着。漫天飘舞的雪花就像洁白面纱上的装饰花边一样,遮蔽了周围的乡村景色。渐渐地,冬天的黎明穿透了红铜色的天空,晨光在沥青地面上那一层薄薄的雪面上微微闪耀着。银装素裹的树木的影子投射在雪地上,如同蓝色的羽毛一般。
  俄克拉荷马州的肖尼市是一个很不起眼的小镇,人口大约三万,位于俄克拉荷马州以东三十英里(一英里约一千六百米)处,是波特瓦特米县所在地。这两个地名都是印第安名字,符合我们祖先的行事规则:夺取土地,却保留下了这些有趣的名字。跟大多数小而繁华的小镇一样,肖尼市也有一个重要的中心,但边远地区则逐渐衰落。在一片曾经繁华似锦的商业地带,建筑物空荡荡地伫立着,只有一些加油站、酒吧、便利商店和破败的汽车旅馆还硬撑着,勉强可以维持下去。在市区边缘,有一家梅莉·科内汽车旅馆,房子是二十世纪五十年代修建而成的,两层楼高，有二十八个房间，镶木板的大厅两侧各有一只装饰着霓虹灯的立柱。

旅馆的房间呈淡褐色，非常陈旧；地毯中散发出轻微的发霉味道。即使是工业用的清洁剂，也不能完全消除房间里的陈腐气息。

在206号房间，一名三十岁上下的失业记者断断续续地睡了一晚上。他六英尺高，脖子细长，留着浓密、厚重的卷曲头发，他有一双亮蓝色的眼睛，还有一对略微向外凸出的耳朵。

丹尼·卡萨拉罗的睡眠开始减少，但同时他的梦境却越来越鲜活和生动。"再睡几分钟。"他心里想着。丹尼翻了个身，将右手压在脑袋下面，聆听着远处某个地方传来的轻微而舒缓的水流冒泡的声音。一束美丽的橙色灯光填满了一个巨大沙漏的玻璃球罩子。装饰着橙色天鹅绒的墙面上有一扇小门，他来到门前，接着一个白色的标志突然亮了起来，召唤他进入。他眯缝着眼想看看黄铜铭牌上的名字。没有。突然，他感到身体越来越轻盈。不安的感觉消失了，全身都充斥着一阵完完全全的放松感。眼前出现的又是另一个画面：那是1947年。他跳过一个水坑……在华美壮丽的云朵下，独自一人奔跑着穿过田野。他不是独自一人，是和西蒙妮在一起。她握着他的手，风吹乱了她那飘逸的长发。哎呀！他不小心踢到脚趾啦！

正好插进了他左脚大脚趾的趾甲盖下面的皮下注射针头，迅速地融合进了他的梦境里。"快点，我们要过去了。"西蒙妮喊道，他俩向上跃起，一起跳跃着、飘浮着越过了彩虹。"丹尼，丹尼!"丹尼再次高高地跃起——进入了天堂。

***

中央情报局副局长亨利·L.斯蒂尔顿面前的手机只响了一下,他看了看显示屏,快速地用他的大手拿起了手机。

"已经搞定了。"电话那头的人低声说道,在过去的几年时间里,这同样的话语,那个人已经说过几十次了。

"很好。"CIA人员简短地应答道。斯蒂尔顿个头很高,身材瘦长,衣着干净整洁。在他那张普通、平凡的脸上,却长着有裂纹的下巴和一双浓密的眉毛。斯蒂尔顿站在房间中央,唯一的光源就是从夜空中投射下来的冷冷月光。"你是否已经……"

"是的。"杀手紧紧地捏了一下一只巨大的旧手提箱的把手。

"带过来。剩下的钱将在明天早上汇给你。"

"谢谢。"杀手用法语说道。

斯蒂尔顿挂断了电话,然后立即拨通了老大的电话。

***

ABC新闻广播,卡尔·詹姆森为你播报。世界银行针对当前的全球投资市场透露出了令人大为震惊的消息,该消息是一则警告:尽管华盛顿和华尔街通过复苏经济来炒作,竭尽全力想让公众恢复信心,然而这场巨大的经济危机却只会越来越糟。

世界银行的言论简洁而又直截了当："仅在过去的半年内,世界经济衰退的景况已经加重了好几级。"世界银行提供的资料显示,收入最高的几个发达国家的国内生产总值将在今年缩减14.2%,而全球贸易额将遭遇39.7%的毁灭性骤减。

　　世界银行称："目前失业率已经达到了自大萧条以来的最高点,而生活水准处于贫困线以下的总人数将会由现在估计的七亿增长至接近三十亿。"

　　与此同时,在美国,由目前的极端经济状况所引起的全国性动荡愈演愈烈,国会的主要意见派正向新上任的总统施压,敦促他延缓或暂停宪法改革。

　　您现在收听的是调频99.6兆赫兹广播。

第一章

西蒙妮·卡萨拉罗带着极大的热忱走进了教室。九十五双眼睛聚精会神地注视着她。在纽约伊萨卡镇的康奈尔大学里,卡萨拉罗女士的文艺复兴文学课是最受欢迎的学术课程,这是冬季学期的第一堂课。

她重重地将橡胶鞋套上的雪跺掉,接着把鞋套踢掉,露出了一双罗马式的凉鞋。接着她脱掉了羊毛长外套,展示着里面的质地优良的埃及棉低胸连衣短裙。当她打量着讲台下面的学生时,从教室各处传来了男性学生的低声赞美。片刻之后,她突然开始说话。

"今天你们要去买但丁的《神曲》,立刻开始阅读。请认真细读每一个字。不要跳过所谓的'无聊片段'。在但丁的作品里,根本没有无聊的部分。关掉电视机,让你们的电脑进入休眠状态,取下耳朵里的iPod耳机。不要交头接耳,不要发短信,不要乱吼乱叫,也不要沉溺于你们喜欢的应用程序。要去嗅、去回味、去品尝、去咀嚼和消化但丁的作品,就像享用一根多汁的意大利香肠一样。"

教室里爆发出了一阵哄堂大笑。西蒙妮是个很特别的表演者，有着独特的华丽风格。她狂热地喜爱自己所教授的科目，而且善于激发起学生们的兴趣。不过，更重要的是，她能够激发学生们的想象力，而这份想象力将是他们当中的大多数人持有甚至珍视一生的礼物。

"大约一百年前，"她开口说道，"福楼拜在写给他情妇的一封信中写道：'学者就是把五六本书读得相当透彻的人。'"她用目光扫视了整间教室。"但丁的《神曲》就是值得被列进这些小书单的其中之一。不过，但丁所用的讽喻非常复杂，所以我们就得了解其他层面的含意，比方说历史、道德、文学，还有基于《圣经》的寓意诠释。几个世纪以来的'描写艺术'发展应该通过个别天才的奇妙视角来研究。"为了使自己的话语产生最好的效果，她暂停了片刻，踮起了脚尖，"我们所谓的天才，拥有的是一种容易消失的特质，这种特质慢慢地就变成了一种复杂的光谱，展示在众人面前。在阅读、思考和梦想的过程中，你们应该留意并吸收细节。把经验主义、陈词滥调、流行趋势和社会评论统统都挡在门外。"

她走到黑板旁边，迅速地画了一幅但丁的脸部轮廓图，"任何真正的艺术作品都是新精神世界的产物。一位伟大的作家一定也是一位伟大的魔法师，而但丁则是一个最好的例子。"

坐在前排的一名身材瘦小的女孩举起手来，"卡萨拉罗教授，去年您在上课的时候告诉我们，我们可以通过阅读历史小说来了解很多关于那个时代的人和文化。通过阅读但丁的作品,我们能了解文艺复兴时期的意大利吗?"

西蒙妮看着这个女孩,脸上带着微笑。她用手做了一个夸张的动作,"简·奥斯丁真正了解的只不过是一间牧师客厅而已,那我们能信赖她所描绘出来的工业时期的英格兰的画面吗?那些试图从果戈理的作品中了解俄国的人不会找到他们想要的真相,因为果戈理人生中的大部分时间都是在国外度过的。事实上,伟大的艺术品在某种程度上说,只是神话故事,而这学期我们将关注有史以来最伟大的神话故事之一。"

她右边的侧门略微打开了一点儿,一个男人将头伸进来,"我很抱歉打扰你,卡萨拉罗教授。不过,请问我能跟你说点儿事情吗?"

她看了看教室里的挂钟,回答道:"半小时后再说吧。"

那个男人露出了凝重的神情,"恐怕等不了那么久。"

西蒙妮顿时觉察到一丝寒意,"好吧,再等我两分钟。"

他点了点头,然后关上了侧门。

她回过头对着听众继续讲道:"尽管那两项使得15世纪成为人类历史转折点的重大事件——印刷术的发明和发现新大陆——是在但丁生活的时期之后两个世纪才发生,可但丁的时代仍然是独特的,那是一个诞生了很多伟大人物、思想自由、言论自由,充满了辉煌而大胆的行动的美好时期。现在,很抱歉我得离开一会儿。请利用这段时间交头接耳和收发手机短信吧。不过请记住,我们最感兴趣的不是作为政治活动家的但丁,而是文艺复兴时期的伟大艺术家但丁,还有他那强有力的诗歌想象力以及他查看他所创造的世界的独特视角。"

西蒙妮离开教室,与她的访客会面,"什么事这么紧急?"

"卡萨拉罗女士,"男人的声音很平静,可是却非常模糊不清,"我是林登·托库尔刑警。"听了这话,西蒙妮重重地咽了一下口水,她感到心中涌起了一阵突如其来的恐慌。

"什么事,怎么了,警官?出事了,对吗?"

"卡萨拉罗女士,我很遗憾地告诉你……今天早上,我们在俄克拉荷马州肖尼市的一家汽车旅馆里发现了你弟弟的尸体。他似乎是自杀而亡。"

西蒙妮感到头部的血液像干涸了一般,种种强烈的情绪冲击着她。震惊、怀疑、悲痛,还有更糟的是内疚。她设法硬撑着转身离开托库尔,重新回到课堂上。她的学生们纷纷从他们那些无所不在的电子设备中抬起头来,好奇地望着她。

"下……下课吧,我得……回家了。你们,我是说,走吧。"在她恍恍惚惚地离开教室时,有一个短暂的瞬间,她的目光停留在了她画在黑板上的但丁肖像的左脸颊的一丝不协调的微光上。她发现不知怎么的,自己已经回到了走廊里。

"卡萨拉罗女士,据我们所知,你是丹尼唯一在世的亲人。很遗憾,但是我还是得请你看看这张照片,可以吗?"

她深深地吸了一口气,"可以。看吧。"

托库尔刑警把手伸进口袋,拿出了一张七英寸的彩色照片。

"这是你弟弟吗?"

西蒙妮强迫自己看着这张照片。一种恐怖的感觉就像一把斧头一样砍在她的前额上。她转过头，用手盖住了自己的眼睛。她的整个身体都颤抖了起来，她觉得自己可能要晕过去了。接着，一个词出现在了她的脑海里：自杀。绝不会。

她长长地舒了一口气，又看了看照片。是丹尼，而且，上帝啊，是，他是死了。不对，这不是丹尼。这只是丹尼的一张照片。但是他还是……死了。躺在满是鲜血的浴缸中。两只手腕都有被割过的痕迹。其中一只手抱着一支杰克丹尼威士忌酒瓶，瓶子里还残留着一点肮脏的液体。

"这张照片是五个小时之前，"警官说，"在他住的旅馆房间里拍的。"

"他不是会喝得烂醉的人。他是一名热忱的记者。他说他正在追踪一个大事件。他是不会自杀的。"

两周前，他们在丹尼位于纽约的公寓中共度了几天的时光。他告诉她，他要去肖尼市。为什么要去肖尼呢？去肖尼哪儿呢？

"这次是最后的调查了。我要把'章鱼'的老大带回来。这一次非常重要。这是一生只能遇上一次的大事件。"西蒙妮从来没有见过丹尼如此专注的样子。他颤抖的声音让她有些害怕。"他们都是贪官。最高级别的官员也在贪污。我有一些线人，但是没有业务往来中的有影响力的贪污发生，他们也无法揭露贪污的行径。"

"你一定要小心。"西蒙妮当时冲着丹尼大声说。她听到了丹尼跑下楼，不对，是一步两级地跳下楼的脚步声。

"别担心，他会没事的，他一直都没事。"她对自己说。

现在，她的脑子一团乱，脑中浮现出了一只章鱼的画面，它若隐若现的双眼坚定地瞪着，像一轮黑色的月亮一样悬浮在她的悲痛之上。

***

丹尼是一位调查记者，比西蒙妮小三岁，是不识时务的"唯心"主义者，绝对不会被谁收买。丹尼调查这个被他称为"由二十多个掌控全世界大部分财富的人组成的阴谋集团"已经五年了，在这个过程中，他为自己树立了众多的敌人。去年，孟菲斯县警方以搜毒为借口，洗劫了丹尼的车。同年夏天他被"窃贼"用木棍打了一顿，在医院里躺了三个星期，但是这个所谓的窃贼一直也没有被抓到，而且他什么也没有偷；只留下了他下手的痕迹——丹尼后脖子上一道五英寸长的疤。

西蒙妮双手握着照片，就好像只要她捏得足够紧，她的弟弟就可以起死回生一样。这是什么残酷的误会吗？这具赤裸的尸体只是与丹尼长得像而已？一瞬间，她觉得自己要吐了。

她狠狠地吞咽了一下，双眼盯着照片。丹尼的双腕都被割了，身边还有一个酒瓶。她恳求地看着警官，希望他能给自己一个答案。"这张照片是两个小时之前拍的，"他说，"在他的酒店房间里。"

西蒙妮看着弟弟死气沉沉的身体，最初的厌恶和震惊变成了突如其来的愤怒："谁会对他下这样的毒手？"

"卡萨拉罗女士,"托库尔警官说,"我们的初步报告认为,凶手就是他自己。我真的感到很遗憾。"

她将照片还给警官。"上帝啊,为什呢?"她咕哝道。

警官的话还在她的脑中回响:"卡萨拉罗女士,我们在俄克拉荷马州肖尼市的一家汽车旅馆里发现了你弟弟的尸体……在俄克拉荷马州肖尼市的一家汽车旅馆里……俄克拉荷马州肖尼市。"她本能地把双手合在一起,紧紧地握着。

"我只有他了……我还等着他回家来一起吃冰激凌呢。"她小声说。

托库尔尴尬地咳了两声。"卡萨拉罗女士,丹尼有没有告诉你,他去肖尼市所为何事?"

"不知道。我是说,我不记得了。"她的表情有些扭曲。托库尔皱起了眉头。她眨眨眼想要阻止眼泪流出来。"不对,想起来了。好像是关于高层贪污的事情。"

托库尔看了看表:"我们在你弟弟的酒店房间里找到了一张便条。"他又将手伸进口袋,拿出了一张传真纸,上面就是警察在肖尼市发现的东西。西蒙妮盯着这张写着两行字的纸。

"西蒙妮,对不起。我也不想这样。我再也受不了了。我爱你。丹尼。"

"谁会这样对他?"她受伤地看着警官问。"丹尼没有自杀,而且这根本不是他的笔迹。"

托库尔打量着她。西蒙妮的身体很紧张,眼睛睁得大大的。托库尔将自己的重心移动到右脚,接着小心地说道:"卡萨拉罗女士，我们发现他的最后一通电话是打到兰里市的。"他停了一下接着说："打到了CIA总部。"

"很明显，你已经有所有的答案了，警官。你为什么不直接给那个人打电话问一问呢？"

托库尔尝试着变换了角度："卡萨拉罗女士，假如真如你所坚持的，你弟弟是被谋杀的，那么你肯定会需要我们的帮助。"

西蒙妮没怎么听他的。

"谢谢你，警官。我会记得的。"

"卡萨拉罗女士，我们需要你签署一份声明。你能到局里来一趟吗？"

"没问题。"

第二章

　　平托盆地位于加利福尼亚约书亚树国家公园,老鹰和杨木山脉在其周围形成了天然的屏障。平托盆地自北向南,覆盖了公园的中心,盆地的西北边境区域就是索诺兰沙漠和莫哈韦沙漠的交界区。加利福尼亚东南方的这片干旱的土地占地约四万平方公里,这里的二长花岗岩闻名于世,这种岩石有自己独特的气味,形成了众多的峭壁,突兀地矗立在沙漠地面上,地质学家们认为,这些岩石已经有一亿年的历史了。

　　约书亚树国家公园地图上标记了公园里所有的道路,在所有的游客中心都有可以免费通往园区的道路,但是,还是有一条道路例外。

　　普通游客一般不会注意这条无名路,况且这条位于公园深处的路并没有被标注在地图上。如果有人注意到了这条路,那写着"禁止入内——美国防御设施部"的牌子也可以阻止他们。如果有人要追问这条路到底通向哪里的话,也会有人礼貌地告诉他们,这是RDTAE区(用于研究、开发、测验和评估的区域),专门用来检测军用设备在沙漠环境中的表现。

这个区域是切梅惠维印第安联邦官方保护区的一部分。美国政府通过非官方手段从印第安人手中把它租了过来,在这里进行秘密实验。这片守卫森严,边界线上设置了双层防护的区域位于沙漠交界区两公里处,名叫祁丽阿克峰。

最先进的音频视频安全系统覆盖了整栋大楼。全副武装的监控无人机盘旋在其上空。所有员工都接受过全面彻底的检查。员工们需要刷芯片卡,然后在生物辨识扫描器上按下大拇指,核对相似度之后,才能进入或者离开这座U形建筑。一旦指纹确认,就可以进入到下一层门禁控制。

第二层门禁控制没有钥匙孔,也没有刷卡器。取而代之的是切实可靠的视网膜扫描仪。当下还没有可以实现视网膜伪造的科技出现,而死人的视网膜在扫描仪的扫描下只会快速地腐烂。

进入大楼之后,每个人只有进入自己办公区域的权限,而且他们还要输入由服务器生成的特别定制的,高质量高强度加密的密码串:三十二位数字和字母的组合。为了提高安全性,这个密码每周还会改变一次。

高度加密的密码串由随机数字生成,确保不会重复生成相似的密码串。此外,每一串密码只会在安全度极高的防偷窥、防代理SSL连接中展示,所以从理论上说,这些密码具备防黑客属性。

最后,安全协议规定,员工不能使用自己的名字,每个人都有三位数的编码。

177号就是其中之一,这人本名叫保罗·卡罗尼。十一年来,他占据着主楼二楼某个明亮的角落办公区。四十七岁的他,身高五英尺九英寸,体重二百一十五磅;这个面色苍白,微微有些啤酒肚的驼背男人有着一头浓密的棕色卷发,梳成了中分的样式。他一直有神经性痉挛的毛病,喜欢咬指甲,习惯穿标准的美国制造灰色西装,内搭刻板的白衬衫,还有总是打不好结的涤纶领带。他每天在八点三十八分到八点四十三分之间来上班。接下来他会花五分钟的时间来整理他的桌子:书写工具放在右手边,纸放在左手边,垃圾桶放在看不见的桌子底下,订书机放在铺着酒红色皮垫的银色托盘里,旁边还有一把办公剪和一把拆信刀。他把自己的私人物品放在可以看见主要庭园的窗户下的公文柜里。在八点四十九分到八点五十七分这段时间里,他会玩《纽约时报》上的填字游戏,每次他都可以全部填完,而且基本上不会在提示上停留过多的时间,只需要几秒钟。八点五十分,177号员工会去一趟洗手间,洗一洗自己的手。九点整的时候,他会准时地回到自己的电脑面前,戴上自己的阅读眼镜,然后打开秘密电子邮箱。

这一天,177号员工没有在八点三十八分到八点四十三分之间出现。填字游戏也原封不动地躺在原地。

九点到了,又过了。他的同事们都没有注意到他没有来,但是他的缺席对负责平托盆地的人造成了深远的影响。几分钟过后,警告标志亮了起来。十一点二十二分的时候,安保人员来到了卡罗尼的办公区,把银色托盘,各种笔和纸都丢进了垃圾桶里,清空了他的抽屉,还有他存放私人物品的公文柜,然后锁上他的门之后就离开了。

在他消失几周以后，在他隔壁工作的一个女人说，"最近有谁看到177号了吗？"

*＊＊

七个月之后的某一天，一个名叫里德的男人双手一拍，打开了最后一包美味诱人的黑面包，直接把蔓越莓酱挤到了嘴里，就着路易王妃水晶香槟一起吞了下去，接着他坐到了手工制的椭圆形桃花心木桌边，登录了自己的笔记本电脑。他是某个账户的管理员。比起钱本身，更让里德兴奋的是三个数字后面跟着的一串数量不体面的零。啊，这就是财富的美妙，知识的力量……他紧盯着屏幕。

疼痛感灼烧着他的双眼和太阳穴，接着痛感下移，刺进了他的胸口。他闭上眼睛，数了五个数，接着又睁开。这个数字还是没有变。

0.000000000000。零。零除以零，零加零，零乘以零都是零。里德突然间感到了强烈的腹部抽搐，他的胃就像一只躺在陆地上的金枪鱼一样翻滚着。

他目瞪口呆地看着屏幕，努力想要看明白，这么一大笔钱怎么会从这个他最信任的账户中消失了。他站起来，看了一会儿窗外，就像在期待载着救援队的直升机一样。接着他又回到屏幕前，揉了揉眼睛，摇了摇头，毫无目的地又敲了几次返回键，差点就要像摇晃自动可乐贩卖机一样去摇动显示屏了。最后，里德决定关上电脑，重启再试试。

"这不可能。"他咬牙切齿地咕哝道。接着他出神地等待电脑重启，再次登录。密码正确。他接着输入了代码。

零。

里德抹掉了前额的汗，接着又在自己的裤子上擦干了手。

应该是输错了账户代码。你是花旗银行的CEO。你掌控着成百上千的账户代码。他打开最高的抽屉，拿出了一本厚厚的棕色皮面笔记本。他翻到47页，豆大的汗珠顺着他的脸颊流了下来，接着他重新输入了代码。代码是正确的。

镇静。肯定有合理的解释。我必须要冷静。难道是电脑暂时出了故障？他要洗洗脸，换身衣服，再喝一杯，然后再重新来一遍。

他踉跄着打开了门，走上阳台，望着眼前这仿佛一幅色彩丰富的拼贴画一般的风景，他的顶层公寓可以看到纽约市西边的哈德孙河。这是二月的某个寒夜，朦胧的雨滴在风中打着旋。他打了一个冷战，思绪飘到了一万英里以外的地方，他想到了特蕾莎，想到了那个被整个菲律宾最长的山脉——马德雷山脉包围着的山谷。那是六十年前……

只有少数享有特权的内部人士知道，特蕾莎是人类历史上最大的一次秘密抢劫的一部分，是令人惊讶的宝藏，一开始是从东南亚抢夺来的，接着在第二次世界大战末期的时候，被撤退的日本皇军藏了起来——那是130万吨黄金。

这些黄金等价于6400万亿美元——世界银行评估的世界官方金子储备量只有其十分之一。这么荒谬的数字吗？

这些问题黄金存在于官方渠道以外，幸运知道真相并且保护着这个秘密的人不超过五个，他们都是为美国政府工作的人。

6400万亿美元，被藏在马德雷山脉的密林中，被藏在了最深最黑暗的洞穴里。

里德知道，黄金就像钻石一样，比人们认为的要更加常见。如果真相被揭开，那么世界经济将会遭到破坏，因为大多数的国家还把金本位制当作他们国家货币的储备。

在这些菲律宾黄金中，有等价于几百万亿美元的黄金被悄悄地运输到了马赛，登上了核动力驱动的"艾森豪总统"号上，最后被秘密地保护着送到了瑞士的银行中。

其余的黄金……自二十世纪六十年代以来，就在五十四位高级受托人的监护下，被分批地锁在了氪星石锁中，被藏在了特蕾莎，藏在了印度尼西亚伊里安岛的山区里，只有在茂密的丛林中进行数天的艰苦跋涉才能到达这里。这些受托人是独立存在的，彼此不相识，但是通过一些控制者来相互协作，同样，这些控制者也被他们的上级掌控着。在这些人的背后，坐在金字塔顶端的，就是"章鱼"。

里德狠狠地咽了一下口水。政府进行着一些未入账的担保交易计划，还附带金矿的无限提款权，他们便把藏在瑞士的黄金当作货币担保。220万亿美元多的这些钱，被分别存在花旗银行的三十个账户中。就是他的银行。他的脸部肌肉抽搐了一下。政府不是唯一能触及这笔钱的。

"章鱼"通过平行账户，同样也可以接近政府的钱，并且利用这一点来逼迫世界市场完成合并与收购，用误导性的东西作为代替品，操控价格。里德的思绪就像成千上万的石头一样，一颗一颗地掉进平静的湖水中，荡起的层层涟漪相互重叠着，又慢慢地消失。政府和"章鱼"虽然是利益连锁的关系，但是他们的目的却是完全相反的。现在，这笔钱全都被偷了，这个世界的经济就将面临遭遇瓦解的危险。

我想他们会不会杀了我。

他的电话爆发出了很特别的铃声，就好像在说，"说对了，我们会杀你的。"里德小心翼翼地接起了电话。

短暂的沉默。接着对方客气地说，"请尽快亲自到老地方去。"对方说完便挂断了电话。

里德要受罚了。"章鱼"要答案……但是他没有。打电话的人说话非常客气，但是他的声音中却带着不可言状的狂暴。

第三章

　　护送队由三辆挂着加州牌照的卡车组成,他们跟在这片区域上颠簸着的其他卡车没有任何区别。坐在远处平坦岩石上的那个男人却可以平静地感受到,就在他的指尖上的绝对的权力——可以结束这场混乱的权力。什么国家主权,什么民主主义,都是荒谬。

　　慢慢地,老大转移了自己的视线,他看到领头的车辆在几英尺远的地方停了下来。权力和财富是领导者的简单工具。即将到来的金融危机会毁灭财富,让大众丧失人性,把他们变成比现在更加担惊受怕的一群小羊羔。接着,真正的秩序就会得以建立。他从岩石上站起来,在沉默的菩提树下站了一会儿。

　　所有先进文明的最终目标都必定是世界一体化,如果政府失败了,那么各行各业就会取得成功。

　　"贪婪是不错,但是控制更强大。"他一边大声说着,一边走进车头灯的灯光里,走到第一台车的驾驶室窗户边。

　　"他马上就要与我们在肖尼的人见面了,就在今晚。"

"你一定很高兴吧,老大。"

"这个年轻人总有一天会死的。也许是癌症,也许是心脏病,还可能是白血病,帕金森。谁知道呢?这个结果是必然的,我们只是稍稍加速了一下而已。"

一阵断断续续的高音铃声打断了他们的谈话。"怎么了?"

"完成了。"斯蒂尔顿回答。

"很好。"老大回答,横着扫了一眼他的左边。他眯着眼,一段回忆浮现在他的脑海中。

"我猜,他应该是把密码带到他的坟墓中去了吧。"

"当然是这样。"

"我们会不会高兴得太早了?对此政府有什么决定吗?"中央情报局的副局长问。

"政府提出的拯救世界的提议,就像是有口气的人呼出的硫化物一样。"老大说。"给洛维特打电话,随时向我报告。"说完他挂掉了电话,坐到了后座上,"走。"

"是,老大。"

第四章

犯人们一个接一个地被关进这个临时的三面都是泥土墙的巨型牢房里,在干旱来临之前,这里曾是一个产量丰富的苹果园。园里由三圈铁丝网围着的是八顶大帐篷,每一顶帐篷的侧面门帘都被卷了起来。在离牢房不远的地方,有一顶帐篷。一个穿着军队迷彩服,有着一双斧头一样的手的男人,礼貌地敲了敲这顶帐篷的栏杆。

他名叫柯蒂斯·菲兹杰拉德,是一名四十一岁的特种兵,也是美国第十特种部队的成员。他的绰号是"凯尔特战士",执行过许多任务。柯蒂斯也是一名"高级"专家。"高级"是情报术语,指的是获取了最高许可的顶尖调查员。二十多年过去了,柯蒂斯还是深爱着他的工作。

"进来吧,特种兵。"华纳上尉应答道。华纳的口袋被笔和男性物品塞得满满的。巨大的汗珠顺着他的腋窝往下流,流到了他的肚子上。

"到你了。"忙碌的帐篷里聚集着分析员和反间谍特工。

这人间地狱般的地方就是曾作为苏联空军基地的巴格拉姆，它坐落在阿富汗首都喀布尔北边五百公里左右的地方。他的上级说，因为一个无懈可击的原因，要保证改善满身污泥，散发着恶臭的牧羊农民的生活方式。在二十世纪八十年代，这里是整个国家最秘密的地方，在它的末日到来之前，从来没有面临过被迅速占领的危险。现在，它成了美国关押最恐怖的"基地"组织囚犯和其支持者的最佳场所。

"有人说这里曾经很美。"华纳含糊地说道，却清楚地表明了自己的想法。

"对，是有人这样说。"柯蒂斯一边咕哝着，一边和上尉一起走出了帐篷。

"三十年的战争将这里的一切都摧毁了。你知道我最想念的是什么，特种兵？"他声音沙哑地说道。"我妻子常用的蜂蜜味儿的家具蜡。那才是家。"他们又沉默地走了大概十米。

"你记得西斯廷教堂里那块著名的天顶画吗，就是上帝靠着的那块，他差一点碰到亚当的指尖？"柯蒂斯问。

"记得。"华纳拿出了一支香烟。

"有时候我会想，亚当和上帝是否是相互指着对方，因为造物的混乱和相互指责。"柯蒂斯敬畏上帝，就像他敬畏一支上了膛的枪，还有握着这支枪的手一样。

"上帝是无错的。"他实事求是般的说。

华纳吸了一口烟，"这我可不知道，但是有人告诉我，你的工作都完成得非常出色。耶和华出现之前，这就够了。"令柯蒂斯吃惊的是，华纳灰色的脸上居然出现了一丝暖意。

当他们靠近大门的时候，其他人正在搜寻一名囚犯。这时有什么东西如闷雷一般落到了地上。有人尖叫道："炸弹！"一阵令人耀眼的闪光之后，痛苦的咆哮接踵而来，在短暂的死寂之后，又变成了抽泣和呻吟。华纳紧闭着双眼，一动不动地躺在柯蒂斯身后，他的嘴里还叼着刚刚点着的烟。

我还活着！

突然，一股灼热剧烈的痛感侵袭了他的整个右边身体，破烂不堪的衬衫上渗满了鲜血。

柯蒂斯暂时闭上了双眼，接着又睁开，仿佛在完成一个前所未有的困难任务一样。血从他的嘴里流了出来，一起流走的还有他生存的希望。

我要死了。

第五章

在伦敦的一所专属金融机构里,三个男人——一个是带着澳大利亚口音的高加索人,一个约旦人还有他带着的巴基斯坦保镖——站在放置在小包间中央的桌子旁。包间的窗户上结满了霜。门打开来,一位身材矮小的银行人员走了进来,两名结实的保安手提着两个木箱子也跟着走了进来,把木箱子放在了他们面前。两个箱子上都挂着锁。第二个箱子被提进来的同时,银行经理例行公事地说:"我们不知道这些箱子里装着什么,我们也不想知道。"

突然,迈克尔·阿斯伯里听到了隐隐约约的一阵噪声,接着是两声短促的哔声,这是有短信到了的提示音。他把手伸进口袋,改变了主意。

"我可以看看吗?"迈克尔看着其中一条信息问,他没有触碰箱子。

"这里面收藏着一系列珍贵的古老文件,哈森。文中提到了神秘的树和穿着奇怪,一手提着水桶,一手拿着松果的牧师。"

约旦人看着这位学者，耸了耸肩。"哈森，古文书写的泥板文书上从来没有提及过这些图画。现在，从外观上来看，我们是找到了历史中缺失的东西。"迈克尔的眼里闪烁着兴奋的光芒。

"我不知道你在说什么。"约旦人说。

"我说的是生命之树。"迈克尔·阿斯伯里兴奋地回答道，"就是神秘犹太人的精髓，就是我们所知的喀巴拉。为了科学，我觉得我们应该，至少要让部分学者知晓这些东西的存在。不然，这些东西又会消失在这银行的深处，和其他无价的历史文件一起被锁在保管库和保险箱里。"

约旦人捋了捋自己厚厚的胡须，陷入了沉思，"我要代表你，打个电话，迈克尔。"说完他拿出了一部厚重的老式移动电话，动了动他胖乎乎的手指，按了几个键。迈克尔看了看电话的显示屏：+9624。

他打到了杰拉什。杰拉什是坐落在约旦首都安曼北边的一座古城，也是全世界保存最好的罗马城之一。从解析来的阿拉伯语对话中，迈克尔发现，哈森正把他的要求传递给电话另一头的人。突然，哈森又开始说英语。"迈克尔·阿斯伯里是世界上最重要的宗教历史学者之一，他也是研究法典和科普特语的顶尖专家。"迈克尔可以听见那个来自杰拉什平静、从容的男声。哈森专注地听着对方的具体指示。"我明白了。"哈森用英语说，接着挂断了电话。"迈克尔，我的老大，代表的是一位非常有势力的客户，他要你拍一组好的照片，以向潜在买家展示。"

"没问题！"迈克尔回答。"那——"

约旦人摇了摇头，看着迈克尔说："你不能向任何人提起这一套照片，知道吗？"

他又听到了一阵微弱的噪声，接着又是两声哔声。他皱起了眉头。"抱歉，有人找我。"他把手伸进胸包，打开了他的手机。"你有两条新信息。"手机说。"西蒙妮？"奇怪。他把屏幕往下拉，看到了短信。

迈克尔脸上困惑和震惊的表情让约旦人警惕了起来，出事了，而且是大事。

"迈克尔，你看起来很不安。"

"请原谅，"他结结巴巴地说，"我要打个电话。我明天一早就得飞到纽约去。"他看着约旦人。"不会耽搁太久的。"他看了看表。九点二十三分。约旦人按下了墙上的一个按钮，呼叫银行经理过来。

离开大楼之后，迈克尔呼叫了接线员，为他接通了英国航空公司的电话。五分钟之后，他就订好了早上七点三十分飞到纽约肯尼迪机场的机票。

飞向天空之后，伦敦的剪影浮现在了他的面前。西蒙妮·卡萨拉罗。他的心中泛起了涟漪，他感觉到了一种复杂的情绪，炽热又危险，闪着光，冒着泡，想要冲出来。现在他清晰地看见了她的模样，上一次见面的时候，那雪白的脖子在她乌黑的长发中发着光。他抬起头。是爱，是忠诚还是钦慕？在他的朋友圈中，西蒙妮是独一无二的。这个女人有许多的职业，她可以是画家，杰出的舞台表演者，也可以是变戏法的人。她有一种自然的美，她有一双深邃魅惑的大眼睛,她罕见的唇线使得她的微笑都似乎变得难以名状了。

她的弟弟死了,她需要帮助。"然后呢……?"他想着。这时另一段回忆不合时宜地出现在他的脑海中。这些思绪像晨雾般萦绕着他,接着又同样飞快地消散了。他的脑子现在装不下这些东西。以后再说。

第六章

"真是太不可思议了,这种事情居然能在约翰·里德的眼皮子底下发生。"亨利·L.斯蒂尔顿坐在花旗银行的CEO约翰·里德身边轻蔑地说。斯蒂尔顿刚过而立之年,已经在三任总统办公厅里任过职了。他掸掉了高希霸世纪四号古巴雪茄上的烟灰,挑衅地扫视着U形红木会议桌周围的人,好像在挑战有谁敢反驳他一样。

除了斯蒂尔顿和里德,在这个隔音的房间里还坐着另外两个人,法拉第静电屏障和宽频无线电拦截设备为他们谈话的秘密性提供了保障。

"亨利,我希望你不是在暗指我们缺乏监督,说我们的安保系统存在漏洞。"多年抽烟喝酒的习惯让约翰·里德有了蜂蜜般的低沉男中音。"巴德"对于他的好友来说,就是一位七十五岁的里根保守派成员,因此他也是房间里最年长的人。有人说,在政府走廊看见美国总统比看见巴德·里德更容易。但是今天显然不是这样。

"这个,我也不知道,约翰·里德,你怎么说呢?你们就是有漏洞，就像个筛子一样。不要觉得我是针对你，我只是在陈述事实。"斯蒂尔顿说。

"这实在是前所未有的窘境，虽然这样说有些不对，但是我真的希望我没有参与其中。"53岁的高盛投资公司的副董事长说。他名叫詹姆斯·F.泰勒。"F"代表的是弗朗西斯，这是他母亲少女时候的名字。泰勒将自己的双排扣驼绒大衣脱了下来，整齐地将它挂在了自己的椅背上。他轻柔地说着话，听着他自己的声音，控制着每一个从舌尖溜走的音节。他不是谁的侄子。他也没有在耶鲁上过学。虽然他是一名大学辍学者，但是他智力超群，也拥有强大的金融实力。在座的每个人都知道，他很清楚自己在说什么。

里德皱着鼻子，眨了几下眼睛。"系统是无懈可击的。"他坚持说道。

"是吗？"来自得克萨斯的一位矮壮又秃顶的男人插嘴说。"那钱在哪里？"从官方来看，他是国务院的一位高级分析师。非官方地说，他也是政治稳定小组的一位高级成员，这个小组是美国情报机关，即领事部的一个分支。这个人名叫罗伯特·洛维特。他被人称作是"冷战缔造者"，他也曾是布朗兄弟哈里曼老华尔街银行的管理人员。

"没问题，相信我！"里德用拳头捶了一下桌子。

"你就翻来覆去地说吧，约翰·里德，但是证据直接就反驳了你。"洛维特说。

"给我点时间，我会把钱找回来的，我发誓，我会找回来的。"

"你最好把钱找回来,"泰勒回应说,"不然我们就会立即看到世界经济一个接一个地崩溃。"

"我会——"

"去他妈的世界经济。"斯蒂尔顿打断他,把他的一只发亮的靴子挂在了椅子扶手上,噘起嘴说:"那些钱,约翰·里德,是对'章鱼经济'利益来说至关重要的控制机制。"

"一旦我们发现犯案者是如何越过我们的多重安保系统的,我们还要弄清楚对方都有些什么人。"里德吞咽了一下。"他们赌了一把,还赌赢了。无论如何,钱都不是财富的决定因素。我们的权力才是。"

泰勒将双手放进口袋,耸了耸肩。"别自己骗自己了。你有一周的时间去找钱,约翰·里德,一周。"

第七章

  西蒙妮走出警署，朝着最近的火车站走去的时候，天色已经很晚了。她听见从右边的隧道里传来了火车慢慢靠近的低沉的隆隆声。吹来的冷风让站台上的一些乘客相互靠得更近了。

  你以为地狱是天主教发明的吗？

  想到这里，西蒙妮吓了一跳。她看了看自己的右边。一对恋人站在大约15英尺远的地方，他们的外套在风中抽动着。火车在风中刹了车，慢慢地停了下来，发出了一声叹息。她恍恍惚惚地登上了列车。

  西蒙妮走到了过道中。列车遇到急转弯，刹了一下车，她跌到下一个车厢的门上。"我能坐这里吗？"她指着一位穿着白格子裙的老妇人放在空座位上的书问。

  "可以。"老妇人回答，把书放在了自己的大腿上。西蒙妮坐了下来，茫然地看着周围。

  谁会这么对他呢？丹尼死气沉沉的身体懒散地躺在浴缸里，他的手腕被人割了。

"看起来是自杀,卡萨拉罗女士。你知道丹尼为何要去肖尼吗?你知道他在调查什么吗?"托库尔的声音在她的耳边回响着,他穿着硬挺的衬衫,胸部就像是白色的驼峰一般。西蒙妮将苍白的脸转向窗外。零碎的短语突然打破了她内心的沉静,好像来自很远的地方,接着又感觉离她很近。

"西蒙妮,如果我出了什么事,我希望你能为我做些事情。"
"丹尼,你在说什么呢?"
"你会帮我吗?"
"做什么?你为什么这么神秘,言辞闪烁的?"她停了一下。"你吓到我了。"
"我在一个匿名保险箱里存放了我的一些私人文件。你知道,以防万一……"他咬着嘴唇。
"万一?什么万一?"她激烈地大声重复着。
"就是我说的,万一我出了什么事情。"他脸上闪现出了一个同情又有所保留的微笑。
"你在说什么呢?"
"听着,西蒙妮,只是一份保单而已。"
"那我怎么才能找到它呢?"
"到时候就会知道了。"

她从来没有见过丹尼害怕,但是那天他确实是害怕了。
她身体前倾。火车已经停了下来,西蒙妮不知道已经停了多久了。这时她听到了手机铃声。她肯定是打瞌睡了。她从手袋里摸出了手机，点开了语音信息，是迈克尔发来的。他在希思罗机场准备登机，中午就会抵达肯尼迪机场。还能接到他吗？

西蒙妮看了看手表。现在是午夜零点三十四分，但是伦敦时间要早五个小时。

当她登上公寓大楼的楼梯时，一位坐在附近长椅上，有着橄榄色皮肤，两鬓斑白，牵着一只狮子狗的男人把手伸进自己的口袋，按下了藏着的相机上的按钮。他闲庭信步地，在对角的地方占据了一个观察点。他戴着耳机，像是随着摇滚乐的节奏一般晃动着头，但是他所监听的声音跟音乐一点关系都没有。

他按下了发送器上的一个按钮说，"尤里卡一号。"他压低自己的声音，只让对方听到。

"请报告。"一个金属般的声音从耳机中传来。

"目标已进入视线，只有一个人。"这个男人说。

西蒙妮一边强忍泪水，一边摸出钥匙打开了门。丹尼的公寓还没有被设限，至少要等警察调查出结果。她脑子一片混乱，根本没有注意到在街道上徘徊的一对流浪老夫妇。也没有注意到在她登上电梯时，从电梯里走出来的那个戴着宽檐帽，穿着雨衣，一头肮脏的金发的中年女士。这位女士打开她的手包，拿出粉盒，检查自己的妆容，调整角度，用小镜子看了看左边，又看了看右边。看完之后，她将粉盒放了回去，关上手包，接着便离开大楼，在最近的拐角转右，过了马路，钻进了等候在那里的豪华轿车里。

"好。"坐在后座的男人回应她的微笑。"谢谢，米莱娜。"

第八章

　　一些独立的负责起草向高级专员递交报告的专家，组成了酷刑预防委员会（CPT）的主体。CPT的观察报告和建议书都是机密文件。在一月初的时候，相关人员带着这样一份标注着"机密"和"最高机密"的报告，把它亲手递交到了位于瑞士日内瓦的联合国人权事务高级专员办公室（OHCOR）——其总部在莱蒙湖边的威尔逊宫。

　　联合国高级专员以前是加拿大最高法院的法官路易斯·阿布尔，在她的事迹中，被主流媒体报道得最多的就是在二十世纪九十年代处理卢旺达种族屠杀案和南斯拉夫践踏人权案的刑事庭中担任首席检察官一职。

　　"抱歉打扰您，"办公室的门被打开了，一个声音飘了进来，"我能进来吗？"

　　"早上好。请进吧。"高级专员背靠椅子，微笑着，欣赏着湖边美好的晨光景色。

　　弗雷杰·芬尼奇是一位高级人权官员，主要负责人力资本管理，他手里拿着一个深蓝色的信封。这是非常机密的文件材料。"路易斯，我觉得你该看看这个。最好现在就看。"他停下来，不知道如何是好。

路易斯·阿布尔站起来，看着他。微笑立刻就从她脸上消失了。她打开了封条，戴上了阅读眼镜，接着快速地浏览了文件。"金百合行动最后剩下的证人存在潜在安全漏洞——保密措施已被激活——证人已经被转移到了罗马——国际刑警负责保护证人。"

"XD-最高优先级别的红色标记。"她自说自话。这是极重要的文件。国际刑警会用不同的色标来代表不同种类的文件。红色标记表明这是一份需要优先考虑的文件。这就意味着，对"高级目标"——国际刑警想要即刻抓捕的人——的调查正在进行中。但是，报告中却没有提到这个目标的名字。

她将报告的最后一段读了出来。

"已经出现冲突信号，证明安保工作已经出现了一系列的漏洞。必须采取额外措施。"

"弗雷杰，必须保证这个人的安全，明白吗？"她靠着椅背，思考着。"还有谁知道证人被转移到罗马这件事？"

"只有我们知道，美国政府和国际刑警。"弗雷杰·芬尼奇身形瘦长，尖锐得像老鹰一样，他打扮入时，留着一头造型时尚的金发。他略带瑞士口音的英语非常高雅。

作为海牙市最高法庭前法官和审理南斯拉夫践踏人权案件的主检察官，阿布尔很熟悉国际情报机构。她一丝不苟地对待自己的调查工作，但是在美国、加拿大和国际机构之间令人费解的各种缩写总是让她感到很烦闷。之所以让她烦心，是因为这些缩写让她想起，这些情报机构是多么的缺乏监管。这是一个长期存在的问题。军队的每一个分支——陆军、海军、空军和海军陆战队——都有自己的情报部队：有一位记者曾这样说，"美国威力秘密过载"。这些人中有无害的疯子也有凶残的杀人犯，有极度危险的人也有极其愚蠢的人。

美国司法部大方地把自己的资源共享给了国际刑警美国中心局，反过来，中心局要与FBI竞争资金，而且也要接受缉毒局的监管。财政部有自己的庞大的以烟酒枪械管理署为基础的下属机构，同时国防部也利用自己的资源运营着国防情报局。白宫国家安全委员会保留着一群独立的关键情报分析师；此外，海军情报局与FBI和加拿大刑事情报局也有密切合作，在加拿大和美国，它自己下属就有380多个执法机构，其目的就是促进情报任务的完成和刑事情报的交换。

各种异议和无解的事情令人头疼，它们各自都代表着一个潜在的安保漏洞，甚至是灾难性的失误。不知道是谁，在中东和非洲最黑暗、最深、最与世隔绝的角落里对谁做着什么事情是一回事；但是安保漏洞有可能会破坏委员会在反人类罪领域中最重要的行动又是另一回事了。

"弗雷杰，在装聋作哑六十年之后，十七位证人中愿意出面作证的十六位证人全都死了，从统计学角度来看，这是不大可能的事。基本上是不可能的。"她的眼里闪过一丝愤怒的神情。"每一位关键证人都带着一串十二位的安全码。他们的身份一直没有暴露,对吗?"

弗雷杰严肃地点了点头,没有说话。

"为了保密,与证人有关的信息都是封闭的,而且与安全文件是分开的,对吗?"比起提问,她更像是在陈述。

弗雷杰又点了点头。

"要不是国际刑警的人无能,要不就是我们中间有间谍,这个间谍不是在这里,就是在美国政府高层人员中,这样的话,所有在进行中的任务都会受到威胁。"

"路易斯,如果我们组织存在危险,我可以向你保证,这种危险的级别是非常高的。"

高级专员期待地盯着她的高级人权官员。

"因为平台与参与系统的不兼容,国际刑警的主电脑系统没有进行内部整合。"弗雷杰仔细检查过二十四个安全类别和与之相关的系统,就像服务员浏览特别菜品推荐单一样。

"CIA和CSIC采用的是检方管理信息系统软件,其OCLC编号是5882076。美国司法部和财政部都采用的是Omtool科技。"

路易斯喜欢有效率的人,在她的印象中,弗雷杰·芬尼奇是所有人中最具有官僚作风的人。

"关键是,电脑系统存在一些限制:他们要受制于情况复杂的大型状态空间,顾及不到多种参数的影响,比如单个部分的可靠性增长,在单个模型中,各部分,附加物之间的从属关系。"

"所以?"

"所以,"弗雷杰重复着,"在否定所有安全特性的重写过程中，系统自身就存在危险。"

"那么，弗雷杰，你觉得是怎么回事？"

"国际刑警一直在接收不明确的，但是却稳定的信号，这些信号象征着某种包含一个未知实体的地下活动。"

路易斯摸着眉毛，摇了摇头。

"路易斯。"

她抬起头看着弗雷杰。

"这个老人为什么要在这么多年后的今天站出来呢？"

"命运，弗雷杰，"她回应说，"日本皇军有一项代号为金百合的秘密行动，岛田也参与了。"

她将一个马尼拉纸信封推到了桌子对面。

弗雷杰将信封拿起来，快速地浏览了里面的内容。以在1936年到1942年间有组织地掠夺东南亚为目的的金百合计划，是由天皇的弟弟领导的。他翻了一页。掠夺的绝对数量和价值令人头皮发麻。"为了满足天皇一时的心血来潮，死了多少人？"他不安地变换了一下姿势，问道。"他们应该感谢他站出来，然后再吊死他。"他一边说，一边提高了他古雅老式的英语声调。

路易斯摇了摇头。"在战后审问岛田亮的美国审讯员曾经问他为何要这样做。他说，这是天皇的命令，天皇就是上帝。"

"暴力的人永远都会为自己的暴行找借口。美国人难道不知道这一点吗？"他问。

"他们就是太了解了，我也是最近才发现的。军队审问员及时地注意到了他的回答，在参谋长联席会议的直接命令下，把这份报告归到双重最高机密的类别中。东京战犯审判庭的检察官也接到了警告。秘密的幕帘就此放下了。"

"与铁幕没什么不同,但是相比更持久。"弗雷杰插嘴说。

"六十五年来,金百合计划让人们不断地想起'二战'最经久不衰的秘密。六十五年来,美国、英国和日本政府一直否认这些事件的发生。但是突然,命运干预了进来。"

"命运?"弗雷杰怀疑地扬着眉毛问。他伸手去拿专员办公桌上的一个小型铜铃,把它捧在手里,轻轻地敲了一下,强调自己的问题。

她点了点头。

"位于东京郊区的深田区是二手图书馆聚集的地方,可以与伦敦的查令十字路相媲美,最常到这里来的就是那些寻求超低价图书的大学生。"

路易斯·阿布尔俯在桌上,伸出手,示意弗雷杰把那个奇怪的唤起物品递给她。

"1984年,有一位学生翻阅了一个装有古老废弃文件的盒子,这个盒子曾经的主人是最先发现金百合这个惊天秘密的军官。这些文件记录了许多侵略部队1936年到1942年间的恶行细节,包括每一座被夷平的村庄,每一个被活埋的人。"

"报告中有岛田的名字吗?"

"没有。又过了12年,一篇专栏文章出现在了日本的一家国家报纸上。虽然这篇文章被登在了第16页上,但是它立刻就成为了全球头条。"她熄灭了自己的烟。"据文章所说,半个世纪过去了，岛田想要亲自来讲述这个故事。"

弗雷杰又拿起了那个马尼拉纸文件袋。"1936年至1942年间，住在日本大阪市，参与了天皇金百合计划的孱弱鳏夫。世人是怎么知道岛田亮的？"

"是他联系了报道这个事件的记者。"她停下来，接着又冷酷地点了点头。"酷刑预防委员会是在何时宣布他们在调查'二战'反人类的日本集中营上取得突破的？"

"不到四个月前才宣布的。"

她又点了一根烟。

虽然这十七个准备为联合国人权高级公署作证，指认日本突进皇军采用焦土策略的日本证人都是老年人了，但是在短期内，居然有十六个人去世。

太阳已经升到了树腰，窗玻璃折射着阳光，就像是干燥的调色板一样。路易斯站了起来。香烟的烟雾在桌面上盘旋着。这位联合国高级专员心事重重。弗雷杰推断，她是陷入了沉思。

"有人正在快速跟进这件事情，马上就要得到这个有预谋的、恐怖的又不可思议的结论了。这个人有可能是我们的人。"她感觉到一股冷风吹过。

"我要去罗马，弗雷杰。"

第九章

三年前——莫斯科，新圣女公墓

这座公墓已经存在了几个世纪，它的名字在英语里的意思是"新圣女公墓"，它是莫斯科最受人崇敬的公墓。瓦西里三世为了纪念1514年从立陶宛人手中夺回斯莫棱斯克，于1524年主持修建了这座公墓，俄罗斯最令人尊敬的作家和诗人们都安息于此。契诃夫就是1904年第一批被埋葬在这里的人之一。没过多久，果戈理的遗体也从丹尼洛夫修道院被转移到了这里。果戈理的坟墓与另一位作家，《大师和玛格丽特》的作者，布尔加科夫的坟墓象征性地连接在一起。

公墓有一点讽刺意味的地方是，苏维埃政权的受害者们——被国家排斥、监禁、流放和判刑到特别囚犯集中营中，供研究人员和科学家们实验的人——恰好就被埋葬在这些国家刽子手旁边。因此，公墓里也住着格里戈里·尼库林和米哈伊尔·梅德韦杰夫，他们都是苏联秘密警察，而且都参与了在叶卡捷琳堡谋杀末代沙皇尼古拉二世及其家人的行动。

还有很多其他著名的俄罗斯人也被埋在了新圣女公墓中——十二月党人马特维·穆拉维约夫和谢尔盖·特鲁别茨柯依；作曲家谢尔盖·普罗科菲耶夫和德米特里·肖斯塔科维奇；还有在西方歌剧院中有一席之地的，最杰出的俄罗斯男低音歌唱家、演员费奥多·夏里亚平。

与俄罗斯的其他东西一样，这座公墓也非常的巨大——占地面积超过了150英亩——但是管理却很混乱。地图上用红色数字标记的地方，就是俄罗斯名人们的安息之地，但是实际上，这些位置与他们实际被埋葬的地方经常对不上号。

迈克尔·阿斯伯里叹了口气，慢慢地靠近这座被关在玻璃罩子里的女人大理石半身像。他沮丧地看着地图。"入此地者，别抱希望。"他喃喃自语。

在离他几米远的地方站着一位身材苗条，睫毛浓密纤长，微笑着的女士，她转过身来，看着他。"我叫但丁，"她脸上露出了迈克尔从未见过的灿烂微笑。

"很高兴见到你，但丁。"他伸出了手。"我叫迈克尔·阿斯伯里。我是宗教历史学家。"

她大笑着摇了摇头。"西蒙妮·卡萨拉罗。我教授意大利文艺复兴文学课。"

他们沉默地站了一会儿。"这实在是让人头疼，对吧？"

"什么？"迈克尔问。

"我是说这地图。令人费解。"她微笑着，嘲弄般地看着他，打量着他的容貌。

迈克尔从她的举止中感受到了一种与生俱来的对万物的好奇心，他也微微一笑。

"你是美国人？"

"对，你是英国人？"

"不是，我是澳大利亚人。但是我住在伦敦。"他停了一下说，"呃，如果你觉得每个月待三天也叫住的话。"

两人都大笑了起来。

"两个陌生人，站在斯大林前妻的坟墓前。你知道，"西蒙妮指着面前的这座白色意大利大理石半身像说，"这是整座公墓中最令人难忘的一座纪念碑。娜杰日达·阿利卢耶娃是斯大林的第二任妻子。"她安静地站了几秒钟，沉思着什么。"娜杰日达在俄语里是'希望'的意思。"

迈克尔用手摸了摸这座轮廓分明的雕像的底座。

"娜杰日达·阿利卢耶娃的死因至今仍是一个谜。有人说她是自杀的。有人说是她的丈夫下令杀死了她。传言说，斯大林会在深夜到这儿来，坐在这里，为他挚爱的娜杰日达哭泣。"她又微笑了起来。

"我想，我们的生命会被留下的人而改变，同样也会因离开的人而改变。"她若有所思地说。

在接下来的三个小时里，他们一直在新圣女公墓的角落和小巷里漫步，走过雨水泡过的起起伏伏的草地，铺着鹅卵石的步道，平滑的柏油路，有立柱的石灰和板岩通道。她向他讲述了自己对意大利文学和俄罗斯文化的热爱,讲到了她的弟弟丹尼,她的父母,还有他们到世界上最富有异国情调的地方去旅行的事情。他也告诉她,自己一直在追寻那本失传已久的《犹大福音》。

在偶尔沉默的时刻,两人之间有一种尝试性的温暖的冲动,还有一些另外的东西。

他们一直走着,聊着,看着对方,他们的眼神越来越温暖,相互看着的时间越来越长。有一种东西正在慢慢生长,而且越来越强烈。

他们来到了半封闭式的拱廊前,大型的门廊顶上罩着一个圆形的屋顶。这是一座小型骨灰龛,存放着楝树骨灰盒。西蒙妮查了查地图。

"安娜·巴甫洛娃,二十世纪无可争议的最伟大的芭蕾舞女演员之一,她被埋在了这里。她去世七年过后,她的骨灰才被带了回来。"她一边说一边盯着迈克尔。

"她在1931年的时候得了胸膜炎。医生本可以通过一场手术来拯救她的生命的,但是手术要损伤她的肋骨,这样她就无法表演了,巴甫洛娃宁愿死也不愿意放弃跳舞。据说,当她躺在最后去世的床上时,她睁开眼,抬起了一只手,留下了这样的遗言:'准备好我的天鹅服。'几天后,舞剧在剧场中开演的时候,剧场的灯光暗了下来,幕帘升起,管弦乐队演奏着圣·桑那令人熟悉的配乐,艺术追光在空荡荡的舞台上晃来晃去,仿佛在寻找伟大的巴甫洛娃一样,她本该在这里表演《垂死天鹅》的。"

他们一动不动地站着,两人都陷入了沉思。天色渐渐暗了下来。西蒙妮颤抖了一下,寒冷只是其中一部分原因。她站在他旁边,垂着眼帘,突然,她抬起双手,捧住了他的脸。迈克尔定定地站着,呆若木鸡。她前倾身体,用自己的嘴唇轻轻地触碰了一下他的嘴唇。她的眼神既坚定又无畏,固执地锁定着他。他握住她的手腕,将她拉得更近了。他们周围的空气中充满了新发现的兴奋感。他们亲吻着,强烈地拥抱着,但是不知为何,两人都知道,这不过是过眼云烟而已。

***

"女士们,先生们,我们马上就要到达约翰·F.肯尼迪国际机场……"这个金属般的声音将迈克尔的思绪拉回到了现实,他的回忆像蒲公英种子一般被吹散了。他在几千公里远的地方,而且已经过去三年了。他慢慢地捡起回忆的碎片。新圣女公墓……三年的时间在他的手指间崩溃了。

他看着窗外。纽约,大苹果城,就在他的脚下,从空中才能最好地欣赏它的广大。他一直觉得纽约不仅仅只是一座城,它是一个独立的实体,是独立的地区,是一个有生命的,有呼吸的生命体,是他这个全世界游历丰富之人前所未见的。

他的思绪又回到了西蒙妮身上。多久了?他又想起了他们最后在一起的那个晚上。去年六月他俩在伦敦。她正要去参加在佛罗伦萨举行的一场研讨会。他也要在第二天到达开罗。天哪,那已经是八个月之前的事情了。他感到了一阵剧痛。已经过了这么久了吗？迈克尔用力地眨了一下眼睛，又陷入了回忆中。

＊＊＊

"西蒙妮？"他记得这不仅是一个问题，也是对不可避免的事情所发出的无力的延迟请求。"如果我们……"他停下来，不知道该如何说下去。

她一动不动地坐在沙发上。"迈克尔。"当时她看着他，投射着恳求的目光。她的眼中有痛苦的神情，还有一种像是真爱的东西。她站起来，轻轻地把自己的头靠在他的肩上。"如果我们要建立正常的关系，那浪漫的美妙就会被破坏。"她专注地看着他的眼睛。"我们不是普通人。我们之间有的，是梦，你可以说是幻想。"

"西蒙妮。"他含糊地重复着她的名字。

"迈克尔，没有比现在更好的了。"

"但是可以有所不同啊。"

"不同不等同于更好，只是不同而已。"西蒙妮坚定地说。

"西蒙妮——"

"请你听我说完。我们在一起的那些周末时光，是我们能真正做自己的时候。"她停了一下。"如果我们尝试改变，却失败了的话，可能会伤到你内心你所不知道的地方。"

"只做你的季度性伴侣。这已经复杂到不行了。"

***

因为身体的疲惫，他们没有再谈这个话题，相互道了别。一切都在那昏昏沉沉的气氛中消失了吗？迈克尔悲伤地笑了笑，耸耸肩，忍住了眼泪。

现实生活。对，她说得对。那样的事情在现实生活中是绝对不现实的。他们都需要空间。他也释怀了。

飞机轻松地降落在了跑道上，慢慢地向终点靠近。

当他从通道中出来的时候，她就站在那里。他感到口有一些干。接着他们就抱在了一起。他想要亲吻脸颊的冲动被想要亲吻她嘴唇的热情所取代。内疚、柔情与痛苦的欲望纠缠在一起，冲刷着他。在那一刻，世界都静止了。接着他想起了她叫他来的原因。

"迈克尔，我需要你。我弟弟被人杀了。"

第十章

卡罗尼的公寓在科罗纳里大街上，他坐在公寓里的一张桌子上，头部前倾，眉头皱得紧紧的，他正在研究罗马地图。到达火车站最快的方法，就是通过特利托内大道，在特利托内大街往右拐，再穿过科尔索大街，接着绕过圆柱广场，按照之字形的路线前进。他皱了皱眉，又看了看手表。差五分钟十一点。不能露面。他可以用二十分钟的时间走到火车站，五分钟买一张票，然后用十五分钟来确定自己没有被跟踪。他谨慎地看了看身后的钟，调整着自己的鲁格点四四手枪。

今天大多数的时间他都在睡觉，而且又做了那个冗长的漫无边际又沉闷的梦，就像无意义的拙劣模仿一般，他梦到的是与丹尼·卡萨拉罗在一起的那个艰苦的夜晚，还有他冷静地接收到卡萨拉罗被谋杀的消息的那个不吉利的早上。卡萨拉罗嗡嗡的抱怨声，还有困扰着他的对肮脏背叛的怀疑，都一一浮现在眼前。

卡罗尼走到外面，阳光有些烈，他眯着眼，看看了左右，又看看了中央。都没有问题。他先转左，接着在下一条辅路上转

045

右,朝着广场和人群走去。有人的地方。安全的地方。

突然传来的碰撞声打破了平静,这一切看似偶然,但是盯着他的那双眼睛并没有表现出丝毫的惊讶;那是经验丰富的杀手的冰冷的双眼。卡罗尼突然向前跌了出去,接着又向右旋转了身体,这时那个人正想要用双手抓住卡罗尼的肩膀,但是错过了那瞬间的机会。卡罗尼左闪右躲地,拿出了自己的刀,刀片延伸出去的地方刚好可以用来抓握。他在哪里?突然一只手臂伸出来,迅猛地直冲他的胸腔。最后一刻,卡罗尼举起右前臂,挡住了对方的攻击。敌人的手腕从卡罗尼的耳边擦过。他感觉自己快要聋了。卡罗尼一边蹒跚地移动着,一边焦急地扫视周围,想要找到攻击他的人。什么都没有看到。该死!

谁想要他的命呢?

是老大吗?还是局里?还是"章鱼"?还是他们都想要?

左边什么东西绊倒了他。卡罗尼在后一刻搬开了这个东西,接着本能地向右移动,但是已经太晚了。一记重拳落在了他的肱三头肌上,疼痛的电流充斥着整个手臂。刀被抛了出去。在他想要拿出鲁格手枪的同时,又有什么东西从他的喉咙擦过,他感到一阵寒意。但是他却是满头大汗。

他弯着腿,伴随着一声巨响,冲进了小巷子。他看了看对面的广场。

鲜血从他的嘴里涌了出来。但是他还是想知道,对方到底是谁?接着他就什么都不知道了。

第十一章

菲兹杰拉德感觉到了一阵剧烈的疼痛。周围有一些模糊的声音。我在哪儿？他听到了吱嘎作响的脚步声。是橡胶底鞋。一个灰白色的身影像鬼魂一样从他的眼前掠过。有什么塑料的东西掉在了地上。

"你能听见我说话吗？"一个女性声音悄悄地问。

柯蒂斯·菲兹杰拉德特种兵点点头。

"你受伤了，但是你会没事的。"

"我在哪儿？"柯蒂斯听得见自己的声音；很虚弱，但是他听得见。

"你很安全。"

这个声音飘向了空中。柯蒂斯努力地想要睁开眼。天哪，真是疼。一个穿着白外套的模糊身影出现了。"你是谁？"他问。

"朋友。"这个人轻柔地说。

"朋友？你是谁？"

"我是一名护士，是照顾你的护士。"

门被打开来,接着又被悄悄地关上了。他又听到了一些新的脚步声。有人进来了。

"他醒了,医生。"

终于,柯蒂斯的双眼可以聚焦了。他所在的是一间白色大屋子,阳光透过了半开的威尼斯百叶窗。

柯蒂斯斜着眼,用尽全力让自己的头向右偏了一点点。另一个女人又在对他说着什么,她说得很慢,很有条理。她留着一头赤褐色直发,梳成了中分,弯弯的眉毛,看起来已经人到中年,但是她还是很漂亮,给人一种大地母亲的感觉,她高高的颧骨上方还有一对淡褐色的眼眸。

"我在哪儿?"他又问。

"你现在很安全,你和朋友们在一起。这就够了。"她微笑着看着柯蒂斯。她穿着白得让人炫目的衬衫和黑裤子。

柯蒂斯直直地看着她,努力地想要想起点什么。

"我伤得有多严重?"

"腹部和颈部都被弹片伤到了,大腿上也有两处受伤的地方。腹部的伤口很深,但是还不至于致命。动了两次手术,但是颈部的伤真的就是奇迹。金属弹片离动脉只有两厘米,你真是幸运。"

"相对幸运罢了。我在这里待了多久了?"柯蒂斯眨了眨眼,自己也在回忆着。他看了看那位护士,护士看了看自己的手表,微微一笑。

"十天一小时二十六分钟。"

"你叫什么名字?"医生问。

"什么?"

"我问你叫什么名字。"

柯蒂斯闭着眼,想了一会儿。"柯蒂斯,柯蒂斯·菲兹杰拉德。"

医生和护士相互看了一眼。"护士,你能出去一会儿吗?"

"好的,医生。"她快速地离开了房间,轻轻地关上了门。"柯蒂斯,你还记得发生了什么事情吗?"

"巴格拉姆。"

"对,是巴格拉姆。你能告诉我发生了什么事吗?"

"你是谁?"他问。

"我是负责的医生。"她说。

第十二章

　　隔音效果极佳的酒红色劳斯莱斯险路豪华轿车在罗斯福酒店前停了下来，酒店在第四十五大街上，就在派克大街附近。酒店以西奥多·罗斯福总统的名字命名，外墙飞檐上都镶着铜边，内部还有高级画廊和精品店，让人感觉就像时空穿越了一般，它就像是大苹果城中心住着的一位高贵老妇人一样。

　　一位高大威猛，着装优雅，肤色黝黑健康的男士从容地走在褪色的红地毯上，走过了大堂。这间大堂层高45英尺，屋顶上包裹着金箔。接着这位男士就登上了大理石铺就的楼梯。从外观上看，酒店自1924年建成以来，几乎没有什么改变。一盏吊灯连着长长的绳子被吊在了屋顶上，用它那两百个长笛形状的灯泡照耀着整间大堂。

　　当他走出酒店的时候，劳斯莱斯车的后门打开了。这位男士上了车，坐在了真皮座椅上。后座上已经有一个男人了。这个男人看起来六十五六岁，唯一出卖他年龄的就是他脸上生命的线条，他自己是永远不会揭露这个秘密的。他灰白色的头发被整整齐齐地梳向了一边,这使得他的高颧骨更加突出了。他前倾身体,按了一个按钮。接着不透明的隔板悄悄地升了起来,将后座区域封闭了起来。

"皮埃尔,谢谢你能这么快就来了。"年长的男人说,带着一点中西部口音。法国人默默地点了点头。"看起来你休息得不错,根本不像刚刚从巴黎飞过来的人。你想喝点什么吗?"

"法国白兰地,谢谢。"他用完美的英语回答道,接着他向头发灰白的人的方向微微转了一下头,年长男人又按下了一个按钮。饮料格从隔板中滑了出来。他拿出白兰地酒瓶,倒了两杯。"我想你会喜欢这个的,"他对法国人说,"轩尼诗李察。"

皮埃尔满意地点了点头。

年长男人微笑着说,"极品中的极品。"

法国人露出了一丝苦笑,报以一个法式耸肩,喝了一口这好酒,接着又从容地看着老者。

这位老者清了清喉咙,停顿了一下才开口说:"我们需要你独一无二的特技。"

法国人点点头,接过了一个马尼拉纸文件夹。

"我们在警方的线人说,这个死人的公寓已经被彻底搜查过了,但是并没有发现什么实质性的东西。我想让你再去查一查。地址在文件夹里。我必须要强调,这些信息对组织的计划来说是至关重要的。

"我很钦佩这个男人的毅力。他已经将个个细节点联系起来了,最让我们的成员们感到不安的也正是这一点。"他看着这个法国人。"但是，对他来说，知晓一切随之而来的就是致命的代价。"

"我还算不上是知晓一切。"

当皮埃尔打开车门的时候，尖叫声和喇叭声混杂在一起产生的噪音一下就窜进了豪华车。太阳已经下山了，只留下瓦灰色的云和强烈的侧风。

门关上之后，这辆豪车缓缓地加入到了高峰时期的车流中。法国人走到路边，穿过街道，走进了都铎城市公园，这是逃离纽约城摩天大楼，享受富饶绿植的最佳地点。

第十三章

在距离布朗克斯西北方向六英里远的地方，有两个人正在公园中鲜有人至却美丽非常的地带散步；这就是天堂之门公园，它坐落在特拉特曼大街和圣彼得大道上。这是纽约城中最小最不出名的公园之一，其占地面积还不到两英亩，公园周围都是针栎树，天堂之门公园的建造目的是为了强调绿色空间在城市生活区域的融合。之所以取这个名字，是想人们把它看作是这个拥挤城市中的一个小小天堂。

"西蒙妮。"迈克尔的声音很温柔，面带倦容。他穿着绿格灰底的夹克，倒数第二颗扣子已经不见了。他握住了她的手。"你能不能想一想，丹尼还有没有说一些别的什么话，可以给我提供线索，是谁想要……"

"我都告诉你了。他只是在调查与美国政府高层有关的贪污事件。"

"好吧，那么这事儿与政要有关。如果贪污事件被曝光，那么这些人就会受到威胁。"他停了一会儿，思考着什么。

"但是,警察搜查公寓的时候,并没有发现什么相关证据。没有笔记本,没有录音带,也没有任何文件。"

他用余光瞥着西蒙妮。他感觉到她的想法肯定是跟他一样的。一瞬间,她紧紧地捏住了他的手,接着她镇定下来,靠在了迈克尔的手臂上。

"那么,也许杀死丹尼的这个人,先到了丹尼的住所,抢在警察之前,把所有的证据都偷走了。"他说。

"我觉得不是,迈克尔。丹尼本身就是很多疑的一个人。他是不会把所有东西都留在公寓里的。"

"你说过,仅仅一个大盒子或者大箱子,是装不下你弟弟在这五年间搜集的物理证据的。他有没有带一些去肖尼?"

她摇了摇头。"我不知道。"

"那,这些证据在哪儿呢?就算他不想你参与到其中,但是他肯定有保险措施,肯定有人会去接手这些证据,然后带着这些东西逃跑。"

西蒙妮用左手捂着额头,闭着眼睛。"他说过,到时候我会知道的,但是——"

迈克尔抱住自己怀里的她说,"亲爱的,有没有那么一丝丝的可能,丹尼……他,他真的是自杀的?"

她身体僵硬了起来,推开了迈克尔。

"不会,迈克尔!你不了解他。他真的是个很多疑的人,但是他绝不会自杀。五年的劳累,费力不讨好的工作。他基本就是全力以赴地在做这件事。他是绝对不会自杀的。"

"好吧。我明白了。"他深深地看着她的眼睛。"我会跟你在一起的,直到我们找到真相,西蒙妮。"

她又靠进了他的怀中。"谢谢你,这就够了。"

"肯定有人知道,丹尼要在肖尼跟他的线人见面。我们不知道的是,到底是你弟弟手上的什么东西刺激到了杀死他的人。"迈克尔抚摸着她的前臂说:"除了你,丹尼还会把调查的事情告诉谁?"

"他没什么朋友。不管我怎么威逼利诱,他都不肯把细节告诉我。"

"有没有什么密码,或者代号、别名?他有没有用密码来与人联系呢?别人需要找丹尼的时候,会用代号或者密码吗?"

"哪种密码?"

"我也不知道,比如,猎狗给红狐发的信息。"

"红狐?猎狗?"两人都笑了起来,很高兴在这紧张的气氛中能有些许轻松的时刻。

"如果杀手正是这个联系人呢?"迈克尔突然问道。

西蒙妮前倾身体,将细长的双臂环抱在自己胸前。"大约三个月前,丹尼被车撞了,肇事司机逃跑了。接着,几天之后,就开始说梦话。"

"说了什么?"

"他一直重复'承诺'这个词。第二天,我问他这个词是什么意思。结果丹尼一下就面无血色了。'噢,那只是潜意识的乱语而已,姐姐。不重要。'但是这肯定很重要,迈克尔。当时他脸都白了。"

她沉默地坐了一会儿，整理着自己的思绪，接着她站了起来。

"终于他告诉我，这是某种电脑程序，与'二战'时期的一群有权有势的人有关。他把他们统称为'章鱼'。他还说，有了'章鱼'对'承诺'的控制，任何电子形式的秘密数据都不能被信任。"

"太好了，"迈克尔咕哝了一声说，"这样事情就简单多了。"

西蒙妮面对着他，"就这些了。他说的就这些。我在电脑上搜索过'承诺系统'，但是并没有搜到相关信息。"

"然后呢？"

"没有然后了。但是这个程序是存在的，迈克尔。我向丹尼问起这个程序的时候，他非常害怕。不是担心他的生命，而是我的。"

迈克尔平视着看了她很久。

"我们假设，这个'章鱼'是一个权力很大的'合法'组织，而不是一个犯罪组织。那么他们会需要一些下属来执行他们的命令。"

"如果丹尼掌握着他们的犯罪证据，那么他们就会采取各种手段来阻止他。"她气愤地补充道。

"现在情况更糟了。"

"更糟了？还有什么更糟的呢，迈克尔？"

"现在丹尼已经死了，不管他们是谁，他们很可能会盯上你，因为他们无法确定你到底知道多少内幕。特别是现在，他们也许还在寻找你弟弟搜集到的证据。只要你还活着，你就会对他们的生存构成威胁。"

"但是我什么都不知道呀。"

"你知道它的存在。只要他们认为你可能还知道些别的,你就有危险。"他慢慢地说道。西蒙妮一动不动地坐着,默默地看着她的这位朋友,她的情人。

"丹尼说,警察不管这事儿。不是所有警察,但是大多数都不接这个案子。我还以为是丹尼多疑,但是现在我也不知道了。"

他们两人都花了些时间来整理自己的思绪。"迈克尔,真高兴你来了。"最后她小声说。

"跟我说说丹尼吧。在他没有与国际贪污组织斗争的时候,他是个什么样的人?"

"他很喜欢吃甜食。他最喜欢喝的饮料是巧克力牛奶。他最喜欢的牙膏是弗林斯顿牌的橡皮熊牙膏。"

"他最喜欢的电影人物是谁呢?"

"R2D2机器人。"

"不会吧!真的吗?就是那个吱吱嘎嘎的小机器人?"

"丹尼说,那个机器人是轮子上的佛。"

"哈!"迈克尔发自内心的笑声,把附近一棵菩提树上的松鼠吓了出来。

"父母死后,我们在埃及生活过一段时间。他是我带大的,这你是知道的。"

"我知道。"

"接着有一天,发生了火灾,我们失去了一切。我们的相册,爸爸的东西，还有妈妈的结婚戒指。我当时绝望极了，丹尼却泰然自若。"

"他不伤心吗？"

"不，一点都不伤心。你知道他当时怎么说的吗？'那些都只是东西而已。我们还有彼此。'"

她暗淡的笑容突然就变成了身体的颤抖，她的头靠在他的肩上，从侧面抬起眼看着他。

"他已经不在了，迈克尔。他真的不在了。"她声音飘渺，还是不愿意相信这个事实。

迈克尔一动不动地坐着。前额上的纹路就表明了一切。他和西蒙妮陷入了一个到处都是烟雾和镜子的致命游戏中。真相就在外面，但是他们越投入这个游戏，他们对"章鱼"了解得越多，他们被杀的概率就更高。他很确定，西蒙妮是绝对不会放弃寻找杀死她弟弟的凶手的，就算这意味着她自己也会死。

"听着，"终于他开口说，"他们了解一切是迟早的事。他们杀死了你弟弟，他们要杀我们也不会有丝毫的犹豫。"

"你是说让我们放弃调查，消失掉吗？"西蒙妮说。

"不是。我们需要帮助。专业的帮助。"

"我们去哪儿找帮助呢？我们可以信任谁？"

"我有个朋友。呃，应该说是守护天使。不过，我觉得他应该没有翅膀。"他大笑了起来。

西蒙妮盯着他。"噢，这当中肯定有故事。全都告诉我。"

"五年前，我还是一支科学远征队的一员，那时我们要去阿富汗的加兹尼市。我们狠命地想要救下最后两座完好的公元前的佛像。这两座佛像是无价的古迹，它们都来自前伊斯兰教时期，那时候这个国家也参与了丝绸之路。在塔利班组织抹除其他宗教的历史，只留下自己宗教的历史之后，这两座佛像就是古代世界留下的最后的东西了。

"我们离目的地还有十二公里左右，但是周围一片漆黑，我们走的那条路也非常危险，所以停了下来，在托利科尔市郊的一个三层废弃仓库中度过了一夜，这个城市曾经是联合国当地粮食机构的区域总部。我们不知道的是，向南撤退到巴基斯坦的塔利班分子刚刚离开这里。

"美军部队看到了一群特别的人，他们在巡逻回去的路上杀掉了两个美国军人。在那个晚上，当他们在仓库中检测人类活动的时候，总部呼叫说有空袭。是无人机。"

"哇！这是我听过的最差的时机了。"西蒙妮插嘴说。

"谁说不是呢。凌晨两点过几分的时候，飞机来了。把这个地方夷为了平地。有个意大利考古学家两条腿都受了伤。我被一块水泥板给压住了。但是其他人就没有这么幸运了。"

"当时你们有多少人？"她屏住呼吸问。

"十一个人。三个科学家，五个考古学家，我，还有两个古文化专家。"

"你朋友呢？"

"柯蒂斯。柯蒂斯·菲兹杰拉德。他是一支小型敢死队中的一员。"

"谢天谢地。"

"还不能谢他。结果是误伤,我们只是一群尴尬的科学家罢了,死的死,伤的伤。发现我们不是塔利班分子之后,他们呼叫了总部,结果总部告诉他们离开,留下我们在那里自生自灭。"

"这你是怎么知道的?"

"我听得到他们的声音。"

"有没有可能他们在搜寻中,没有发现被压在水泥板下的你呢?"

"如果他们仔细找的话,是可以发现我的。"

"那柯蒂斯呢?"

"他留了下来,冒着生命危险。他本应该执行命令的。"迈克尔说。"如果不是他,我早就死了。"

他拿出老旧的手机,输入了名字,按下按钮之后等待着。

第十四章

柯蒂斯慢慢地站起来，看看自己的腿到底情况如何。又可以动了。疼痛感已经减弱了，伤口也在慢慢愈合，线也已经拆了。虽然腹部还缠着绷带，但是他整个人正在慢慢好起来；他感觉到自己的力量也在慢慢恢复了。正午时分又红又亮的阳光穿过无菌病房的威尼斯百叶窗，在墙上反射出白花花的亮光。虽然春天还没有来，但是天气已经很暖和了。

柯蒂斯把百叶窗拉起来，茫然地看着窗外的城市，陷入了沉思。在他脚下，人们走着，漫步着，说着笑着。他们一点疑心都没有。已经过去两周半的时间了，虽然这段时间已经足够伤口愈合了；但是要驱散他心中张牙舞爪的恶魔，这点时间远远不够。

他将头向后仰，深呼吸了一下。在他的脑海中，他看见一枚手榴弹落在了地面上，电光火石之间，士兵们都跌倒在了地上，他们身上都挂着弹片。手机的铃声打断了柯蒂斯的噩梦。他眨了眨眼，谁会打电话给他呢？他翻开手机盖，看着显示屏。这是个熟悉的号码，但是是谁的他记不起来了。

"你好?"他的语气听起来很像是斥责,而不是请对方说话。

迈克尔没有立刻辨认出对方的声音,但是他却一直保持着热情。

"你猜我是谁?"

一阵冗长的沉默后。"我不知道。"

"嘿,兄弟,我知道我们已经很久没有联系了,但是拜托,我又不是要向你借钱!"对方大笑着。

沉默。

"看在上帝的分上,你到底是谁?"

"我是迈克尔。记得我吗?"

"迈克尔!哦,天哪,抱歉。你到底在哪儿呢?"

"在纽约。"

"什么,努比亚人还在找你吗?"柯蒂斯说着,看到了一座绿洲中的加油站出现在了埃及靠近阿布辛贝的边境线上的一边的画面。

"你在哪里呢,柯蒂斯?"

"罗马。"

"罗马?上次听到你的消息的时候你在阿富汗。你在罗马干什么呢?"

"说来话长。倒是你在纽约干什么呢?有人在联合国大楼下面找到旧约遗迹了吗?"

迈克尔沉默了一会儿。接着他把过去几周发生的所有事情的细节都告诉了柯蒂斯,关于丹尼和肖尼市的,关于那个被叫作

"章鱼"的组织的，还有那个叫"承诺"的东西。

在罗马的柯蒂斯严肃地听着。"迈克尔，去最近的公用电话，然后立刻再打给我。"说完他就挂了。

不到五分钟之后，迈克尔就找到公用电话，又打给了柯蒂斯。

"你知道些什么，柯蒂斯？"迈克尔问。他听得见电话中传来沉重的呼吸声，他自己的心脏也简直要跳出来了。

"你们两个人有没有在谷歌上搜索过'章鱼'或者是'承诺'？"

"西蒙妮搜索过。在丹尼不愿透露他工作相关内容的时候。"

"她是在哪里搜的？"柯蒂斯语气冰冷又坚毅，甚至带有一些恐吓的意味。柯蒂斯听见迈克尔提出了问题，一个女性回答了这个问题。

"在她家里。"

柯蒂斯强调说："她触发到什么东西了，他们已经盯上你们了。"

迈克尔的前额上青筋暴起。"你最好解释一下，老朋友。"

"政府部门有一种网络监控的追踪和捕获程序。最出名的就是FBI的'食肉者'。这些程序利用数据包嗅探器技术来监控网上的具体节点和数据轨迹。每一台电脑都有一个唯一的数字地址。如果西蒙妮输入了'承诺'，那么她很有可能就启动了一个电子触发设备。"

"我没有听得很懂，柯蒂斯。"

"我的意思是，西蒙妮的搜索行为，已经激活了反搜索，对方就是杀死丹尼的人。我的意思就是，他们知道她的身份，而且很有可能知道她在哪里。"

"你对'章鱼'有什么了解吗？"

"没有。"

西蒙妮默默地听着他们的对话。迈克尔看着她，他的紧张感都从他的眼里显露了出来。

"她是什么时候搜索的？"

"大约是丹尼死前的一个星期。"

"迈克尔，仔细听好了。我直接坐下一班飞机飞来纽约，但是你们必须马上离开。"

"好。"

"把西蒙妮的车开到修理厂去维护，然后把他们能提供的车开走。如果有人跟踪你们，那么这就是一个在短时间内消失的最便宜最简单的方法，不会留下任何痕迹。在离纽约五十五公里外的任何地方找一家偏僻的简易旅馆，在那儿等着。我落地之后会立刻联系你。不要把你们的位置告诉任何人。"

"我们到底是陷入什么麻烦了，柯蒂斯？"

"你们两个都是要死的笨蛋，除非你们赶快离开现在所在的地方。快走，兄弟。我们明天见。"

"'承诺'是什么？是什么意思？"迈克尔对着话筒喊道。

"'承诺'是检察官管理信息系统的缩写，读作承诺。现在，快走！"这是个命令。接着电话就被挂断了。

在柯蒂斯挂掉电话的一瞬间，门被打开了。"菲兹杰拉德先生!"

"噢,你好,护士。感谢你又来看我。"

"你在干什么呢?"

"请告诉那位好医生,我要伸展一下我的腿。我会回来的。"

"伸展一下腿?"

"是的。"

"去哪里?"

"美国。让医生别等我了。"不一会儿,一个高大威猛的男人拄着拐杖走出了医院大楼,招手拦下了一辆出租车。"Il aeropuerto, pronto(俄语,去机场,快)。"他拨通了一个号码。第三声铃响的时候,话筒中传来一个女人的声音,"美国航空,请问有什么可以帮你的。"

***

在迈克尔和西蒙妮站着的街斜对面,坐着一个身材高大,留着胡子的男人,他把手肘撑在膝盖上,双手握在一起,现在他慢慢地站了起来,谨慎地横转过去,走进了一个小公园,坐在了公园长椅上一个老人的身边。两个人都直直地看着前方,完全没有任何迹象表明他们其实是相互认识的。

"在别的地方还有另外一个人,好像知道得挺多的。"

"我们要杀掉他们吗?"胡须男问。

"不忙,我们先等一等。让他们来找我们。有很多时间可以杀掉他们。"

　　胡须男的嘴角微微上翘,露出了一丝微笑。他站起来,慢慢地跟着那两个人,离开了公园。

第十五章

不到二十四小时之后,柯蒂斯站在二十三楼的酒店房间里,手里拿着双筒望远镜,观察着脚下的车流。他给迈克尔提供了非常明确的指示:他们必须在高峰期到来之前到达,把车停在酒店附近的街道上,稍等几分钟之后,重新开车到路上,在大约三百码远处的环岛掉头,最后再把车停到酒店的地下停车场。他在有利位置,可以看到他们的小货车周围的交通情况。如果有人跟踪他们,他是可以看出来的。

四点四十五分的时候,柯蒂斯看到一辆银色小货车向酒店方向驶来,停了下来,接着按照预先约定的路线又开了出去。看到没有人跟踪他们,柯蒂斯很满意,他给迈克尔打了电话,让他们快上来。

过了一会儿,迈克尔就听见了敲门声。他走到门边,打开了门。

"迈克尔,真是好久没见了。"

"现在我们又在屎盆子里了。"

西蒙妮看着迈克尔和柯蒂斯按照男人的方式拥抱了一下,相互拍了拍背。

迈克尔退回来。"怕你没猜出来，这就是西蒙妮。""西蒙妮，"柯蒂斯伸出了他的手，"很高兴见到你。对于你弟弟的事情，我很遗憾。"

"谢谢你。迈克尔给我讲了很多关于你的事情。"

"是吗？"柯蒂斯扬起眉毛。"如果我是你的话，我是不会相信他的。"

"都是好话。"她微笑着。"真的！现在，我们来谈谈正事吧。"

西蒙妮把所有她知道的关于丹尼的调查的事情都告诉了他们，包括他的文章，还有秘密账户和匿名保险箱，他们两人静静地听着。

"但是对方是谁呢？"迈克尔问，他坐在沙发上，紧张地前倾着身体。

柯蒂斯窝在壁炉边的沙发中。

"现在，我们只能推测。不管他们是谁，他们都是那个大棒子的一个缩写。根据我的经验来看，盯上你们的有政府内外的特工，前特工，黑手党，还有那些拥有特别有价值，特别能赚钱的技能的人，特别是在他们到处胡作非为的时候。独立特工，相互之间并不认识，但是有一组控制者来负责他们之间的相互协调和部署，而这些控制者，也被真正拥有权力的人控制着。"

"但是，他们的目的是什么呢？"

"我们只有等到恢复丹尼的文件和日志的时候才能知道了。"柯蒂斯补充道。

"这就是说,我们又回到起点了。"西蒙妮说,语气中有些绝望。"因为拿着这些东西的人,不敢露面。"

"除非他们还活着。"迈克尔说。

柯蒂斯摇了摇头,闭上了眼,黑暗短暂地消除了他腹部的疼痛感。"如果我们的推测是错的呢?如果大家找的不是人,而是东西呢?"

"这话是什么意思?"迈克尔问。

"我缺少的是拼图中最重要的一块。"柯蒂斯说。西蒙妮和迈克尔都静静地听着。

"昨晚我下飞机后,就一直在想这个问题。你们想象:最简单的解释是什么?如果像'章鱼'组织这样的人在搜寻某人的话,那多半与你弟弟有多忠诚毫无关系;这个人根本没有逃生的机会。第一,他们给他注射一剂阿米妥,他就会全盘托出。第二,他们拿到文件之后,先杀了他,再来找你。但是他们却没有来找你。为什么?"

"因为他们还没有找到他们要的'东西'。"西蒙妮说。

"正是。这就是说,我们要找的不是人,是东西,而且还要找到这东西的所在。"

"我能喝杯酒吗?"

"当然。"柯蒂斯站起来,走到了橱柜边。他给自己倒了两杯威士忌,给西蒙妮和迈克尔各倒了一杯。"加冰吗?"

"不加,谢谢。"西蒙妮站起来,接过了她的酒杯,来到了窗边。

他们默默地喝着酒,各自沉思着,终于迈克尔打破了沉默。

"西蒙妮,你说过,丹尼没什么朋友,所以他应该不会把调查的事情告诉别人。但是,他也不会让自己的心血白费。那就只有你了,你是他唯一在世的亲人,他最信任的,最爱的人。如果丹尼还活着,他肯定会让你置身事外。他了解这事儿的危险程度。所以,在你问到'承诺'的时候,他的脸才变白了。但是他肯定还是有预防措施,万一他惨遭不测的话。

"你也说过,他给自己的文件做了一份又一份的备份。这些文件就是你们的保险。"迈克尔突然停了下来。"但是他们肯定也猜到了,可是他们为什么还不来找我们呢?"他问。

"因为他们知道这些文件不在西蒙妮这里。记得反搜索程序吧。他们不知道的是谁拿着这些文件。所以他们现在静观其变,伺机而行。"

"因为他们行动的基础是,他们认为拿着这些文件的是人,而不是东西。"迈克尔补充说。

"正是。"

西蒙妮放下酒杯,从迎宾篮里拿出了一包花生。"那么,如果是东西,那这东西在哪儿呢?"

"这世界上没人会找的唯一的地方。"柯蒂斯说。

"那是什么地方?"迈克尔往前坐了坐。

"丹尼的公寓。"柯蒂斯回答道。

"柯蒂斯,警察已经仔仔细细地搜查过丹尼的公寓了。他们什么都没有找到。"

"他们是什么都没有找到,迈克尔,那是因为他们找的目标不对。"

迈克尔思考着。他扫视了一下这个房间,最后视线落在了西蒙妮身上。

"西蒙妮,这个等式有两组连锁因子,一边是你和丹尼,另一边是'章鱼'和'承诺'。这两组因子有一个共同的特性。"

西蒙妮正在与坚果口袋斗争着。"理论,假定,等式。我真是受够了这些了!你们是怎么打开这包花生的?"说完她把花生扔了出去,接着端起自己的酒杯,喝完之后,把酒杯重重地放在了桌上。

在一阵尴尬的沉默之后,柯蒂斯说:"呃,感谢你丢的是花生,而不是酒杯。"

紧张的气氛因此缓解了一下,他们都笑了起来。"西蒙妮,关于'承诺',丹尼是怎么跟你说的?"

"他说,在'章鱼'控制'承诺'的情况下,不管多么秘密的数据,它的电子形式都不能被信任。"

"等等,"迈克尔插嘴说,"如果你是丹尼,你肯定知道这些信息是藏得很秘密的,杀手们是绝对想不到的。"

西蒙妮举起双手说,"这我们都知道。"

"肯定是藏得很好的,"迈克尔说,"但是是你,而且只有你在发现的时候才会明白过来的地方。想想,西蒙妮。"他捅了一下她。

"丹尼会如何伪装这个地方呢?"柯蒂斯插嘴说,"你们有什么共同爱好吗?有什么东西会一下子吸引到你吗?"

"但丁,"她回答说,"《神曲》。"

第十六章

　　那晚罗马下着雨。纸片被呼呼作响的风吹着,像暴怒的猛兽一样拍打着人行道和车。冷冷的月光在云的薄纱下若隐若现,固执地想要展露出它们各自的本质。

　　一个又矮又胖的男人躲在通向一处废弃庭院的拱道里避雨,他穿着皱巴巴又不合身的防风夹克。他站在两盏路灯中间,对面是上流公寓过度装饰的门。现在是凌晨四点半。电话随时都可能打来。黑暗中,他看看左边,看看右边,又看了看左边。这个男人听见汽车慢慢靠近的轰鸣声。车灯穿透了黑暗,短暂地照到了站在凹处的他。他一动不动。电话还会来吗?这个男人奇怪地调整了一下他的外套,挽起了左手的袖子。他看了看手表,把这个超大的表盘抬到自己眼前。四点三十三分了。每过一分钟他就要看看表,一次比一次紧张。

　　还差一分钟到五点的时候,电话终于打来了,他吓得差点把电话都掉到地上了。"喂,喂?"他重复着,把听筒按在自己的耳朵上。

对方的低语很冷酷:"我要你把注意力转移到他姐姐和他姐姐的朋友身上。"

"你想让我们把他们都杀死吗?"

"不忙,等我们发现他们到底知道些什么之后再说。我要他们活着,特别是那个女的。"之后是短暂的沉默。

"他们有可能是个麻烦——"在罗马的这个男人说。

"这个女的不知道自己陷入了怎样的麻烦。她朋友也不知道。那个军人知道,但是他需要他们帮忙把这一点隐藏起来。在他们三个人中间,会有人带我们找到我们要找的东西的。"

在罗马的这个男人放下电话的时候,从他头顶上传来一声尖锐的摩擦声。他看了看表。现在的纽约还没有到午夜。大苹果城里的一个专家接到了传递具体指示的电话。他知道该怎么做。他在很多地方都有过这样的经验。他具体叫什么无关紧要;他手下有很多这样的人,数都数不过来,反正对方是一个可靠的人,是一个知道如何在最无懈可击的大楼中进出的人。他是个隐形人。指令已经发下去了,队员也已经就位。罗马的这个男人从树后面走出来,离开了拱道。黎明的第一束光映在了窗户上,反射到街上。待得太久没有什么意义。可能会有问题。匿名和时机是他们的招数。关系重大。

第十七章

"《神曲》?"柯蒂斯重复着西蒙妮的答案。

"杀手或者杀手们是肯定想不到这个的。"她深深地吸了一口气,犹豫了一下之后,微笑了起来,"但丁。"

"但丁?"柯蒂斯不解地皱起了眉头。

她转过头看着他:"是一位意大利文艺复兴时期的作家。"

"对,这个我知道。但是他怎么了?"

"我和丹尼都很喜欢意大利诗歌,我们母亲死后,我给他买了一本但丁的《神曲》。他那个时候才六岁。"她说:"有可能就在那本书中。"

回忆浮现在了眼前:1991年,在旧金山的一间老年痴呆症诊所里,这是他们最后一次见到活着的母亲。她脸色苍白,戴着一顶三角帽,慢慢地,踏着沉重的脚步走向镜头,她看着照片外面,对上了他们的眼神,却无法认出他们,不能安慰他们,也不能帮助他们,因为她只是照片里的人而已,她无法看到超越她存在的平面世界的东西——照片里的人已经变成回忆了。

"要花上几个小时才能读完《神曲》,想想,我们两个人在天堂和地狱间来回转悠。对丹尼来说,这确实是安慰。他熟悉每一个篇章,他甚至还幻想通过天堂通过但丁去拜访我们的母亲。"

"西蒙妮,"柯蒂斯说,"你怎么能确定他藏这些东西的地点?"

"我现在想起来了。他说过,等时机到了,我就会知道的。"西蒙妮眨了眨眼,眼周柔软的皮肤随着她的思考皱了起来。

第十八章

　　三个人到达丹尼公寓的时候，一天中最轻松的时光也慢慢溜走了。厚厚的云层遮蔽了太阳，一阵阵狂风展示着自己的存在感，在这城市的街道中肆虐。

　　丹尼·卡萨拉罗住在这座位于格林威治村里的"高级"两层综合楼的顶楼。说它高级，是因为它贵。但是也因为这里又小又吵。整个白天和晚上的大多数时候，在这里都可以听见地铁呼啸而过的声音，让人感觉这整栋楼都好像在慢慢移动一样。这栋楼的外形很普通，但是窗户却有些特别，这些窗户就像是船上的观察孔一样被刻在墙上，让这栋楼在周围铁栏杆后面装百叶窗的私人住宅中显得格格不入。三个人默默地穿过大厅。当他们登上第二层的楼梯时，西蒙妮感觉头有些晕。丹尼死了之后，她的整个世界都动摇了，在他们慢慢接近丹尼公寓的时候，她努力地控制住自己，不让自己哭出来。

　　"西蒙妮——"
　　她闪躲地看着迈克尔："我没事。"

三个人站在2B号公寓的门前。西蒙妮感觉自己脚下的地板都被抽离了；她觉得口有些干，肠子像被人打结了一样。她用颤抖的手捋了捋自己的黑发。她内心到底是何感受？很难知道。

突然，他们听到了钥匙转动的声音，一扇门被打开了。过了一会儿，一个穿着丝绒拖鞋的中年男人出现在了走廊中。游戏节目的声音短暂地从他身后传了出来。门又关上了。男人拿出自己的烟斗，仔细地往里面填东西。接着他踏着从容坚定的步子下了楼，走到街上去了。

丹尼的公寓装着全世界最复杂的一种锁——"反三角威胁"，这种锁还装配着记录控制键，可以跟踪钥匙被使用的具体日期和时间。

西蒙妮打开手包，从一个金属盒子里拿出来一串钥匙。向右转了一下之后，她犹豫了一会儿，又向右转了一下。多重安全螺栓被打开了，慢慢地从插销中滑过。她用右手手掌将门推开。

她屏着呼吸，左手手指按在自己的嘴。这地方简直是一团乱。柯蒂斯把她拉开，拿出自己的赫勒克-科赫P7手枪，这是长期受到特种兵青睐的武器。他慢慢地跨过门槛，接着蹲了下来，做好了开枪的准备。运动带来的突如其来的疼痛感侵袭了他的全身。他面部的肌肉抽搐着，头不自觉地向右肩靠去。"我的天哪！"

迈克尔本能地向他走去。

柯蒂斯轻轻地推开他，又向前走了几步，腹部和胸部的绷带开始令他感到越来越不舒服了。他的伤口其实还没有完全愈合。

"站在门边，"他尽量小声地说，同时谨慎地慢慢地向走廊移动,"如果听到枪声,就赶快逃。"

过了一会儿他回来了。"空的。"他一边说一边把手枪放回了皮套中。他走到大门边,用手指摩擦着门边,检查门框和锁。"不管来的是谁,他们都很清楚自己在做什么。"他停下来,看着另外两个人。"记录功能可以给你提供钥匙被使用的日期和时间。"他指着加密的侧板说:"如果暂存器上记录数字为0的话,就意味着有人能够不留痕迹地跨越这个系统。"

"那没有密码,西蒙妮怎么能进入系统呢?"

"因为她的钥匙已经自动地跨越了系统,她的钥匙上有微芯片。"

"我们不能待在这里。这儿不安全。"柯蒂斯说,"我们现在就得走。你听到我说的了吗,西蒙妮?我们必须离开,现在就必须离开!"

"我们要找到那本书。"她回应说。

"这就是找事儿啊。他们也许会回来。"他伸手去拉她。

"没找到丹尼的那本但丁的书,我是不会走的。"她一边说一边推开了柯蒂斯的手。

"柯蒂斯,"迈克尔说着,把手放在了朋友的肩膀上,"给我们几分钟找吧。拜托了。"

特种兵盯着他。"五分钟,迈克尔。我去楼梯口守着。只有那一个出入口。"

迈克尔解开了自己的夹克。是这里本来就很热呢,还是只有我自己觉得热呢,他想着,但是还是没有把这个想法说出来。他觉得应该是只有自己有这种感觉吧。

"西蒙妮?"

她走上前。她很熟悉丹尼的公寓,但是现在一切都那么陌生。

走廊尽头是一个空荡又狭窄的空间。走廊两边各有两扇门,分别通向两间小卧室,一个衣帽间还有浴室。公寓尽头的地方就是厨房。餐区也是书房。墙上有一张拇指钉钉着的发黄的马戏团海报。架子上的一个水晶花瓶是这里唯一一件完好的东西了,花瓶表面有一层毛茸茸的灰尘。书房里有一排排的书架和大量的书籍,丹尼把这些书铺在椅子周围,桌上的书也堆得高高的。丹尼的一张照片靠着几本俄罗斯古典文学立着,这张照片居然没有受到损毁。他坐着的姿势与安东·契诃夫的坐姿一样——头微微低着,跷着二郎腿,手臂没有交叉,微微地相互抱着,脸上带着他在生命最后的那段时间里时常挂着的冷淡表情。

"丹尼,如果你可以得到世界上的任何东西,你想要什么?"父亲用柔软的嗓音断断续续地说着。

"我要把我所有的钱都存起来,爸爸。"

爸爸没说话,看了他一眼。"为什么呢?"

"我要买一条河。"

"一条河?你可不能买一条河。至少现在还不行。"

第二天,父亲给了丹尼一卷蓝色绸缎。"这是一条神奇的缎带,"他说,"如果你把它展开,你会发现它跟河一样长。"

从那天起,丹尼一直都把这条缎带放在自己的枕头底下睡觉,整晚他都在做梦。

"西蒙妮。"迈克尔走到她身边。

她猛地拉开了丹尼书桌左手边最底下的那个抽屉,疯狂地在一堆纸中翻找着。"不在这儿!他一直都放在这个抽屉里的。"

她的声音变得尖锐了起来,但是迈克尔没能立刻发现。"看看那边角落的那一大堆书。那本书的书脊是黑色的。"

迈克尔立刻在那堆书中寻找了起来。

"你为什么要带柯蒂斯来呢?拜托,让他走吧。"她悄悄说。

"不行,不能就我们两个人。"迈克尔回答。

"我不相信他。"

"不要这么苛待柯蒂斯。他其实可以不帮我们的。"

"那他为什么要帮我们?"

"西蒙妮——"

"找到了!"

第十九章

"他叫保罗·伊格内修斯·卡罗尼,"国务院高级分析师罗伯特·洛维特说,"这就是那个让未来世界财政系统处于危险的人。"

"这话说得有点过了。"爱德华·麦克罗伊说,他是世界最强大的银行业联盟的一位高级代表,五十岁刚出头的样子。他身材普通,智力也普通。麦克罗伊穿着长袖白衬衫,黑色棉质裤子。他的舅舅约翰·J.麦克罗伊去世之后,他就接替了舅舅的位置。他的舅舅曾是大通曼哈顿银行的董事长,担任过洛克菲勒控制下的福特基金主席一职,他还曾是臭名远扬的华伦文员会成员。

"没那么糟,约翰·里德,"CIA副局长亨利·L.斯蒂尔顿气呼呼地说,"还不至于致命。我们只是有点迷惑罢了,不是吗?没有俄罗斯的熊来咬屁股,床底下也没有红色分子。都没有,只是有个疯子想破坏我们的计划罢了。绝对的天才。到底是他想方设法地偷走你们的密码呢,还是他真的破解了系统?"

约翰·里德深深地吸了一口气:"亨利,我们已经有进展了,但是我需要更多的时间。"他说,感觉像是把最烂的一手牌展示给一起打桥牌的人看一般。

"说吧,兄弟,如果我们雇一块湿抹布的话,我们要给他支付跟你一样多的薪水吗?"

里德的眼里闪烁着愤怒的光。

"不是要针对你。我只是问问罢了。"斯蒂尔顿坐回到椅子上,跷着二郎腿。

里德皱了皱鼻子,接着眨了几下眼睛。"系统肯定是密不透风的。没人能预知未来。这是意外。再来一次的话他肯定是不能成功的。"他坚持说。

洛维特松开双腿。"他不用再来一次了。因为他已经做到了。一次就够了。建立这套系统,拿着高报酬,言辞花哨的顾问们简直就是在逆流而上。你去跟银行里的人说这话吧;除非你可以让卡罗尼不要掺和进来。"

"感谢你到来,部长先生。"泰勒转过身,对着坐在他右边的人说:"目前这个问题很紧急。"

财政部前部长,大卫·亚历山大·哈里曼三世——他是一名律师,是投资银行家,也是慈善家。他有着一张面无表情憔悴的脸,这是三次整形手术后的成果,但他的年龄还是被眼睛周围和唇边深深的皱纹出卖了。有人会觉得他已经快八十岁了;其他人会觉得他才五十出头。但是到最后,他的年龄都不是问题。对世界上最强大最秘密的人来说,他都是重要人物。这就是他的提示卡了。他只需要这个就够了。虽然他带着典型的中西部口音,但是他口才很好,抑扬顿挫,就像是在寄宿学校上过几年学的样子。"如果我们从头开始的话,应该是个不错的主意,就像那个好女王告诉那个小姑娘的一样。"

"好的,先生。"麦克罗伊说着,冲着桌边的各位点了点头。

"部长先生。"泰勒说。

哈里曼感觉有些不满,嘴角微微皱了起来,几乎令人察觉不到。这些褶皱很快就消失了。

"罗伯特?"泰勒向洛维特示意,请他发言。"谢谢,吉姆。"

"二十四小时之前,一位前政府雇员以保罗·卡罗尼的名义,跨越了多个高度复杂的安保系统,得到了与政府运营的非官方担保交易计划的基金。"

"部长,这个你清楚吗?"洛维特问。

"不太清楚。对我的客户来说,名字不重要。他们只需要了解这些人的所作所为和他们的底线。也许,为了说得更具体,先生们,你们可以告诉我……所有事情,因为我真是一无所知。"

"这个特别交易计划的认可目的,部长先生,具有宏观经济学的本质。"泰勒补充说。

"你的意思是?"

"意思是,政府一直在以各种方式回收美元,自'二战'以来就一直在做这件事。"

"战败国在战争时期偷取有价值的财产,这是战利品;但是当胜利者搜集起同样的财产的话,他们又说是失而复得。"哈里曼部长说。

"很有洞察力,部长先生。"泰勒补充说。

"这些基金是如何被遣返回国的?"哈里曼问。

"通过平行或者是不上账的影子账户。"约翰·里德说。

"你一直在用政府的钱投机,"哈里曼说,"两套账户。一套用于公开审查,另一套只供私人翻阅。"

"这就是说,约翰·里德手里管理着两套账。"斯蒂尔顿补充说。

"差不多。"泰勒说。

"你说说,兄弟。你拿给我看的是哪一套?"斯蒂尔顿问。

"我记得你从来没有抱怨过,尤其是因为中情局在风险这么小的情况下就可以获得这么可观的利益。"约翰·里德回应说。

"那么这就是担保交易。"斯蒂尔顿说。

"天哪,亨利。你参与这个项目不过才十年。你来说吧,好吗。"里德说。

"据我所知,这是一次极好的投资机会。"斯蒂尔顿回答。"没什么细节,风险也小,而且投资回报很高。"

"就算是买一辆车你都不会借钱,除非有人担保,所以不管你说的买卖是一辆车,还是一个国家,大家都想加入。"里德说。

"你说的大家,包括CIA吗?"麦克罗伊问。

"可以这样说。"

"FBI?"

"也包括。"

"美国财政部?"

"看在上帝的分上,大家就是大家!这个国家的每一个政府实体都想参与，包括联邦储备署，国际金融机构，还有一切有钱的投资者。"花旗银行CEO生气地说。

"我们说的大概是多少钱？"哈里曼问。

"大约？大约两百万亿。"

"美元？"斯蒂尔顿问。

"对，美元。具体的数字是22310400008.03美元。但是谁在数呢。"

"我明白了。我猜被美国政府的前雇员偷走的就是这笔钱。"斯蒂尔顿说。

"对。"里德说。

斯蒂尔顿震惊地看了看周围，寻求精神支持。"除了利润，亨利，你从来没有对这个表现出丁点儿兴趣。"里德嘲弄着说。

"那是因为你以前从没有弄糟过。"接着是一阵长久的沉默。"这些钱是你搞丢的，兄弟。"

"我们没有弄丢这些钱。这些钱只是被暂时没有了。我们会突破卡罗尼，然后找回那笔钱的。"

"那你计划怎么做呢？"他从鼻子里喷出两股灰色的烟雾，用坚定的眼神盯着他的同伴。"抱歉，亲爱的，我只是喜欢追求细节。"

"听着，我们夜以继日地在研究这个事情，追溯他的步骤，通过系统备份来追踪二进制密码。他的行动明显很慌张。他很有可能犯了个错误，我们正好可以利用这个找回那笔钱。"

"如果他能够让系统短路，突破本该无懈可击的系统的所有安全警示，那你凭什么认为他会给你留一个缺口，让你可以悄悄靠近他，抓到他呢？"斯蒂尔顿说。

"听着，如果你真的他妈的这么聪明的话，你怎么不去订一个拷问室，也许你还可以劝他投降。"里德厉声说。

"够了，先生们。危机来临的时候，我们应该更加智慧地对话，寻求共同的解决办法，而不是像六岁孩子一样争吵。"大家都清了清喉咙，交换着眼神。大卫·亚历山大·哈里曼三世是不会对与自身安危有关的事情掉以轻心的。

"先生们，"里德开口说，"有几个问题我们必须要提出来说一下。从中产生的收益要按一定的百分比给很多秘密活动提供经费。"

"你是说钱不见了，但是政府的债务还在。"哈里曼说。

"我不明白。"斯蒂尔顿挠着头说。

"为了要得到这笔钱，政府必须要提供类似于担保的东西。担保就是对他们会还这笔钱的一个保证。现在钱已经没有了，我们也没有了担保，但是我们还是有义务要归还这笔钱。"泰勒回应，接着他忧郁地说："现在你明白了吗？"

哈里曼站起来。他看着泰勒："看看我能不能来填这个空，吉姆。"他用钱包不耐烦地敲着桌子。"政府本想用这笔钱来支撑美国经济，这样一来，就可以拖欠所有的国际债务，把我们的美元渲染得不值钱，从而有效地把我们判处到第三世界状态。"

房间里充斥着震耳欲聋的沉默。

"我一直坐着听你们五个人说话，你们描述的这个行动，已经进行了十年，包括各种情报网络，政府部门，公开的钱，秘密的钱，天知道还有些什么。"

"我想知道：要接近政府的钱，为这个价值数不清多少万亿的行动提供资金，担保是什么？"哈里曼部长问。

"我接下来要告诉你们的这个名字和行动都属于机密信息，必须经过参谋长联席会议和五位历届总统的连续执行命令才可以分享这些信息。"约翰·里德说。

"这个出身真不错，不是吗？"

"一旦你知道其中内容，我想你会同意的，部长先生，这项行动的规模之大，其目的就在美国政府的国家利益中。"斯蒂尔顿说。

"部长先生，这些有问题的财产是日本在'二战'当中的战利品。这个行动叫作金百合。从官方角度来说，政府一直直截了当地否认了各种与这个财产基地的联系。"洛维特说。

"那么，你看看我听懂了没有。"哈里曼站起来，踩起了脚。"你用大量金光闪闪的金条，作为一个秘密的危险行动的抵押，债权人包括这个国家的所有政府部门。现在，这笔钱消失了，你们就失去了抵押。但是我们还是要为223万亿美元的债务还本付息……"他的声音越来越小。

大家都沉默地点点头。

第二十章

回到柯蒂斯的公寓后,西蒙妮轻轻地将书翻到了扉页。这一页的顶上有一行丹尼写的字。她目不转睛地浏览着——"地狱中有几何学吗?"在页边空白处,画着一幅圆柱形地狱的涂鸦,中间是一个小小的撒旦。在撒旦身后长出了一棵树,呈现出了翅膀的形状。

一瞬间,她觉得自己看到丹尼的鬼魂穿着破旧的牛仔裤站在了自己面前,转着铅笔,越转越快。

"你在找什么?"柯蒂斯问。

"地狱篇是一首很难理解,严格对称的叙事诗。它讲述了诗人掉进地狱中,如何穿过世界中心,然后登上炼狱的故事。通过炼狱,他就到达了天堂,最后变成了神。"西蒙妮恍恍惚惚地回应。

"这首诗讲述了他经历三界之死的故事。他穿越地狱和炼狱的向导是拉丁诗人维吉尔,通向天堂的向导是碧翠丝,她是但丁心中的理想女人。维吉尔领着但丁穿越了九层地狱。所有地狱都是同轴的,每一层代表的邪恶都比上一层厉害。但丁旅程的最后,就是穿过地狱,穿过地球的中心,撒旦就被囚禁在这里。"

"只有上帝是安全的。"柯蒂斯轻声说。

西蒙妮没听见他说的。很长一段时间,她恍恍惚惚地一直盯着涂鸦看,想要回忆起什么来。"你怎么看,迈克尔?"她把涂鸦拿给迈克尔看。

大家都沉默着,大概十秒钟之后。

"生命之树!"迈克尔激动地拍了一下掌,接着指着撒旦的翅膀。

"丹尼写的东西,与被称为基督教神秘哲学的东西相一致。"迈克尔把夹克脱掉,顺手丢在椅背上。

西蒙妮解开自己戴着的一根链子,把这个巨大的吊坠拿给这两个男人看。"这是丹尼送我的生日礼物。他在巴勒斯坦买的。"

"所以丹尼是了解神秘哲学和神秘主义的?"迈克尔问。

"什么?"柯蒂斯问。

"生命之树是犹太教神秘哲学中一个神秘概念,这种神秘主义是用来了解上帝的本质和他是如何创造万物的。"迈克尔把手伸进口袋,拿出了一支笔和一张废纸。他把纸对折,接着在上面画了起来。"银行和保险库,都是以密码系统为基础而工作的。这些密码可以是数字、字母,也可以是两者的组合。如果你弟弟不是真的把写着密码的纸藏到这本书里了,那我们差点就错过了。

"如果丹尼了解神秘哲学,那他肯定知道神秘数字142857,"迈克尔说,"这串数字出自一个名叫九点阵图的古老图画,由9条线组成,是新时代的曼陀罗,是了解人类性格的神秘途径。"

"丹尼提到过，只有一个数字字母组合的密码才能打开这个秘密账户。142857也许就是这个密码。"西蒙妮说。

"我知道这个短语是什么。"迈克尔微笑看着另外两个人说。

"生命之树。"三个人异口同声地说。

"就算这个是对的，但是我们还是不知道钱被藏在哪里了呀！"柯蒂斯说。

第一缕晨光慢慢透了进来，按着对角线方向移动着，像偏远修道院的墙一样慢慢地升了起来。阳光照进早晨的凉爽空气中，散发出一种昨日已逝的气味。有人匆忙地穿过了街道，有人穿着雨衣，雨滴从他们的肩膀上滴了下来。在这么早，也可以说晚的时刻，纽约城依旧生机勃勃，喧哗热闹。黎明已经到来，所有的树都低垂着枝干，默默地弯着腰做礼拜。迈克尔轻轻地将窗户开了一半，听到从不远的地方，传来了微弱的音乐声。

第二十一章

"除了这间房里的人外,还有其他人知道这个事情吗?"哈里曼问。

"还有一个失业的前记者。"斯蒂尔顿承认说。

"这个记者是累赘,亨利。这是不是意味着,在公开这些事实之前或者之后,他都是有工作的?"

"他没有工作,前记者是因为他已经死了。尸体是在自己的酒店房间里被发现的。"

洛维特从自己定制的运动衫口袋里拿出一个马尼拉纸信封。他将信封打开,递给了财政部长。哈里曼接过来,刚看到就叹了口气。

"我的上帝啊。"

这是一张照片,照片中有一具尸体躺在装满深红色液体的浴缸里。尸体的臂弯里抱着一个杰克丹尼空酒瓶。从另一张照片上面看到,这个男人的两只手腕都被割了。哈里曼默默地把这份可怕的证据递回给了洛维特。

"验尸官裁定这是自杀。"泰勒补充说:"这是我们的行动吗?"哈里曼问。

"我们有一组人马正在去抓捕和审问嫌疑人的路上,"洛维特说,"但是……"

"但是有人抢在了我们前面。"没有人接话。

"有人在跟我们搞鬼吗?"这种可能性只短暂地停留了一会儿。"应该不太可能,"洛维特说,"知情的只有在座的各位。"他看着同事们说:"而且,如果这事儿当着我们的面暴露的话,我们每个人要付出的代价都太大了。"

"那执行任务队伍中的人呢?"

"不会。这是一次连续任务。就是说他们对具体内容一无所知。完全地被划分成几个任务。"

"但是,这个记者已经死了。"泰勒说。

"他知道多少?"哈里曼问。

"很明显,他知道的不少,或者至少有人是这么认为的。"里德说。

"我猜他们安排了间谍。"麦克罗伊说。

"就是这样,爱德华。有间谍。所以以防这个人知道些什么,他们就跑去把这个人杀了?"哈里曼把照片朝着爱德华·麦克罗伊的方向推了过去。

"我猜,"前财政部长说,"没有人看到,也没有人听到声音。卡萨拉罗的房间门是从里面被反锁了的。没有别人的指纹,也没有打斗的痕迹,他身体里面也没有检测到有毒物质。我猜得对吗，亨利？"

"对极了。"

"我也觉得。"哈里曼说。他的名声跟他的眼神一样黑暗。

"假定这事儿跟我们几个人都没有关系，先把是谁做的这事儿放一边。"哈里曼站起来，走到墙边："我们对这个记者的活动了解多少？"

"他接到过几次警告。"斯蒂尔顿说。

"什么样的警告？"

"常规方式的警告。"

"你说过他一直在做调查。是调查整个行动，还是某些部分？"哈里曼问。

"一开始只是调查'承诺'的金融方面，接着又扩展到了衍生出来的交易程序，银行业务还有海外行动。我们就在这时施加了压力。"

哈里曼轻轻地吹起了口哨，就是吃惊的人发出来的那种声音。"海外行动包含的东西太多了。涉及到的行动和国家都太多了。"

"所以他就需要更多的钱。"泰勒说。

"正是。"洛维特说。

"但是你不是说他没有工作吗，"哈里曼茫然地看着斯蒂尔顿，"他的资金是从哪儿来的？"

"不清楚。但是他的资金从来没有结余的，仅够糊口。我们手里有他所有的财政报表，电话账单以及租金记录等，整整九码长。"

"仅够糊口的记者是无法进行海外调查的。对他们的口袋来说，这水太深了。过去两年中，他出国过多少次？"

"一次都没有出过国。因此，我们认为他是独自行动的。但是六个月前，他曾尝试向第一国家银行借贷两千块。"斯蒂尔顿说。

"结果呢？"

"他被拒了。"斯蒂尔顿从一个黄色的文件夹里拿出了一张纸，"因为无有收入的工作。"

"但是除了我们以外，还有别人认为除掉他是很慎重的行为，而且他们还伪装成了自杀。"

"我们知不知道在他调查的过程中，他联系过多少人？"哈里曼问。

斯蒂尔顿又拿出了一个文件夹，拿出了一张纸。"108个人。"他回答。哈里曼默默地点了点头。"假设这其中有人知道一些非常有价值的信息，这些信息可以给他带来无限的财富……你们明白我的意思吗？"泰勒问。

"据说，这个人去每个地方都带着一个装满文件的手提箱，玩弄着各个利害关系方。"

"这倒是一个让自己被人杀掉的方法。"里德说。

"你得承认，这孩子倒是有胆子。"斯蒂尔顿说，"虽然笨，但确实有胆子。"

"我发现，男子气概对你来说是很重要的一件事情，亨利。"麦克罗伊假笑着说。

"根据警方的报告，丹尼的那个房间里什么都没有。"洛维特补充说，"没有手提箱，也没有文件。我们知道的是，在他死前的二十六个小时里，他给两个人打了二十多个电话。"他停了一下接着说："电话是打到兰利市的。"

"CIA？"麦克罗伊尖叫了起来。

"这就是我们一直在找的突破口。"里德咧嘴笑着说。

"我们尝试过这个方向。死路一条。一开始就走不通了。可追踪的一条线只指向了兰利市某处的一个电话，需要密码才有权限接通，而且是通过内部秘密线路连通的。没有记录，没有录音，也没有转接参考。"斯蒂尔顿补充说。洛维特顿时跌坐在了椅子中。

"授权是可以通过密码来追查的——就此事来看，就是通过接受者或者是反行动主管。"哈里曼说。

"除非有人费尽心机地完全绕过了反行动，改向局外的实体。"斯蒂尔顿停下来，看着他面前的一个便笺本。

"局外？那这个实体会在哪儿呢？"洛维特问。

"平托盆地。"斯蒂尔顿背靠着椅子说。

"我去他——"约翰·里德说了一半又停了下来，他看着洛维特说，"卡罗尼，那个混蛋。"

"我们还没有从这个角度入手调查过。"泰勒说，"卡罗尼从我们的眼中消失了。我们所有的计划，所有的钱，所有的权力，还有我们这个游戏本来该有的神秘。现在呢？卡罗尼去过的，会去的，可能去过的所有角落都有我们的监视。但是什么消息都没有。"

"万一卡罗尼已经死了呢?"斯蒂尔顿问。

"如果这个人已经死了,不是我们杀的,那么肯定还有人跟我们一样疯狂地想要找到这笔钱。"泰勒说。

"最后提一句,先生们,如果我们找不到这笔钱的话,这个世界的金融系统就会崩溃,演变成历史上最大规模的一次金融风暴,其规模远超过一百年前大挫欧洲文明的那场风暴。"哈里曼喘着气说。

他们都转头看着里德。他狠狠地吞咽了一下。他目光呆滞,很明显缺乏睡眠。"我有个计划。"他看着大家,微笑着说。但是大家的嘴唇越闭越紧。

"记住,当时我在场,我知道剩下的金子在什么地方。我还需要几天的时间。我会了结此事的。"他说。

"再给你几天时间。"泰勒回应,冷淡地看着里德。接着他说:"感谢你的到来,约翰。"

散会后,约翰·里德离开房间,按下了电梯按钮。当他听着电梯慢慢靠近的声音时,叶芝的《基督重临》出现在了他的脑海中:

一切都四散了,再也保不住中心,
世界上到处弥漫着一片混乱……
基督重临! 这几个字还未出口……
何种猛兽,终于等到了时辰,

懒洋洋地倒向圣地来投生。

你有一周的时间找到钱。

电梯门滑开的时候,他情不自禁地觉得,自己就是一只替罪羊,盲目地走进了猛兽的口中。

回到隔音房间里,大家各自若有所思,没有人说话。斯蒂尔顿清了清喉咙。"无论卡罗尼是死是活,我们都必须要找到他。"

"吩咐下去,"哈里曼推开了桌子,"让我们所有的外控人员随时待命,午夜前必须给我找到卡罗尼。"

其他人什么都没有说。现在,也没有什么好说的。

会议结束了,大卫·亚历山大·哈里曼三世随性地踱着步,来到了詹姆斯·F.泰勒的身边。"我给我的司机放了一天假,你能送我回办公室吗?"他悄悄地问。

"愿意效劳。"高盛集团的副董事长说。

轿车轰轰地开在华尔街上,这里是华盛顿郊区的一个安静的居民区,小车在一个十字路口慢了下来,转左,接着快速地融入到了华盛顿忙碌的高速公路中。

"暂时把里德留着,会有需要他的时候。"

"他就是个笨蛋。"泰勒转头看着哈里曼说。他的声音逐渐变小。

"还是个极端分子。在某个时候,我们会需要他来唱'共和国战歌',因为他要替我们走进别人的瞄准线上。"

"那卡萨拉罗的姐姐和另外两个人怎么处理？"

"我们静观其变。耐心与谨慎可以帮我们了解到更多信息。随时都可以行动。"

"我同意。到目前为止，这三个人还没有什么行动。"泰勒说。

哈里曼摇摇头："我觉得他们有所行动了，只是他们自己还不知道自己已经做了。"

"我怎么觉得你实际了解的信息比你表现出来的多得多呢？"

"现在就是这样……只是一种感觉而已。"对方回应说。

泰勒眯着眼，研究着这个老年人的表情："什么意思？"

"罗马的信息提供者，不然还有什么？"

"我明白了。"泰勒坐回到座位上，伸了伸腿，看着窗外。

细细的雨斜斜地在天空中飘着，轻轻地抚过轿车车顶，在挡风玻璃上溅开来。他转头看着身边的这位老战士。

"我听见一个来自过去的男人的声音，这个男人从来没有存在过。"哈里曼慢慢地背诵起了古老的童谣。

"当我走上楼梯的时候，我见到了一个不在那儿的男人。他今天也不在那儿……"

"我希望，我真希望他今天来了。"泰勒咧着嘴说着最后一句，但是他记错了。

"暂时将罗马的事情保密吧，等事情更明了后再说。"

詹姆斯·F.泰勒的脸上短暂地闪过了一丝微笑。"F"代表的是弗兰西斯，是他母亲的名字。她会喜欢的。

第二十二章

　　老大看了看表。一旦电话来了，讨论就结束了，计划执行的细节也最后有了定论：要毁掉它，切成碎片，然后埋起来。就在今晚。他走出门之后，轻轻地将门关上了。

　　午夜十一点五十二分。如果没有进一步指示，这就是他们最后的通话了。他们相隔遥远。他很清楚地知道提前曝光的后果。这是为了他自己，是一种自我保护。他知道，斯蒂尔顿喜欢的是非黑即白的解决方案。他不会轻易自我检查。另一方面，当他进行自我分析的时候，他好像又成为了另一个观察者一样，检查着自己的罪恶和失败。十一点五十五分。任何时刻，都可能……电话轻轻地发出了嗡嗡声，轻柔地振动着，像只想要翻身的金龟子一样在桌面上旋转着。

　　"完成了吗？"

　　"是的。"斯蒂尔顿回答说，"事情按照计划进行。里德被好好盘问了一番。泰勒也被激怒了。"

　　"好，"老大回应，"我们已经走了三分之一的路程了。在有进一步指示之前,必须保持低调。"

"我会的。"斯蒂尔顿懒散地看着对面墙上的大钟发出了叮咚声。午夜到了。

咔嚓一声。

斯蒂尔顿拿起一支雪茄,把手伸进口袋里,拿出了一个黄铜Zippo打火机。他认为,一个男人身上绝对不能没有打火机,也不能没有枪。

第二十三章

　　白宫作战室是一个五千平方英尺的空间,政府把它用作会议室,也用作情报处理中心,白宫的西楼地下室就是它的中心。国家安全议会和国土安全局共同管理着这个地方。那天早上,被召集参加由白宫参谋长组织的紧急会议的人,都是顶尖的政府经济学家,他们的经历和专业技能就是这个国家金融结构的支柱。

　　国家经济委员会主任拉里·萨默斯,坐在总统的左边。管理和预算办公室主任吉姆·纳赛尔坐在萨默斯的左边。柯尔斯顿·罗默坐在了萨默斯的斜对面,她是首席经济历史学家,同时也是经济顾问委员会的主席。经济复苏顾问委员会会长保罗·沃尔克坐在了桌子的另一边。总统站着的时候,国务卿布拉德·索伦森打开门走了进来,他身形高挑细长,穿着保守,一头银发,像一只老鹰一样,他在总统右边空着的位置上坐了下来。

　　"女士们,先生们,因为事情非常紧急,所以我邀请国务卿也加入了我们。"

　　"你看起来很疲惫,总统先生。"吉姆·纳赛尔说。

"我是很累。"总统一边说一边坐到自己的椅子上,"很抱歉要求大家在这么短的时间内回来。我想你们应该都同意现在是全国紧急的状态了吧。"

"谢谢你让我们参与进来。"柯尔斯顿·罗默说。

总统默默地点了点头。他按下了面前桌面上镶嵌着的一个按钮。"请放第一张幻灯片。"灯光熄灭了,在大家面前的一个巨大等离子屏幕上,出现了一张令人吃惊的图片。布达佩斯铺着鹅卵石的街道——这是战区。抗议者正在向匈牙利的财政部投掷冰块。数千人想要通过这样的方式冲进立法机构。

"这是真的,女士们,先生们。现在,其他工业化国家正承受着比美国更大的来自经济崩溃的打击。全世界,新兴的金融市场正在飞快地内向爆炸,速度比我们快得多。欧洲已经有三周没有俄罗斯天然气的供应了,所以欧洲的金融也遭受了巨大的损失。因为经济崩溃,再加上人类在没有暖气接近零度的天气中所遭受的痛苦,暴乱从北边的拉脱维亚一直蔓延到了南边的索菲亚。从亚洲一直到欧洲,工业化国家正在火急火燎地为稳定国内骚乱做准备。这不是小说情节,不是《地球战栗》,这就是现状,对我们所有人都有影响。"

他指着屏幕上的图片。

"普通人因为严酷的薪水紧缩,开支的削减而生气,为他们的生存而挣扎。国内骚乱已经变成了需要首要考虑的问题了。政治领导和来自比如土耳其、匈牙利、德国、奥地利、法国、墨西哥和加拿大的反对群体正在要求解散议会。"

"太疯狂了。"有人小声说。整个房间死一般的寂静。

"我们先说欧洲吧。"总统说,"柯尔斯顿,你来说吧。"

"好的,先生。"柯尔斯顿·罗默站起来,"先生们,欧洲货币联盟让半个欧洲都陷入了萧条。根据最新的报告显示,我只能说,这会严重损害美国的利益,也影响到了整个世界的经济。"她一边说,一边眯着眼看着她面前的阴影下的那些侧面。"事态在欧洲发展很迅速。地中海地区的债券市场也亮起了红灯。标普资本公司降低了希腊的债务等级,几乎一文不值了,而且这个国家的社会架构也开始瓦解了,这可不是好兆头。西班牙、葡萄牙还有爱尔兰的政府正在他们的短期债务面前表现得犹豫不决,把财政系统的偿付能力置于了危险之中。"她清了清嗓子。

"请放下一张幻灯片。"有人按了一下按钮,一张3D彩色的条形图出现在了屏幕上。"由东欧,地中海和大西洋地区构成的这个环形区域正在经历,或者说是马上就要进入二十世纪三十年代的大萧条了。致力于欧洲货币项目的团体把这些欠妥的经济策略强加在他们身上,让他们全都陷入了困境,他们都是受害者。"她走到了房间的另一边。

"但是,经济只是一方面,还有其他。"总统插嘴说。

"女士们,先生们,这事儿不仅与政治有关,还与地理有关。在地理与货币被大家公认为是王牌的地区中,出现了一种新的秩序,因为地理是经济决策的关键因素。部长先生,接下来你来向大家解释吧?"

布拉德·索伦森站起来,调整了一下领带,同时屏幕上出现了一张世界地图。有人咳嗽了一下。有人在自己的座位上不安地挪动着。

他看着自己面前的一张纸。"地理给我们提供了政治构造中第一条重要的断层线。从波罗的海到希腊,到土耳其,再到中东,这就是一场即将到来的烈火般暴乱的新的前线。"

"蛇为了生存,要吞掉自己的尾巴。钱就是这样运作的……目前是。"经济委员会主任拉里·萨默斯说。

"如果要稳住美国经济,保持对美元的信任的话,政府需要多少钱?"总统看着他最年长的经济顾问问:"拉里?"

"每天需要的外商直接投资最少是28亿美元,主要通过购买中期国库券来维护我们的经济,但是更靠近现实的数据是每天40亿美元。"

"有没有机会,在现在的情况下,外国政府可以——"

"丝毫没有这样的机会,总统先生。"这个人打断了总统。

拉里·萨默斯抱着双臂,靠在椅背上沉思着。他终于开口说:"我明白了。我们有什么选择?总统先生,不到一个月前,我们曾有过两个选择:不良资产救助计划和平准基金。"

"这就是说已经错过了。是不是意味着现在这些选择都不在了?"

萨默斯吞咽了一下说:"是的,先生。不良资产救助计划已经用在企业救助上了。"他翻了一页笔记本。"如果其他所有的保证必要基金安全的措施都失败了的话,平准基金可以保证有美国政府的直接投资进入美国经济。这也就保证了政府不会拖欠自己对公民的债务。"

"不到一个月之前，对吗?"萨默斯默默地点点头。

"那现在呢?"

国家经济委员会主任表情冷淡。他看着房间里的各位。每一双眼睛都紧紧地盯着他。终于，萨默斯说："现在，先生，这笔钱不见了。"

"你是什么意思，不见了?"总统故作温和地说。

"不见就是不见了。"

"为什么没有人通知我?"总统问。

"因为我们也刚刚才发现。"

"什么时候发现的?"

"昨天。总统先生，这就是我想要立刻召开紧急会议的原因。"

第二十四章

"BS,沙夫豪森银行。匿名保险箱。"西蒙妮想也没想就把这个名字说了出来。她走到沙发边,从自己的手袋里拿出了一张皱皱的名片。这家银行提供匿名电脑源代码契保服务和匿名的数字化备份服务。"这就是说,任何人都可以走进去,用正确的密码组合,打开保险箱,"她补充说,"我觉得这简直太蠢了。"

"如果数字字母的组合正确的话,我就要进银行去,打开保险箱,把里面的东西拿出来,不管里面是什么。"柯蒂斯说。

"你是说,我们。"

"不,我。如果我还要担心你们两个,我可完成不了。"

"我要和你一起去。"西蒙妮眼神坚定地说。

"我不能让你跟我一起去。我不知道会有什么样的危险,我们不能暴露你……也是为了我自己的安全考虑。"

"我们觉得他们一定会监视银行的。但是这城里这么多银行,他们怎么知道要具体监视哪一家呢?"迈克尔问。

"他们会知道的。"柯蒂斯回答。

"怎么会呢?"他追问。

"以他们洗劫你弟弟住所的方式来看,很明显他们已经了解我们的情况了。而且你还搜索了'承诺'。"

"他们手底下到底有多少人?"迈克尔问。

柯蒂斯摇摇头:"如果是中型组织,那他们的人手已经足够覆盖这城市的所有角落了。"

"我觉得你说得太夸张了。他们应该不可能知道我们可能会去哪里,可能性太多了。就算他们找到了我们,他们要怎么做呢;在有几百目击者的环境中杀死我们?"西蒙妮问。

"你真是没有明白啊,西蒙妮。"柯蒂斯摇了摇头:"他们是要杀你,但是不是现在。首先他们会绑架你,除非你们和印第安纳·琼斯一样有什么我不知道的自卫技能。接着,他们会对你严刑拷打,要你所知的信息。最后,当他们发现你并没有掌握什么实质信息的时候,对,他们就会杀死你。"

西蒙妮说话的声音很轻,但是却很冷酷:"他是我弟弟,柯蒂斯。"

特种兵慢慢地走过来,将自己的大手放在了她较弱的肩膀上。

"我保证,西蒙妮。一切都会好起来的。"

"如果你拿到了信息,我们要消失到别的地方去。"迈克尔说。

"酒店。"西蒙妮说。

"不行。我们不能冒这个险。所有公共区域肯定都有监视。我们需要一个隐蔽的处所。我有个朋友,老朋友。"

"能相信他吗?"

"绝对可信。"

"现在这种情况也可以相信他吗?"

"我一开始参军的时候,他是我的指挥官。就是他推荐我进特种部队的。"

"那他也是军人?"西蒙妮问。

"那他也是政府的人?"迈克尔补充说。

"他不是政府的人。虽然不是,但是他也是属于政府的,从国际层面来讲。"

"北大西洋公约组织?"

"不是。"

"凯雷集团?黑水公司?"

"他是黑水的人?"西蒙妮不相信地问。

"不是,他不是黑水的人,也不是北大西洋公约组织的人,他不属于任何官方政府组织。"

"那他是谁?"

"他现在是个银行家。"

"前军队银行家?他很有势力吗?"

"正是这样。他在世界银行中占着高位。"

西蒙妮伸手过去摸了一下他的手臂。

"我们要告诉他多少?"

柯蒂斯皱着眉头,用自己的手盖住了西蒙妮的手:"尽可能的少。我们要保住自己。"

"有了他的联系人,他就能帮助我们弄清真相。"西蒙妮说。

"西蒙妮,极恶的潜在原因,就是钱和对它的爱。世界银行和国际货币基金就是钱。在我们弄清对方是谁之前,先不要让我的这位朋友掺和进来。"

柯蒂斯拿出了他的军用黑莓手机,电话具备点对点安全保护,无法被别人入侵。他拨了一个没有存的号码,等待着。终于,在第九次嘟嘟声响起的时候,一个男人轻声地说:

"我还在想我什么时候会接到你的电话呢。新闻已经反复报道了巴格拉姆的事情。但是……我觉得这应该不只是个礼节电话吧?"

"我和两个朋友一起待在城里。我们有个问题。我们需要一个地方藏身。弄清楚一些事情。"

"问题解决了。我什么时候能见到你?"

"今晚天黑后。"

"很好。门卫十点下班。我会派司机过去的。"

"不用了,最好不要派司机来。这次的事情很麻烦。"

"多疑是我们一行的优点。随你吧。"

两个男人相互道了别。柯蒂斯看起来很镇定,但是他脑子里却是一团乱麻。这些人到底是谁?"一位世界银行家,叫克里斯蒂安,"迈克尔说,"我们说的是克里斯蒂安·贝鲁奇吗?世界银行的执行副董事?那个把《时代周刊》封面变成自己地盘的男人吗?"迈克尔感到很震惊:"你从来没有说过你有这么高级别的朋友。"

"你也没有问过啊。"

"我们见过一次,很短暂的一面。他是怎样的人?我们听到过一些关于他的故事。在南非玩麻球;在伦敦和女王一起参加皇家舞会;在潘普洛纳和公牛赛跑。"

"应该是和公牛一起小跑。我从没见过他跑步。"

"你不是认真的吧?"西蒙妮问。

"我是认真的呀,他右边大腿内侧有一条3英寸的疤。"

"男孩就是男孩。"西蒙妮摇摇头说。

"他是如何离开军队,去到世界银行的?"迈克尔问。

"他出身于银行家世家。十九世纪中期的时候,他的太爷爷在格鲁吉亚整合了一家大银行,我想他的爷爷应该也是纽约某家大型金融机构的董事长吧。"

"我们的其中一项挖掘工作就是他赞助的,"迈克尔说,"我觉得他那时就已经是美国银行的董事长了。"

"克里斯蒂安·贝鲁奇对你来说可能只是一位银行家朋友,但是对这个世界来说,他是有声望的人物。柯蒂斯,你确定监视我们的人不会查到这条线吗?"

柯蒂斯把手放进口袋,走到床边:"他们不可能会查到。个中关系太深了。"

第二十五章

他们一直等到半夜才动身。二十分钟之后,他们在一栋简朴的红色建筑前面停了车,建筑的一侧是一个古怪杂乱的公园,另一侧是一个小型运动场。看到这栋建筑朴素的外表,西蒙妮和迈克尔都很惊讶,因为他们都觉得这位著名的银行家应该住在纽约的某栋豪华大楼中。他们按下了门铃,很快就有人给他们开了门。一扇锻造精良,用铁管做边框的对开门在他们身后重重地关上了。

"你确定这是我们要来的地方吗?"迈克尔问。"只有傻瓜才会以貌取人。"柯蒂斯厉声说。他们经过了大厅中央的石梯,走进了老旧摇晃的电梯里。柯蒂斯按下了代表顶层的"P"按钮。电梯呻吟着,猛地经过二楼,在三楼的时候恢复了正常速度,碰撞着来到四楼,到达五楼的时候又开始加速,接着勉强停了下来,摇摇晃晃地把它肚子里的三位乘客吐了出来。西蒙妮松了一口气。

这时,仿佛约好了一般,沉重的门打开了,克里斯蒂安·贝鲁奇出现在了他们面前。他穿着剪裁讲究又宽松的丝绸睡袍,还拖到了地上,让他看起来颇有皇室风范。他马上就要进入古稀之年了,留着一头松散的白色齐肩长发,梳着右分头,以此来掩饰他越来越靠后的发际线。

"柯蒂斯,我亲爱的,你还好吗?已经多少年没见了,三年还是四年了吧!"银行家伸出他的大手,一边高声说着一边走了过来。"你看起来真不怎么样。你怎么了?"

"说来话长。"

"我可有的是时间。"他转过脸,看着柯蒂斯的朋友:"抱歉,我们很久没见面了。我是克里斯蒂安·贝鲁奇。两位是?"

"我是西蒙妮·卡萨拉罗。他是迈克尔·阿斯伯里。"

"那个考古学家?"

"其实是神秘历史学家。"迈克尔纠正他说。

"对,对,我记得。我们在——"

"华盛顿的募捐活动上见过。"

"史密森尼博物馆。"

"对。"

柯蒂斯看着远处亮着灯的地方。

"哦,看我。我真是太无礼了,"银行家说,"请进来吧。"

西蒙妮第一个走进门。她屏住了呼吸。与大楼粗劣的外表不同,克里斯蒂安的住所是她从没有见过的。内部设置非常的丰富,高耸的彩色玻璃窗,大理石地板,奶油灰色的石墙上,挂着表现了十六世纪威尼斯辉煌的壁画。宽敞的矩形走廊中,陈列着文艺复兴时期著名艺术家的雕像。

"他们要把这地方拆了,所以我把它买了下来,把顶上的四层改装成了屋顶套房,我来把灯打开。"几十个安放得恰到好处的聚光灯突然间把这里的豪华光辉突显了出来。

"你住在这儿?"西蒙妮问。

"这是我的世界。其实,柯蒂斯可以证明,我很不喜欢人多的地方。在这里我可以一个人待着。"他看着远方,模模糊糊地说。

"你又不是隐士。你也在参加舞会,募捐会,还经常在国际会议上发言。"西蒙妮说。

"这只是昂贵行动的一部分,西蒙妮。在什么地方就要做什么事情。"

克里斯蒂安走到壁橱边,按下了一个按钮。一个满载东西的吧台出现在了他的身后。他打开了一瓶单一麦芽苏格兰威士忌,给自己倒了一杯。"你们谁愿意来喝一杯吗?我可存了不少好货。"

西蒙妮看着柯蒂斯:"我要杯茶就好了,谢谢。"

"你呢,迈克尔?"

"我倒要尝尝威士忌。"

"柯蒂斯,亲爱的,你是了解这房子的规则的。想喝什么就自己倒。现在,"他转过头说,"你们也一样。"他玩笑地冲着西蒙妮和迈克尔晃了晃手指。

柯蒂斯给自己弄了一杯喝的,也给迈克尔倒了一杯。

"那么,"克里斯蒂安坐在一张安乐椅上,跷着二郎腿说,"你们为何要来这儿?"

西蒙妮的脸上没有了笑容:"我弟弟被人杀了,我自己无法查出真相。"

"很遗憾。什么时候的事?"克里斯蒂安问。

"前不久,死在了俄克拉荷马肖尼市。"

西蒙妮和迈克尔一起把故事讲了一遍,跳过了柯蒂斯坚持的关于"承诺"和"章鱼"的部分。

"但是为什么要杀他呢?"银行家问。

"我也想知道。"西蒙妮回答。

"但是这是关键,不是吗?丹尼知道些什么。而有人费尽周折想阻止这些信息外泄。"克里斯蒂安站起来说:"调查不下去了吗?"

"我们只有我弟弟的文件。"

柯蒂斯看着西蒙妮说:"没有。"他纠正她说:"我们只有属于一个匿名保险箱的一些字母还有一串数字。如果我们走运的话,这些字母和数字组合正确,我们也许能有机会看看里面到底是什么。西蒙妮觉得丹尼把他正在调查的东西的证据放在里面了。"

"你不这么认为吗?"西蒙妮问。

"我是不愿意去推测而已。我们现在还不知道整件事究竟是怎么回事。"

"这个秘密肯定对某个人来说至关重要。要知道,窘迫是非常有力的杠杆。仅次于恐惧。"

"这倒让我想起了,"克里斯蒂安伸进口袋,拿出了一张名片,"有紧急情况的话,就打这个号码。拿着这个电话,柯蒂斯。这个电话是特制的,绝对独一无二。运用的是数字化扩展频谱科技。"

"数字什么?"西蒙妮问。

"数字化扩展频谱,它最初的使用是在'二战'时期,用来阻止鱼雷在冲向目标的途中被干扰。这种信号很难被拦截和解调。他们可以抵抗拦截和干扰,是因为这些信号的传播是通过大量的频率实现的。"柯蒂斯解释说。他微笑着说:"重要的是,那些坏人不能窃听我们的通话。"

"对。"克里斯蒂安说。

银行家看了看手表:"抱歉扫了大家派对的兴致,我还有事情要做。晚安,我的朋友们。"他带他们去看了各自的房间:"柯蒂斯,我二十五年前也这样对你说过,休息才是最好的武器。睡个好觉吧。"

***

电话好像已经响了一个世纪了。有个男人想要联系一位非常重要的华盛顿政客,著名的决策者。这个政客住在弗吉尼亚州阿林顿北部的第24大街街尾的一栋房子里。这栋房子下就是波托马克河,从房子里还看得到华盛顿特区。这栋白色的豪宅远离道路,周围满是红色的雪松和巨大的橡树。这位重要的政客曾是财政部部长,是很多世界著名决策的支持者。"部长很关心穷人。"他的下属经常这样说。好笑的地方在于,他们所说的"穷人",不是几千万营养不良忍饥挨饿的人,而是"心理贫穷"的人,这类人包括：参议员、将军、首相，这些人坐着黑色加长轿车，市内公车还有笨重的SUV，缓缓地靠近第24大街街尾，在那里与大家见面，对管钱的财神致以敬意。

"这是凌晨三点十七分呀。"部长先生生气地接起了他的私人专线。

"部长先生？"

"不是，是他们的希拉里·克林顿。我猜是要事吧。要不就是你在另外一个时区。"

"请相信，确实是要事。我们追踪到了曼哈顿下城的一栋建筑。"

"哦？"

"他们去见的人是克里斯蒂安·贝鲁奇。"

"那个世界银行家？天哪，天哪，这可有趣了。一个保守秘密的名人。这中间有什么联系呢？"他清了清嗓子。

"不清楚。我们的人正在调查。"

"我昨天就要结果了。明白吗？"

"完全清楚。"

"跟着这个线索。有多少人在现场？"

"随时待机的人吗？六个。分成了三组。"

"派两个人跟着他。"

"剩下四个人盯着其余三个人。"

"我猜，这当中肯定有点什么。"

双方都停顿了一下。"在罗马活下来的那个人待在了贝鲁奇的公寓里，用你的话说，还有那个盗墓者和那个仙女。"

"好，好。今天真是我们的幸运日。"

"我要是能分享你的兴奋就好了，先生。那个特种兵就是个麻烦。"

"这是意料之外的。他会带我们找到我们要找的东西的。还有……把你了解到的关于贝鲁奇的所有信息都交给我。我有种感觉，他就是一出行走的舞台剧。"

"他扮演的是什么角色?"

"还不清楚。这一系列的事件让我有些担心。"

"什么意思，部长先生?"

"意思是，我们要做做算术。有一定的规则。我们只需要找到这种规则。停止关于那个死人的一切工作，画出他的所有关系网。六点的时候让所有人各就各位。"

"通过贝鲁奇，我们可能已经找到死记者的出资者了，先生。"

"好吧，那就早上。"

第二十六章

虽然已经是上午十点了,但是天色还是很暗,因为毛毛雨的缘故,人行道变得很滑,这也预示着暴雨即将要来了。柯蒂斯看了看周围,警惕地注意着人群中任何异常的现象。他仔细地观察了一下街道。暂时一切正常。

柯蒂斯在第16大街招了一辆出租车,开过了十六个街区后,又换了一辆出租车,向着相反方向又走了八个街区,最后让自己融入了地铁的人潮中。他在离银行四个街区远的地方下了车,踏着平稳的步子朝着西面走去,一边走一边留意着玻璃上的影子,看有没有可疑的见过的脸。什么都没有。他在街角转了弯,走到了相邻的街上,来回经过银行两次之后,才终于走了进去。第一步就是要了解沙夫豪森银行的安保现状。

银行大厅是高高的中庭,六边形的花岗岩上空是斜拼的玻璃。门框上镶着正方形的玻璃,看起来就像是一台没有接通电源的大电视屏幕。柯蒂斯知道,这是新时代的一种视听登录系统;在这硅酸盐平面上安装着几百个微型镜头,可以捕捉到180度范围内局部的灯光反馈。这就是一种合成眼,就像是昆虫的眼睛一样,由一台电脑整合他们捕捉回来的画面,最后变成移动图像。

他站在队伍的最后;他眼里投射出的眼神表明,他是一个接受命令,听从命令的人。

柯蒂斯看了看面前的空荡区域,没有与任何人有眼神接触;六个柜台,相互之间由一张不超过五厘米宽的挡板隔开。有两个位置是空着的,占据其余四个位置的分别是一个留着漂白金发,戴着夸张镀金耳环的胖女人;一个年轻的女孩儿,很明显是实习生;一个身材高挑,面容憔悴的眼镜女;还有一个穿着紧身白衬衫的大胸金发美女。排队的人有十一个。四个男人,七个女人。大厅中还站着三个人,他们脸上挂着无聊的表情,靠着墙站着,很明显是在等待他们各自的约定会面。

他研究着这些人,每一个单独打量着,看着他们的眼睛,观察着他们的肢体语言,看有没有什么异样——一个奇怪的动作,尴尬的举止,看向别的方向的突然的眼神,无意识的小动作。看有没有人无缘无故地很无聊,很热情,很热心,有人突然地转移视线。接着就是观察他们的衣服、鞋子还有配饰。有什么特别显眼的吗?有没有人的姿态出卖了他的紧张或者他隐藏的技术?最后就是锁定目标。

柯蒂斯走到通向保险库的玻璃滑门。玻璃上有一个细网金属屏。看起来是装饰品,其实它是有特别作用的。他按下了左手边一个突出的八边形按钮。门滑开来,发出了轻轻的嗖嗖声。里面是一个由接地的铁磁网围成的长方形空间;这个铁磁网可以屏蔽所有的无线电信号。

"这边请,先生。"留着短发的中年员工说。他拿出一张沙夫豪森银行专用信纸,纸中间有两条空白的线。柯蒂斯在第一条线上写下了"142857",在第二条线上写下了"生命之树"。柯蒂斯把信纸递给了银行员工,他接过之后立刻检查了一下。"请在您右手边的绿色房间里等我,我会很快把您的盒子带来,先生。"员工亲切地微笑着。柯蒂斯观察着他的肢体语言,留意着他说话的声调节奏。这声音听起来高兴得不正常吗?有没有异常的紧张,是不是异常温柔,还是异常冷酷?但是,这毕竟是在银行里,是人们存钱的地方。银行里总是有一种紧张的氛围,你存的钱越多,他们就越高兴。

他走进绿房间,那个男人消失在了内门里。这个房间很小,十五平方米的样子,用不锈钢装饰着,房间装饰得十分简朴,只有两张皮椅子和一张靠着墙的桌子。这时门又开了,那个银行员工带着一个金属盒子走了出来。他拿出一把钥匙,并把它放在了柯蒂斯面前。"您办完事之后,按下桌子上面的按钮即可。"

"谢谢。"

"还有别的事吗?"

"没有了,谢谢。"

员工微微点了点头,便离开了。柯蒂斯等着门关上了。他默默地坐着,面前放着这个圆顶状的盒子,尖着耳朵,听周围有没有秘密动作的声音。没有。他看了看表。十点十五分。他拿起钥匙,插进锁眼,向右转了一下。他听到了咔嗒的一声。西蒙妮说对了：丹尼真的把密码藏在那首700年前的古诗里了。他打开保险箱，检查着里面的东西。

柯蒂斯拿出了一捆手写的纸，类似笔记的东西。这一捆纸下面是一叠被一个超大型回形针固定着的财务报表。他小心地把报表拿出来，放在了桌上。接下来的文件被一根橡皮筋捆着，就是女孩子用来扎马尾的那种橡皮筋。他拿掉橡皮筋，慢慢地将文件打开。粗粗浏览之后他发现，这是一些金券复件。他一页一页地翻看着，随机抽了一张出来。他随意地看了看金券中间部分。一个数字突然跳了出来。750吨黄金。他靠近金券，读着这一整行的内容。"作为750吨黄金的一个缔约方，以存款担保的方式……"柯蒂斯一脸的不相信。这换算成美元的话是多少钱，他想着。克里斯蒂安肯定知道。他又随便抽出了几张金券，结果发现，第一张上面的黄金数量，是其中最少的。

柯蒂斯还在这个盒子里发现了一些DVD，一些他没有见过的人的照片，海地电报，密封在文件夹里的电话记录，还有大量的图和满是丹尼·卡萨拉罗潦草书写的笔记本。

等一下，我等一下再细细研究。柯蒂斯把盒子里面的东西放进了两个皮袋子里，接着他把这两个皮袋子绑在了自己的身体上——一个绑在背后，一个绑在胸前，他从上面拉了拉毛衣，调整了一下皮夹克。他感觉到了冰冷的枪。他把枪放在了皮夹克的内袋里，如果有需要的话，可以很轻松地把枪拿出来。他向上帝祈祷不会出现这样的需要。他关上盒子，检查了一下自己，接着站起来，按下了按钮。

没过一分钟,他就听到了咔嗒声,门被打开了。"您还满意吗?"员工放心地微笑着。

"是的,谢谢。"柯蒂斯站到一边,让员工进来。

"请吧,先生,您先走。"员工微微地鞠着躬说。

"沿着走廊直走,先生,穿过您右边的滑动门就行了。"

几秒钟之后,柯蒂斯就回到了公共区域。他快速地扫视了一下周围的人。依旧很无聊的样子,同样期待的表情,同样的姿势。在他看来,没有什么不符合常理的事情。他伸手拉住了沉重巨大的铜把手,向自己身体这边拉开了门,来到了大街上。

接着他看到那个穿着深色雨衣的男人,他的右手插在雨衣的大口袋里。柯蒂斯刚刚走出银行,这个男人就从街角拐了出来。他走得很随意,但是他的眼神很锐利,在街上漫步着,观察着。他的脖子很短,蓄着厚厚的胡子。柯蒂斯没有转头,移动眼珠看了看左右。暂时没有其他人了。杀手注意到他在四处观察了吗?不可能,距离太远了。

那个男人现在走得快了些,但是他的加速是很难被人察觉到的;这肯定是专业训练的结果。当这个男人要与他擦身而过的时候,柯蒂斯减慢了速度,眼睛直盯盯地看着前方。

突然,这个男人用他强壮的大手抓住了柯蒂斯的手腕。柯蒂斯掏出自己的枪,但是这个男人身手很好。他用另一只手的手掌根部直接把柯蒂斯的枪打飞了。柯蒂斯扭动手腕,跪在了地上,同时这个男人用力地挥臂,只差几厘米就打到柯蒂斯的头了。柯蒂斯的右手被锁着,他猛击了这个男人胸腔靠近腋窝下面的位置。这个男人疼得大叫了一声，头向后仰了一下，但是仍然没有松手，他用自己的膝盖朝着柯蒂斯的脸上来了一下，打到柯蒂斯左眼的下方。柯蒂斯左边的颧骨好像突然裂成了两半。

打击的力量让柯蒂斯的身体向后倒去，他感觉到有什么温热的东西顺着自己的下巴流了下去。没有多想的时间。随时都可能有别的人出现，柯蒂斯透过眼角的余光，看到了一个黑色的东西。一把手枪！他向右弓着身体，努力地站了起来，接着抬起左腿，击中了那个男人的手臂，把他手中的枪踢掉了，这是一把点三八口径的手枪。

柯蒂斯用右手准确地刺中了那个男人的喉咙。男人断断续续地咳嗽了起来，四肢无力，倒在了地上，双手拽着自己的衣领。他呼吸困难，在地上滚来滚去，因为已经被打断的软骨阻断了空气的流动。

柯蒂斯伤得不轻，但都是皮外伤。这场打斗持续时间不到十五秒，也引来了一群惊讶的旁观者，但是没有警察。他看到自己的手枪就在地上。拿上枪，就证明他并不是无辜受害者，但是他必须要把枪拿回来。他跌跌撞撞地走过去，跪在地上，捡回了枪，接着站起来，顺着街道看过去。

肯定还有别的杀手。他们在哪儿呢？不管他们是谁，这些人都是专业的。三点封锁是标准步骤：杀手在银行附近实施袭击之前，肯定有两组人马已经在这个街区的两端站好了位。要出去只有一种方法，那就是直接突围。他摇摇摆摆地走着，每一步都带来疼痛感，他差点就要站不住了。他对自己说，不能停。

这时他看到了他们，他感觉自己的血都变冷了。两辆车，一辆深蓝色轿车，一辆白色小货车，从不同方向向着柯蒂斯聚拢过来。两侧都被围住，陷阱已经布置好了。他们看到他了，但是没有人行动。蓝色轿车里坐在司机后面的男人不停地对着头戴式无线电说着什么。围观的人！目击者太多了。肯定有人会记下车牌号，通知警察。接着他听见了警笛声，听见了警车快速行动时，轮胎摩擦地面发出的刺耳的声音，然后就看到一辆警车从街角冲了出来。他不相信自己能这么幸运，他们能即时赶到吗？这个问题的答案永远没有人知道。

柯蒂斯听见了震耳欲聋的爆炸声，金属碰撞着金属，在空中扭曲着，裂开，爆炸成了成千上万的碎片。警车司机的一侧直接飞了起来，两吨卡车的冲击力让人们像洋娃娃一样被扔到了挡风玻璃上。看到他们身体的姿势，柯蒂斯知道他们都死了。

到处都是受惊的人们的尖叫声。没有片刻喘息的时间。蓝色轿车慢慢地换到了一挡，穿过中心线，在不到二十米远的地方停了下来。上帝啊。现在又要怎么样？柯蒂斯绝对不能让他们靠近自己。围观人群的注意力都击中在爆炸的残骸上，杀手们可以轻易地走上前来，给他一枪。人群和噪声就是他们的掩护，混乱的状况也使得他们可以轻易地撤退。

柯蒂斯看都没有看，他很确定另外有一组人肯定正在从另一个方向，穿过人群，向他慢慢靠近，这些人的手都藏在口袋里，握着枪。现在没有多余的时间来思考如何对付后面的人了。他把注意力集中在面前这些杀手身上。有两个人正在慢慢靠近他，一个从街道左边突进，另一个直接从他正面走来，从两个方向对他进行夹攻。这个完美的陷阱设置得非常精确。两个警察从中干预，他们毫不犹豫地除掉了两个警察。如果他不采取点措施的话，那么他就是下一个，那一切就都完了。他们会先杀死他，再去找西蒙妮和迈克尔。

柯蒂斯面前的这个杀手微微抬起头，看着他上面的地方。他在看什么？有人在他身后。后备小组已经到位了。他必须要行动了。立刻就要拿下这个杀手。立刻！柯蒂斯俯冲到自己的右方，拔出枪，开火，射中了那个杀手的胸部。子弹的冲击力让杀手跳了起来。他咚的一声倒在了地上，就像脚下踩着的地毯被人突然抽走了一般。这个人倒地之后，两颗子弹擦过了柯蒂斯的右肩，射进了一家商店的装饰木板上。

柯蒂斯滚了一圈。又有两颗子弹呼啸着飞了过来，打在他面前的地上，又弹了起来，溅起了烟雾和一些颗粒。柯蒂斯又滚了一圈，看到了目标，他用右手稳住了左手手腕，有条不紊地开了两枪。他瞄得很准，那个男人被解决了。

已经干掉两个了，还有两个。他们在哪儿呢？要去空的轿车看看。柯蒂斯站起来，朝着那辆车跑去。其中一个杀手跪在地上，稳稳地端着他的枪，从容地瞄准之后，开了几枪，但是要击中一个移动的目标还是很困难。子弹穿过空气，击中了他的前方和侧方，打破了一盏头灯，击中了轿车的保险杠。

柯蒂斯没有转身就朝着身后开了几枪，希望子弹能够自己找到目标。可惜没有。但是在那两个杀手躲闪的同时，也可以为他争取到宝贵的几秒钟时间。他艰难地挪着脚步,猛地拉开了后座的门,迅速地移动到了车子里:钥匙还插在点火器上。该死的混蛋,他们犯了个错误,以为一切都在他们的掌控之中,从来没有对结果产生过怀疑。他的手指猛烈地舞动着,启动了汽车,挂上倒挡,加速往后倒。轿车一跃,疯狂地旋转着。当他猛地把轮胎转动180度的同时,又挂上前进挡,眼角余光看到的都是一张张惊恐的脸。就是这样,他们已经抓不到你了。

第二十七章

爱德华·麦克罗伊把自己的大脚搭在桌上，拿起报纸，翻开了《泰晤士报》的运动版。接近中午的时候，毛毛雨变成了倾盆大雨。他沉思着，大雨总是会让他变得忧郁。室外湿润沉闷的气氛对应着他内心的沉闷，反倒带来了一丝安慰。他的视线落到了骄傲地展示着他身份的黄铜名牌上——高级代表。对，他，爱德华·麦克罗伊，是全世界最强大的联合银行的高级代表。从名义上看，他是货币精英的高级决策者。实际上，他悲哀地想到，他只是一个小人物，有权有势的人把他当作联络员，来掩盖他们的罪行和金融犯罪，却又随时可以翻脸不认账。突然，他父亲的灵魂出现在了他的眼前……

"如果不是我兄弟的话，你这个蠢蛋，还在扫大街呢。"他的父亲咆哮着说。

"爸爸，我一直都擅长财务事务。"

"你在你妈送你去的那个梦幻大学里到底学了些什么？"

"艺术历史和广播。"

"你学这些准备干什么?"

"我喜欢篮球,爸爸。"

"你就是个五英尺高的笨蛋。你准备打哪个位置呢,小精灵?"

"我想当现场评论员。"

"在这个没有篮球队的城市里吗?这算哪门子的工作?"

"布莱恩特·冈布尔就是。"

"他是谁?"

"我的室友。他现在就是NBA的评论员。"

"那个黑鬼吗?他脑子聪明,儿子。你脑子里都是屎。"

他母亲插话了。

"杰克,你对他太严苛了,你给他太多压力了。"

"上帝啊。广播和艺术,去你的大屁股。"

"爸爸,很多有威望的人都很喜爱艺术事业。"

"这些人都是有经济背景的,笨蛋。他们喜欢艺术,是因为他们可以把他们的脏钱裹在体面的毯子下面。"

"约翰叔叔呢?"

"他怎么了?"他的父亲愤怒地问。

"他是福特基金的董事长。他们参与了很多艺术事业。他就很体面。"

"他是为暗杀肯尼迪做善后工作的人。记得在小丘上的那三个流浪汉吗?"

"在肯尼迪被杀的当天,这三个流浪汉也被杀了,还没埋呢,那把铁铲还在你叔叔那里。这是他进入体面人士圈的入场券。秘密的守护者。你也要保守这个秘密。不然你就会被除掉……就像鱼饵一样。你明白吗!"

父亲喘着气,没有人说话。

"明天,你就开始新工作,在大通曼哈顿银行当你叔叔的助手。别搞砸了。管好你的嘴,他让你做什么就做什么,不要乱拍马屁,你会成功的。你听清了吗,孩子?"

"是的,爸爸。"

***

这就是最强大的联合银行的高级代表,爱德华·麦克罗伊在这个格外寒冷的早晨感觉这么郁闷的原因。过去二十年里,他都在尽职地闭着自己的嘴,拍该拍的马屁,很多都是违背自己的内心的。他看了看自己的手表。离十二点还有十分钟。虽然他想当评论员的梦想已经成为了泡影,但是室友的节目他一场也没有落下,特别是现在,他的室友已经成为了美国最受欢迎的电视主播之一。麦克罗伊打开电视,调到了24小时运动频道。

电话突然响起,麦克罗伊抖了一下。"你好?"

"你最好打开电视,爱德。"

"开着的。"

"不是运动频道。"

"你是谁?"

"是你的仙女教母。你觉得我是谁?"

"亨利?"

"我想我们应该不会被窃听吧。"

"等等。什么台?"

"什么台都行,除了体育台。所有新闻台都在播。"

"什么内容?"麦克罗伊调到CNN,看到了银行前面的残骸。人行道上到处都是血。

"该死。出了什么事?"麦克罗伊问。

"我们正在搜集信息。"

"是我们的人做的吗?"

"这就是有趣的地方,不是。"

"那是谁?"

"有人倒置了我们的陷阱,插入了他们自己的人。"

"你想让我怎么做?"

"我想让你跟你在沙夫豪森的人谈谈,拿到里面那个人的细节信息。然后在老地方见面。哦,还有,爱德——"

"什么?"

"尽快,爱德。"电话断了。

***

三点,"章鱼"阴谋集团的人坐在U形红木会议桌边,面面相觑。大家敷衍地相互问候,心不在焉;握手也握得软弱无力,毫无热情,一点礼貌都没有,大家短暂地相互指责;重蹈覆辙没有一点意义。不会给他们带来一点好处。

"有照片吗?"

"有,银行周围到处都有监控摄像头。这个人叫菲兹杰拉德。全名叫柯蒂斯·菲兹杰拉德。美军特种部队队员。"亨利·斯蒂尔顿说。

"他从罗马坐头等舱来的。"他严肃地补充说。

"那张票要卖八千美元。他的钱是哪儿来的?"泰勒问。

"问得好。也许他曾经为国家拼死拼活,但是他的国家从来没有在经济方面同样程度地报答过他。"洛维特插嘴说。

"爱德,你拿到他打开这个账户保险箱的号码了吗?"

"拿到了,银行员工觉得这是个很有趣的组合。"

"他说什么?"哈里曼问。

"账户名,生命之树;号码,142857。"

"这他妈的是什么意思?"

前部长摸着自己的手臂,一手拿着烟管,一手拿着打火机。"罗伯,让你的网络天才们去调查一下。看看他们能否破译密码。"

"精心安排今天早上这个陷阱的人,提前就知道了各种人员出现的时间和地点。有人正在观察,偷听,预估我们的一言一行。"泰勒焦虑地说。

"那就是说,我们的信息就像装在筛子里一样,不停地在往外流。"斯蒂尔顿冷酷地点头说。

"会是谁呢?"泰勒问。

大家都沉默了。接着大卫·亚历山大·哈里曼三世语气冰冷地说:"不管是谁,他都可以直接连接到我们内部。不管今天早上导演这出戏的人是谁,他都等待着,期待着我们的行动。他在逼我们。这一系列的事情都与我们有关。这是一种模式。那个记者就是他们杀死的。"

"沙夫豪森也是他们搞的。"约翰·里德说。

"突然间,有人天衣无缝地让他们自己参与到了我们的序列中;但是这种模式还是没有变。有枪击,然后期望牺牲者变成捕食者。"哈里曼接着说。

斯蒂尔顿紧握着扶手,眼神很紧张,他提出:"没有什么可供我们联系的,没有发展路线,没有辉波那契数列。"

"是斐波那契数列。"泰勒纠正说。

"哎呀,该死的意大利语。老是说不对他们的名字。"斯蒂尔顿默默地诅咒着泰勒和斐波那契。

突然,他用拳头猛击了椅子扶手一下:"妈的!"

"上帝啊!"洛维特大叫着,声音非常刺耳,使得麦克罗伊紧紧地靠在了椅子上:"这是我们后院发生的重大地理政治权力转换。是谁在追我们呢?"

"没有模式不代表不存在这样的模式,只是我们看不见罢了。"哈里曼补充说:"而且,很有可能是我们熟知的人,这个人胸前贴着标识,就在我们周围走来走去,但是我们就是看不见他的标识。"

"菲兹杰拉德也参与在其中吗?"洛维特问。

"其他人呢?"麦克罗伊接着问。

"别管那两个人了。他们是附属的。据我们的报告显示,这是情感问题。"斯蒂尔顿说。

"我们必须要抓到他们,杀掉他们。"洛维特说。

"不要冲动。"哈里曼说。

"你是说——"

"我是说,他们是关键信息人物。我们先打他们一枪——"

"然后在杀死他们之前,获取他们的记忆。"斯蒂尔顿拍着桌子说。

"我记得医学术语是:在外部控制的情况下,可以激活大脑记忆。"泰勒说。

斯蒂尔顿慢慢地站了起来,一脸的恶相:"我真是烦透你纠正我了,泰勒。"

泰勒靠着椅背,放开双腿,接着又跷起了二郎腿:"请接受我的道歉,亨利。"他声音悦耳地说。

斯蒂尔顿停了一会儿,严肃地说:"但是,我们又回到了那个死记者身上。"

"疑问太多了。可是时间远远不够。"哈里曼补充说。

第二十八章

在曼哈顿下城的一栋古朴的办公大楼前,停着一辆酒红色的豪华轿车。穿着制服的司机一边看着仪表盘的时钟,一边调整了一下自己的眼睛。现在是五点零三分。他把手伸进口袋拿出了一根香烟,然后打开了收音机,听着他唯一被允许收听的电台FM97.5——市场观察。他转移视线,看着大楼的入口处。他等着的那个男人随时可能走出来,然后快速走向这辆车。收音机里的播音员音调很高,语气幽默。

"这事闹大了,而且对他们也造成了严重的伤害。三天前崩溃开始之后,几天都没有关于他们的消息。他们的沉默告诉我,花旗银行在背后起到了重大的作用,他们有所隐瞒。你们可以相信,提起诉讼的这些人手里肯定握着充分的证据。现在这场游戏已经被幕后操作了一阵了。那些赢得这场有暗箱操作游戏的人就是蠢蛋。要是这句话是我发明的就好了,因为这句话确实说得太好了。"

"乔纳森,"收音机里的另一个人说,"你能为我们说明一下今天事态的发展情况吗?"

"今天我们看到的是什么？正是我之前预测的。世界市场正在慢慢崩溃,过不了多久,崩溃的龙卷风就会席卷整个世界,然后又回到这里。如果你研究过大萧条的话,你会发现这样的历史其实太多了。亲眼目睹,亲身经历过那场噩梦的人,现在在世的已经不多了。现在,你觉得自己是幸运也好,不幸也罢,我们很快就会再次与这龙卷风相遇了,只是这次它会更猛烈更快速地向我们袭来。这不是'百尺竿头更进一步'吗?"

巨大的玻璃门打开了,一个身材高大的男人匆忙地朝这辆车走来。他看起来大约七十岁的样子,肩膀很宽,身材笔直,灰白色的头发被整齐地梳到了一边,更加地凸显了他的高颧骨和强壮的特征。当司机为他打开后车门的时候,他心不在焉地点了点头。"送我回家。"

"好的,里德先生。"司机发动车子,融入了午后的车流高峰中。收音机还在播放着这条坏消息。

"富国银行这边肯定已经开始争分夺秒了。美联银行的价值每天都在蒸发,因为存户们都惊恐地关闭了自己的账户。花旗银行希望能通过得到这些存款的方式来避免破产。在时间紧迫的情况下,双方达成一致,终止诉讼,星期三再作决定。这次诉讼让花旗银行的律师们周末也跑去敲一位康乃狄克法官的大门。"

"现在我们来看看，马克，美联银行是加州的公司，花旗银行是纽约的，富国银行是北卡罗莱纳的。你觉得这像是要打到最高法院的案子吗？"

"乔纳森，如果对簿公堂，美联和花旗就都死定了。美联银行会变得一文不值，花旗也会瓦解。"

里德皱着眉头，陷入了沉思。他将手肘放在窗台上，用大拇指撑着下巴。他伸手去够一个安置在后排两个座椅中间的一个小盒子，打开了其中一个小格子，按下里面的一个按钮。隔断的玻璃默默地升了起来，将他和宣告末日来临的收音机隔开来。黄昏已经笼罩了这座城市，慢慢地将它带入黑夜。路上的车也打开了车灯。昏暗的灯光穿过挡风玻璃，时而照亮车里的人，时而又让他融入了黑暗中。

约翰·里德掏出手机，按下了重播键。

"你好？"电话另一头的人轻声问道。

"我要见你。"

短暂的沉默之后，对方说："在现在这种情况下，可能不好吧。"

"我一定要见你。"约翰·里德坚持说。

"事态已经失控了。"

"所以我要见你。"

"在我同意为你办事的时候，我只提了一个小小的要求。你还记得吗？"

沉默。"记得。"

"我为你效力的前提，是我有权按照我认为的合适的方式，制定相关条款。现在不是时候。"

"你听我说。"约翰·里德迫切地厉声说，"这几年我给了你不少钱。是我们把你变成了有钱人，这是你欠我的。我现在就要你还。"

"我不欠你什么。我们都变得富有，全都是因为我的工作做得很不错。又好又谨慎。晚安，祝你好运。"电话挂断了。

晚安，祝你好运。爱德华·R.莫罗的结束语像是讽刺的钟声一样一直在里德的耳边回响。里德反复地捶打着扶手，不经意间激活了双向对讲系统。

"股东们正在大量抛售股票，疯狂得就像是吸了毒的野猫一样。我不敢预期到年底的时候，花旗银行还会剩下些什么。像我之前说的，这会磨灭所有的希望。"

"那么，马克，你是说，这是一场真正的全球崩溃吗？"

"花旗银行可能不会明天就死，但是已经有预兆了。这条新闻是东部夏令时凌晨四点五十六分的时候，被发布到路透社新闻网的，我登录网页查看这条新闻的时间是在一分钟之后。结果这条新闻造成了大量的拥堵，我花了两分钟才把它下载下来，然后又花了两分钟才保存好。沽盘、空头和看跌期权肯定会以令人震惊的数据从大屏幕上消失。给外行的人们提个醒。这是大鲨鱼的领地。上也挣钱，下也挣钱。其余的小鱼们，为了你们自己，还是不要掺和进来为好。"

"把收音机关掉。"约翰·里德吼道,他的眼睛紧紧地盯着后视镜里司机的眼睛。他关掉了双向对讲系统,又拨通了之前的那个号码。

"我要你认真听我说。"他说话非常粗鲁,带着威胁的意味:"整个文件夹都在我手里,你忘记了吗?当局这边非常愿意合作,比你现在的态度要好多了。如果我被扳倒了,你也要跟着我一起倒。把密码搞到手,然后我们就可以解决问题了。杀掉卡罗尼,做好善后。没人能追查到我们。你明白了吗?"

"好吧。"电话那头的人轻轻地说:"在哪儿?"他得到了地址。

"我们知道我们可以把——"

"这是我们最后一次通话。"

第二十九章

西蒙妮惊骇地盯着柯蒂斯:"柯蒂斯,天哪,看看你。我们都以为你死了。新闻里都在播。"

"你应该看看其他人。他们现在还躺在地上呢。"他回应说。

"我们看到其他人了。但是都是在裹尸袋里。我们要找位医生来吗?"

柯蒂斯抬起眼:"不用,别麻烦了。给我点冰就行了。"

"柯蒂斯,你有没有……"西蒙妮盯着他,眼里满是期待。

"有,我拿到了。"他把枪从皮带下抽出来,放在了咖啡桌上。接着他解开皮夹克,小心翼翼地脱掉了毛衣,从身上解下来两个黑色的皮袋子,然后把皮袋子递给了西蒙妮。

她心跳得快极了,感觉口干舌燥的。他看了看迈克尔。她将两个皮袋子紧紧地拽在手里,捧在胸前,恍惚之间,她感觉丹尼也在场。

她把皮袋子里的东西拿了出来,放在了桌上。在这无数的纸张中,有一个男人或者女人的名字与丹尼的死有关。这些文件就是他五年艰苦调查的成果。

克里斯蒂安拿起光盘说:"我把这里头的东西打印出来。"说完他就走进了书房。

"就在这儿。肯定在这儿。"西蒙妮说。

柯蒂斯翻了翻丹尼那个皮面的笔记本,然后递给了西蒙妮。她坐在窗边的椅子上,捧着弟弟的笔记本,呼吸着笔记本上怀旧的气味,接着爱惜地慢慢翻开了它。

克里斯蒂安花了接近两个小时才把三张DVD光盘上的东西打印到了纸上。四点钟的时候,他们全都聚集在克里斯蒂安的书房里,浏览着这些分门别类的文件和照片。

他们把这些材料分成了三堆。每一堆都代表着不同的调查线:"章鱼","承诺"和黄金。他们使用的方法,从学术角度和最高机密信息角度来说,都是标准的。他们快速地浏览着这些东西,把注意力放在整体上,而不是个别文件上,想要得到一个总体上的概念和推理。大家都沉默着,只有翻书的声音,还有偶尔的一两句评论。

"这儿有一份750吨黄金的证明附件,是穆阿迈尔·卡扎菲的名字。"西蒙妮说。

"这值多少钱?"柯蒂斯问。

克里斯蒂安点了一根烟,拿起了一个计算器。"每一吨黄金是32150盎司。"他们都盯着银行家,"每一盎司是1000美金。"克里斯蒂安又看了看计算器上的数字:"这些黄金差不多就是240万亿美元。"

西蒙妮嘴张得大大的。迈克尔和柯蒂斯相互交换了一下眼神。"什么人会有这么多钱呢？"迈克尔问。

"不是一个人。每一张金券都有附加文件，这些文件上都有交易时间。只要少了一张，其余所有的都会作废。"他停了停说："这样做，是为了保护真实持有者的身份。金券上的名字只是障眼法而已。不要忘了，这可是黑金。"

"你是说石油吗？"西蒙妮问。

"不是。我的意思是，这是非法的，偷来的黄金。有传言说，这些黄金是属于埃及法老的。还有人说起因是第四次十字军东征。现在还有一种现代说，跟第二次世界大战有关。"银行家接着说："我也不知道该相信哪个版本。"

"那么，如果有人想要把这些黄金兑成现金的话——"迈克尔问。

"那一定要是真金。这是规则。"

"上哪儿去找这750吨黄金呢？"柯蒂斯问。

西蒙妮把丹尼的笔记本往回翻了翻："这儿，750吨这几个字被圈了起来，还画了下划线，后面还写着'来源'两个字和一个问号。这个缩写……CTP。我刚刚看到……在哪儿呢？等等。丹尼的笔记本上还有关于花旗银行的内容。是什么来着？"

她浏览着，看到弟弟潦草的笔迹，西蒙妮流下了眼泪。"我……我，"她吞吞吐吐地说，"我……我……我找到了。""城市/里德——CTP/政府。"后面又是一个巨大的问号。这一串文字被画了好几个圈，这个神秘的缩写下面还有特别的着重符号。

她看了看克里斯蒂安说:"你知道丹尼指的是什么吗——"

她停下来,读着他的眼神。明显克里斯蒂安是知道的。他抬起手,抹掉了额头上的汗水,接着移动视线,看了看他们三个人。他前倾身体,抓住了桌子边缘。这时他谨慎地慢慢说道:

"你所要对抗的是,是根深蒂固的邪恶迷宫,你绝对想不到你们所面对的是什么。"克里斯蒂安站起来,让自己陷入了窗户的阴影之中。"肯定这是和钱有关的事情。很多钱,其实,这些钱会推翻你对世界银行业、金融和经济的所有的认知。"他从鼻子里喷出两缕灰色的烟,用他明亮的双眼,死死地盯着西蒙妮。"据说这种世界在现实中是不存在的。可事实上它存在。CTP就存在于这个影子世界中,它在这稀薄的空气中制造货币,这就是西方经济不可告人的秘密。"他又坐了下来,看着其余三个人。

"CTP是什么?"西蒙妮问。

"CTP表示的是担保交易计划,是投机性非常高的政府运营秘密行动。美国政府的所有机构都参与了。"

"上帝啊,"柯蒂斯咕哝道,"为什么我一点都不惊讶呢?"

"你是说CIA和FBI吗?"西蒙妮问。

"这只是冰山一角。所有机构都参与了这个计划,他们顶着极小的风险,却能创造出巨大的利益,而那些接受专门邀请,作为出资者参与到其中的人也以惊人的速度累积着自己的资金。这是挣钱的一种方式,而且不会造成任何监督和会计责任的问题。"克里斯蒂安回答。

"这合法吗?我是说,他们——"她问。

克里斯蒂安摇摇头说:"控制市场的这些人进行的内部交易吗?不合法,非常明确,绝对是严重违法的。"

"你是说,银行与政府串通一气,一起进行这些计划吗?"

"还有非常富有,非常秘密的个体投资者。银行和运行CTP的中央银行手里有两套账——一套用于公开审查,一套仅供内部浏览。"

"你知不知道是谁创造的这个计划?"迈克尔问。

"不清楚。实际上,我也不想知道。不知道我还能睡得更好。"克里斯蒂安说:"只有对圣诞节时候的孩子们来说,贪心才是好事。"他奇怪地说。

"他们用这些钱来干什么?"迈克尔问。

"有些钱被用来拯救世界上大部分面临破产危机,不计后果的贷款政策和次贷崩溃的大银行。我告诉你们一个小秘密吧。花旗银行、汇丰银行、大通银行、纽约银行、美联银行还有高盛集团都是破了产的,摇摇欲坠地站在经济崩溃的边缘,只剩下一个名字了。"

"其余的钱呢?"

"其余的都用在批准的行动上了。"

"你是说合法的行动吗?"迈克尔问。

"可以这么说。"

"那到底是多少钱?"他问。

克里斯蒂安摇摇头说:"有一个资金池,这些钱被藏在冻结和匿名的账户里,总数有几万亿美元,足够支付美国的所有国债了，而且还可以付清地球上的所有债务。"

西蒙妮以为是自己听错了："多少?"

"没人知道具体的数字。但是我敢说这个数字肯定不会小。"

"有这么多的钱存在吗?"西蒙妮问。

"大部分都是在网络空间里，西蒙妮。如果真的要转移这么多钱，基本上是不可能的。但是，你也没有必要这么做，因为你只需要按下一个键，在百分之一秒的时间里，就可以把钱转移了，随便你想转移多少。"

"看这个，"西蒙妮举起一张画满了下划线的文件说，"这是一张2003年的与帝国大厦购买有关的交易证书。"

克里斯蒂安抬起头说："2003年3月，唐纳德·特朗普以六千万美元的售价把帝国大厦卖给了神秘的日本亿万富翁井横秀树。"

西蒙妮小心地拿掉了这一叠文件上的一个夹子，翻了几页。

"这次的交易是通过中间人完成的。"她扫描着文件，"这个中间人叫约翰·里德。"

"很明显丹尼已经找到花旗银行和CTP之间的联系了。"西蒙妮说，"你能不能猜到接下来他会调查哪儿呢?"她转头看着桌上放置着的几叠文件。

"猜不到。这个系统非常不透明，自上而下在不同的国家有不同的参与者，这些人都听命于董事会。这个董事会表面上的董事长就是花旗银行的CEO约翰·里德，但是我觉得他应该没有什么实权。他更像是一个傀儡。抱歉我只知道这么多。"克里斯蒂安摇着头说。

"克里斯蒂安，这些数字是什么意思？"她递了一张文件给他。银行家坐在椅子上，仔细地浏览了几分钟。接着他直起身体，眼里闪着光。

"西蒙妮，我想你弟弟已经找到CTP存在的证据了。这些数字从几亿美元到十亿美元最后又变成了几万亿美元。管理这项行动的人肯定迫切地想要拿回这份文件。"克里斯蒂安回答说，"每一个行动都有一个密码。帝国大厦交易的秘密与CTP交易记录上的密码是一样的。里德收到时间和序列的确认后，通过CTP激活了这次的交易。"

"为什么花旗银行能这样做呢？"迈克尔插嘴问。

"花旗银行是这个行动在美国的主要工具。三十个奇怪账户，都在花旗银行。"克里斯蒂安多喝了两口酒，忍住了咳嗽。"那么，丹尼已经发现了花旗银行和政府秘密地下挣钱行动之间的联系。"柯蒂斯慢慢地站起来说。

"但是我们还不知道，他在被杀掉之前，调查到什么程度了。"克里斯蒂安补充说。

"可是，我们现在了解到的已经比二十四小时前多得多了。"柯蒂斯说。

"新闻里都在播花旗银行过去十年间的贷款行为，他们现在财政状况很糟糕。"迈克尔说。

"罪魁祸首其实是华尔街的那些骗子，就是那些制造万亿美元廉价衍生经济泡沫的人。二十世纪七十年代之前，这种系统都是可行的，因为有金本位的支撑。但是不再使用金本位制之后的几十年里，华尔街变成了最大的赌场，人们用这个系统来赌，用电子货币，创造出了一种富裕的幻象。这种投机不稳定的交换系统让这个世界都破产了。"克里斯蒂安解释道。

"今天的金融泡沫就是这样形成的？"柯蒂斯问。

"银行在二十世纪九十年代的时候创造出了经济衍生泡沫。为了要让这些泡沫继续存在下去，银行就需要不间断的钱来维持这个系统。其中最好的一个来源就是抵押贷款，并以此来产生以抵押贷款为支撑的证券。进来的抵押贷款越多，利润就越大。就像吸毒者需要再嗨一次一样，银行开始放宽贷款标准，最后就是把房子卖给那些根本买不起的人。结果次贷危机爆发，把整个经济都拉垮了，就像多米诺骨牌一样。"克里斯蒂安停了一下接着说："如果没有快速的资金注入，那么银行就会内爆，顺带把美国，甚至是这个世界经济的残余一起抹去。"

"这些事情的共有特质是什么呢？"柯蒂斯问。

"就是那个人……花旗银行的首席执行官，约翰·里德。"柯蒂斯定定地看着他的老朋友说："所以你才觉得不该让FBI介入吗？"

"在我们公开行动之前，一定要确保万无一失。"柯蒂斯回答。

"你怎么知道与里德有关呢？"西蒙妮问。

柯蒂斯叹了口气："我不知道，里德也许是总管，也许是听命别人的高层人员，而这个别人也有自己的上线。所有人都是秘密联系的……都盖着黑黑的幕布。"

"我们会找到他们的，"柯蒂斯看着克里斯蒂安说："里德怎么办?"

"这只是开始,"柯蒂斯说,"他也是这网络中的一分子。等我们了解到他们的身份之后,我们就施压。一个被杀了的记者掌握着至关重要的证据,这些东西可以直接把'章鱼'整个端掉——这么多名字、罪行、金券、电话记录、秘密的银行账户,随便哪一个都是重磅炸弹。这些东西以前是丹尼的,现在是我们的了。"

"他们看到是我们拿了这些东西。"

"我们要放出消息,表明这些资料是可以出售的。我们只是想要钱,谁出价高,我们就卖给谁。"

"各个击破。"克里斯蒂安说。

第三十章

"找到卡罗尼,搞定他。"花旗银行岌岌可危的CEO约翰·里德坐在奢华的客厅里,看着哈德孙河说:"拿到密码,让我们忘记这场闹剧。"

"让你忘记。"一个皮肤黝黑,穿着体面,身材高大,脚上穿着鳄鱼皮靴的男人用他的法式英语纠正道。

"好吧,对,我忘记就行了。你知不知道我们说的这是多少钱?我会奖赏你的。你会变得非常富裕的,其程度绝对在你想象之外。"

"我生来就很有钱,约翰。而且,你相信我,我最疯狂的想象也早就实现了。"他看了看手腕上百达翡丽黄金卡拉特瓦拉特别版手表。接着这个人点了头说:"我想我们见面应该是要说点重要的事情吧。"

约翰·里德的姿势有些扭曲,他的眼神又呆滞,又狂乱。"去你妈的!不要这样对我说话,我可不是你那些微不足道的走狗!"

"你破坏了我们的协议,而且你食言了。"

"这是生死攸关的事情,皮埃尔!你难道不这么认为吗?"

皮埃尔姿势恭敬,没有作声。

"你为什么觉得我要来找你?"

"你为什么要找我呢?我也一直在问自己。"

"你接受过训练,已经掌握了高级审问技术。你非常清楚应该如何做。看在上帝的分上,这能有多难的?"他大声说:"你把他绑起来,用名字、数字和密码来刺激他,用零碎的信息……只要能知道他大概把东西藏在哪儿就行了。然后我们的电脑天才们——"

"你还是不明白,约翰。"皮埃尔说,"这是行不通的。正如你所说,我们都是了解对方的,长期严刑拷打的压力是会损害一个人的记忆力的。"

"管他的!我可不觉得我们相互了解。"里德咆哮着说:"如果我拿不到银行账户和密码,找回这些钱的话,我就死定了。我也许现在就已经死了,但是,相信我,如果我要下地狱,我是不会一个人下去的。你明白了吗?"他竖着肥胖的食指,指着这个法国人说。

法国人耸耸肩:"这跟我没关系。我关心的是这件事情。"

约翰·里德扭曲着脸说:"现在,你听我说,皮埃尔。我活了这么久,也见过不少世面。在你爸爸冲你妈妈第一次勃起之前,我就已经在韩国拍黄片了。"

"我不是机构人员,约翰。我没有必要去看你的简历。我是可雇用的杀手。这个杀手有巴黎大学的经济博士学位,曾在洛桑大学主修哲学。我信仰市场的天赋和安全的重要性。对，我是杀过人，但是没有希望谁死，而且我也不是疯子。"

"那你放在一起看看，皮埃尔。把市场和安全放在同一项任务里看。他们明着做，我们暗着做。你和我，就我们两个。"

"有补充协议吗？没有他人参与？"

"废话少说。以前没有，现在有。"里德靠近杀手说。

皮埃尔扬起眉毛。

里德继续靠近他："我们能做到。必须做到。如果我们拿不到密码，拿不回钱，整个世界的经济都会崩溃。"

"从历史和心理角度来看，邪恶的魔鬼都不是温柔的角色，他们还不够敏感，不够有人性，所以他们不会把我们所珍视的东西当作目标的。"

"我说的是人命！上百万的人都会变得一无所有。"

"不要装了，约翰。你什么时候关心过别人？你的朋友，大卫·洛克菲勒是怎么说的？'下层民众'，他不是这么说的吗？无论如何，数亿人正在遭受饥饿，谁又能说这是坏事呢？鬼魂一般是不能选择同伴的。"他停了一下说："把卡罗尼带回中心可能有用。给我几天的时间想想。"

"二十四小时，皮埃尔。我只能给你这么多了。一天。"

第三十一章

路易斯·阿布尔推开这本二百五十页的联合国审讯岛田的报告，手肘支在桃花木桌上，双手捂着脸。房间里很暗。弯弯的月亮发出淡淡的月光，照在她的额头上，留下了一个扭曲的光圈。淡淡的云朵在夜空中飘散着，但没有一朵敢靠近弯月。她点了一根烟，深深地吸了一口。

"阿布尔夫人，这里是不能抽烟的。"她的律师助手尴尬地笑着说。

"为什么呢？"路易斯说。

"我……我也不知道。"律师助手吞吞吐吐地说。

"西尔维娅，你很喜欢遵守这些愚蠢的规定吗？"

"我不抽烟，夫人。"

"也许吧，你应该考虑试试。对你的面色和直觉判断力有好处。"

西尔维娅怀疑地咕哝了一声。

路易斯打开窗。罗马潮湿的空气迎面冲来，像拳头一样，让

151

她感觉烦躁极了。

　　她拿起电话，拨下了分机号。

　　"是的，夫人？"

　　"那个人现在情况怎样？"

　　保镖看了看他面前的等离子屏幕说："他在床上坐着。"

　　"已经是上午十点过五分了！他在干什么？"

　　"看起来好像是在冥想。"

　　"有多少人在看着他？"

　　"十二个，阿布尔夫人。"

　　"我想明天和岛田谈谈。晚安，先生。"

　　"是的，夫人。"

第三十二章

在一个星期二的早晨,约翰·里德的电话响了起来。

"你好?"

"日安,里德先生。"

"什么事?"

"有件事情,你必须要处理一下。"

"是泰勒吗?"

"不是。"

"那你他妈的是谁?"他对着话筒大喊。

"我手里可能有你想要的东西。"

"什么东西?你在说什么?"

"'章鱼',首席执行官大人。"

"上帝啊!"里德小声回答。

一号人物,柯蒂斯想。现在又掌握了一个新的名字了,就是这个叫泰勒的人。

"好吧,执行官先生,我也不会浪费你的时间。那个死了的记者。俄克拉荷马的肖尼市。日期，街头地点，CTP，内部交易，秘密银行账户，经由政府人员的那些接收人的姓名……还有很多很多。"

电话另一头的人很长时间都没有说话。

"让我猜猜你是谁。"银行家说："你不是女的，那就是另外三人中的一个。我听过克里斯蒂安·贝鲁奇的声音，你的声音太僵硬了，而且作为鲁莽的抢劫犯来说，是非常专业的，那么，这样看来的话，你应该是菲兹杰拉德先生。"

柯蒂斯坐在沙发里，心跳得很快。"我说过了，死去的记者手里掌握着大量的信息，足以把'章鱼'给打垮了。这些东西以前在他手里，现在，在我们手里。"

"我为什么要相信你呢？"约翰·里德问。

"我们找到了打开一个秘密账户的密码，从一个匿名的保险箱里提取出了这些信息。这些信息都是与一项进行了五年的调查有关。"

"你觉得你们能拿着这些信息多久呢，我们会拿回来的。"

"拿回去？里德先生，你的意思是这些都是你的？"

"你给我听好了。不管你手上有什么，我们都要拿回来。"

"我们！哦，不，CEO大人，先生。不是我们，是他们。他们要这些东西，为了可以威胁你，他们可以愿意付出极大的奖赏呢。"

"他们？"约翰·里德问。

"他们，里德先生。"

"他们是谁?"

"这样说吧,他们是一个强大的金融集团企业。是一个有无限资源的组织。"里德上钩了。

"'他们'他妈的到底是谁?"

"我说了,是一个集团企业……对财政安排很有兴趣。"

柯蒂斯又重新掌握了主动权,里德已经准备好洗耳恭听了。"他们有可能是公务员,平民,特工,前特工,黑手党,还有罪犯,这些人一旦为错误的人工作,那么他们的技术就是非常有价值的,他们的酬劳也非常高。这些人独立行动,相互之间并不知晓,但是,这些人也受制于一群控制者,而这些控制者们,也有各自上线的控制者。"用术语可以让他更加万无一失。"很久以前,他们被冤枉过一次,现在他们非常想要拿回自己的补偿。"

里德压抑住了自己的惊讶:"这跟我有什么关系?"

"没什么关系,只是,你恰好是这个犯罪集团的一员,而且你也是最弱的一环。"

"你知道你面对的人是谁吗?"

"是,我们认为我们是清楚的。"

"你们就是疯子,你已经是个死人了。"

"无聊的恐吓可吓不倒我们。我们是疯了,疯到要把'章鱼',还有藏在花旗银行账户里的非法资金池的几万亿美元都公诸于众。想象这会对你的名声有什么影响吧?我们公布之后,你想象'章鱼'还能留你多久?"

"简直是疯了。你突然冒出来,还想威胁全世界第二大金融机构的首席执行官。"

"他还在空余时间兼职进行了一场强大的犯罪行动。"他停下来,又继续说,只是这次他的语气里有更多的妥协和理解:"拜托,里德先生。我们只是想挣点生活费的中介而已。"

"好吧,我有消息透露给你们。还有别人也想闯入你们的领地。"

"那他们是谁呢?"

"沙夫豪森银行的那些混蛋吗?攻击你并不是我们的计划。如果你说的真的还有买家,那么就又有新的玩家加入这次的竞标了。三人成群,这场游戏你是赢不了的。"银行家说。

柯蒂斯吃了一惊。他是在撒谎吗?不像。里德的声音很坚定,不带丝毫的情绪。不对,他是真心这么说的。沙夫豪森暗杀肯定不是"章鱼"的行动。那是谁呢?这是关键时刻。柯蒂斯觉得,真相正在慢慢地向他逼近,但是线索太多太烦乱了。

"我想事情应该可以以友善的方式解决。"柯蒂斯说。

"你的意思是?"

"我们可以利用这些信息,得到一些结论,然后制定出对我们双方都有利的方案来。"

"怎么做?"

"合作,双赢合作。你肯定在追查些什么事情,我们也许能够在你需要的时候提供帮助,只要我们在需要其他东西的时候,我们也能信任你。记住,里德先生,这与以高级信息为基础的经济优势有关。而你,先生,你所处的位置是获取信息的最佳位置。"

"继续。"

"如果受损害方拿到我们收集的信息的话,你知道我指的是哪些信息——秘密银行账户,CTP,接受者姓名,天知道他们会怎么处理这些信息。当然,他们肯定会破坏一些信息,重要的记录,至于你,可能就直接消失了。"他的声音越来越小。

"不完整的卷宗?"

"我们客户觉得,这些信息一开始可能不在那个地方。跟谁说呢?"

双方都陷入了沉默。接着,里德慢慢地,谨慎地说:"我也许会接受你们的条件。"

一个担惊受怕的人准备要倒戈了。小心。一定不能让他听出你语气中的渴求。听起来超然一些。你是间谍。"我赞赏你的选择。我现在要把你的决定报告给我的上线,他们会向特定的专家报告,最后得出一个合适的结论。"柯蒂斯又停了一下,等着里德先开口。

"你还在吗?"

"在,当然在。也许,为了显示你的诚意,你应该主动向我们提供有用的信息。"

里德简直被逼到了墙角。他清楚自己的处境,但是在这种情况下,他也无能为力。他需要丹尼·卡萨拉罗的文件。

"也许我能帮你一下。"柯蒂斯主动说。这又是至关重要的时刻。"'章鱼'里……有多少人是你了解的?"

里德什么也没说。

世上不会有两次同样的恐吓，除非骗子和受骗者串通一气。

"泰勒？"

"他是新的资金来源。青年才俊。"

"再告诉我们一点关于他的信息？"

"你们想知道什么？"

"我想听听你的想法，你对他的了解。向我们证明，你对这个组织的了解程度。"

"他是高盛集团的副董事长。"

柯蒂斯忍住了想要大喊和跳起胜利之舞的冲动。他深吸了一口气，慢慢地试探着。

"其他人呢？"

"董事会吗？老大们，国内所有政府机构的前首领；FBI、CIA、NSA、ONI、DIA、五角大楼。就是你们所谓的经典的军政复合体，也就是真正的军政勾结。"

"具体都有谁呢？"柯蒂斯问。

"有不同的级别。低级别的是中级这层政府官僚，比他们高一层的是顶级军事计划委员和他们的控制者，然后就是情报顾问董事会。"

"董事会？那他们属于哪个部门呢？为政府工作的秘密组织吗？"柯蒂斯问。

"他们是前端。"约翰·里德回答说。

"政府的前端？"柯蒂斯问。

"不是。"

"那是谁的?"

"一些非常有势力的人。大多数人当地都非常有影响力。这是我们想要的。"

"为什么呢?"柯蒂斯不明白。

"因为这样很方便。"里德停了一下接着说,"因为大多数人都不了解事实真相。"

什么真相?什么样的秘密值得制造这样的一个阴谋?柯蒂斯默默地想着,接着他感同身受地说:"我们知道真相,你也知道,"镇定的语气掩饰了对于自己听到内容的惊讶,"但是其他人可能不这么想。特别是假如他们了解真相的话。"

"如果卡罗尼没有意外发现银行账户的话,这也许就不成问题。"他语气严厉,像是在指责一般。

又出现了一个名字。柯蒂斯凝视着电话。他的下巴都掉下去了,他知道自己的样子一定可笑极了。幸运的是,这不是视频通话。他本能地觉得自己知道这个人是谁,这个卡罗尼是重要人物。柯蒂斯再一次竭尽全力让自己保持镇静:"他是谁?对于他的所在,你到底了解多……"柯蒂斯停下来,熟悉内幕的人知道,这么重要的信息不能在电话里面泄露。剩下的话他就没说了。

"比较了解,但不是很了解。只要我们把他拿走的东西拿回来——"里德的声音渐渐消失了。

卡罗尼是谁,他拿走了什么?他走得越远,钢丝就越高。他仿佛听见了尼瓜拉大瀑布在脚下咆哮的声音,感觉到了要把他吹到太空一般的狂风。

第三十三章

"他怎么说?"克里斯蒂安问。

"这么说吧,"柯蒂斯眯着眼,让自己适应这个房间的光亮,他回答说,"强大的彼尔德伯格集团的董事长,恰好就是高盛集团的副董事长——"

"说的应该是詹姆斯·F. 泰勒吧。"克里斯蒂安机械地打断了他。

"他与花旗银行的CEO一样,与'章鱼'有密切的联系,而且还在其董事会中占有一席之地。里德还告诉我,沙夫豪森银行的事情不是他们做的。"

"那么,还有别人?"克里斯蒂安说。

"对,还有别人。"克里斯蒂安阴沉地说。

柯蒂斯看着他的朋友:"他们知道你。他们知道我们到你这儿来了。他们知道你也参与了。是我把你置于危险之中。"

银行家向前挪了挪屁股,眼神阴暗,陷入了沉思。接着,他划燃一根火柴,点了一支烟,他站起来,绕过沙发,给自己倒了一杯酒。"我已经找不到什么活下去的理由了,但是现在我有了。不要排挤我,拜托。"他停了一下说:"无论如何,我身份贵重,他们是无法动我的。"他微笑着说:"现在继续说吧,对于另外的这些人,你有什么信息吗?"

"是新加入这场赌博的人。这是他的原话。他说,大多数人在本地都很有势力。这就是他们要的。"柯蒂斯回答说:"我问他为什么,他说因为这样很方便,因为大多数都不知道真相。"

"这是什么意思?什么真相?"

"我不知道。"

"你怎么不要求他解释清楚呢?"

"我应该知道答案才对。"

"低级人员,上线,控制者,然后就是董事会。每一个秘密组织都采用的经典设置。"

"什么意思?"西蒙妮问。

柯蒂斯吵吵嚷嚷地深呼吸了一口,接着在烟灰缸里熄灭了他的烟。"这个组织的结构就像是一个个的环,内层的环通常保护着更多的有支配力的内部成员,这些人协同完成所有的行动。当然,这只是一种比较委婉的说法,世界巨头们组成了一个巨大的网络,他们手里掌控着的权力比他们各自国家的还要多,就像一张虚拟的蜘蛛网,他们的财务,政治,还有经济的利益都是相互关联的。"

柯蒂斯细细地思考着这个贪婪的组织,各种各样的人都在进行贪污,这些人的道德指南针已经完全扭曲了。他想,当自己也属于其中之一的时候,他们是如何能在一群坏人中找出真正的坏人呢。

"有一件事里德说得很奇怪,就像是马后炮一样。他说,如果卡罗尼没有偶然发现这些银行账户的话,这一切就都不是问题了。"

"卡罗尼是谁?"迈克尔问。

"不知道。"柯蒂斯回答道,"很明显,他违法占有了相当大数量的一笔钱,这些钱一开始并不是他的。'我们拿回钱以前,他是不会出现的。'里德是这么说的。"

"拿回……什么钱?"迈克尔问。

"我还是不知道。"柯蒂斯回答说。

克里斯蒂安声音很轻,几乎要听不见了:"我们需要帮手。我认识政府里的人,重要的参议员,国会议员,还有在新的行政机构里工作的人,他们都欠我人情呢。他们可以帮助我们。我去跟他们说。"

"不行。FBI,CIA,海军情报机关。他们都有份。绝对不行。我们必须要先弄清楚我们的对手是谁,我们可以信任谁。只需要一个突破,我们就会知道这些人藏着的秘密到底是什么了。"柯蒂斯没有提高音量,他那死一般的语气就足够了。克里斯蒂安也明白了。

"我怀疑,里德并不是这个贼窝的老大,他也是听命于他人。解决这个问题的唯一方法,就是要把这些人引出来。"柯蒂斯说。"你说过,一环扣一环,内层的环保护着拥有更多控制权的成员。"

"那你的意思是?"

柯蒂斯盯着窗外看了看,然后又看着克里斯蒂安说:"鱼饵越大,钓到的鱼就越大。"他稍稍顿了顿,接着说:"我们就把东西吊在他们鼻子面前晃就行了。里德很慌张,证明他的上线也很慌张。我们拿到名字之后,就一个个地把他们揪出来。我可以把他们揪出来。我感觉到,他是被我逼到死角了。他的反应就像是个旁观者,好像是身在高位的决策者一般,但他绝不是最高的那个决策者。"

"欢迎来到老男孩儿俱乐部。"克里斯蒂安说,"这些人花了三分之一个世纪的时间,耗费了数不清的钱,才爬到了今天这个位置。不管他们害怕失去的东西是什么,他们都没有足够的时间从头再来了,所以他们会抱成团,朝着他们看得见的共同结局努力。"克里斯蒂安看了看手表:"其他的事情明天再说。我明天早上要开会,现在已经过了我睡觉的时间。大家晚安。"

第三十四章

高级人权官员路易斯·阿布尔的副手弗雷杰·芬尼奇踩着大理石楼梯来到了这栋位于华盛顿中心的普通办公楼的三楼,他整理了一下自己的领带,左手提着一个深蓝色的公文包。他踏上了三楼的地板。他面前的三道门上都没有门牌。他停下来,有些不知所措。他把耳朵贴在面前的这道厚重的木门上,想听听里面模糊的声音。

他听见从右边传来了咔嚓声。门慢慢地开了。弗雷杰僵硬地转身,小心翼翼地用满是汗水的手掌推开了门,悄悄地走进了房间里昏暗的灯光中。

"你好?"他犹犹豫豫地说。

"在这里。"一个声音从黑暗中传来。弗雷杰·芬尼奇又调整了一下领带,走了进去。

"你好,老大,你看起来很高贵。"他冷淡地说着。他试着微笑,但是知道自己是肯定笑不出来的。

这个男人出现在了他的面前。他穿着做工考究的细直条纹西装,全身上下都流露出自信的光芒。

"你把信息带来了吗?"老大平静地问。

"带来了。"弗雷杰打开了公文包。公文包里装着两张印着"HCM,最高机密"字样的纸。尊敬的路易斯·阿布尔,联合国人权事务专员在这两张纸上都签了名。

穿着细条纹西装的男人脸上露出一丝微笑:"做得好,弗雷杰。"

"很高兴为您服务。"路易斯的副手回答道。

老大拿起一个拉链袋,慢慢地递给了弗雷杰·芬尼奇。"这是你的奖赏之一。"

弗雷杰拉开袋子。袋子里装满了百元大钞,每一百张捆成一起,整整齐齐地放着。

"照之前说的,二十五万美元。"

"是的,老大。谢谢您。"

"说说看,这些钱你准备怎么花?"

"可能会退休吧。在某饭馆,或者艾利维亚的某家小酒店付点定金。"弗雷杰转过身,看着门口,然后又停下来说:"你说,这只是我的奖赏之一?还有什么?难道是工作出色的额外奖励吗,我可以这样说吗?"他暗地里大笑了起来。

"对,额外奖励,说得好。"老大转过身,一把枪出现在了他的手里,枪上的消音器预示着即将到来的死亡。

弗雷杰一动也不能动。"你,你要干什么?"他的声音听起来很飘渺。

"我得说，弗雷杰，你野心勃勃，却没有远见。"

"你想要的东西我已经给你了。"

"是，是给我了。但你把这东西卖给了出价更高的人。"他回应说。

"我是你忠诚的仆人。我跟你是一边的！"他一边回答，一边慢慢往后退。

"有谁敢说，明天，你不会把这份无价的信息卖给出价更高的'章鱼'？"

"什么？不！"

老大一枪击中了弗雷杰的喉咙，然后按铃叫人来清理。

***

在罗马，日本金百合小队的最后一名成员，岛田如幽灵一般慢慢地坐起来，过长的睡衣盖住了他细长的腿，也遮住了他矮小的身材。他睡了不到一小时。蓝色的夜空雾蒙蒙的，看不见月亮，下着毛毛细雨，让人感觉有些微凉。远处的惊雷在层层叠叠的黑云中越来越响。黑暗的房间里充满了一种只有在特定时间才能感受到的紧张感。不知从哪里冒出来一个黑影，悄悄地将自己暂时藏匿在唯一的一扇窗户后。

他这是在哪儿？他降低视线，然后弯下腰，看着自己的身体，默默地抽泣了起来。床突然发出了一声异响。某座钟楼上的时钟一如往常庄严地走着，有条不紊地敲了五次。羞愧是自我毁灭,是将生活零碎抛诸脑后的行为。痛苦又偏执。他认出了周围的环境。

岛田站起来。摇了摇头,忍住了再一次抽泣的冲动。时间在流逝。蓝色的窗玻璃上有精致的窗花。一切都是那么安静。他闭上眼睛,眨了眨,忍住了泪水,一瞬间感觉自己过去的人生又浮现在了眼前,悲伤,可怕,无意,枯燥,丝毫没有奇迹,没有爱。

***

深蓝色的小轿车走在斜斜的道路上,绕过最后一个弯,离开乡村,超过了停在未完工道路的泥土中的一辆小货车。亨利·斯蒂尔顿在座位上调整了一下坐姿,将头靠在真皮座椅靠垫上,半闭着眼睛,抽着烟,一幕熟悉的画面出现在了眼前。他抬起头看着袅袅的烟与玻璃上的影子融为一体,接着他抬起了一条腿。

他看了看手表,拿起电话,按了四个按钮。

"有信息吗?"

"没有,先生。"秘书稍带歉意地说。

"好吧。"CIA副局长按下了电话上的挂断键,心里满是愤怒和迷惑。

不到四分钟,斯蒂尔顿的手机响了起来。

省去开场客套话,他说:"我有点担心岛田。国际刑警安保措施肯定很周全。"月光下他脸上的皱纹更加深刻了。

"别担心。岛田是我们的。"

"你为什么这么确认呢?"

"特权者延期了,亨利。我们简单地改变了交战规则。他们的大本营中有我们的线人。"电话那头的人说。

"但是——"

"哦,对了,亨利……我猜'章鱼'还没有怀疑吧?"

CIA副局长打了个冷战。

"这个不用担心,老大。"他狠狠地吞咽了一下。

"不是我,你不担心就够了。晚安,亨利。睡个好觉。"

第三十五章

细雨蒙蒙。天空中的橙红色渐渐被阴沉的灰色吞噬。在纽约市郊的某个地方突然发生了爆炸,把鸽子都吓飞了。"阻止他。"这个人喘着粗气,声音粗哑地对着话筒说。

"是,长官,马上行动,长官。"

"老大?"

"沙夫豪森发生了什么事?"

"我们以为万无一失的事情,结果出现了纰漏。"

"什么意思?"

"柯蒂斯·菲兹杰拉德还活着。"

"我知道!你把我当作什么了,笨蛋吗?"

陆军上校狠狠地咽下口水,像承受了一记重拳的老职业拳击手一样:他将眼睛闭上了几秒钟。"我们还是可以——"

"别管菲兹杰拉德了,我要岛田。"

"但是我们——"

"他在罗马。史丹利别墅。"老大说,"就用执行哥伦比亚任务的那帮人。"说完电话就断了。

***

"一小时后在老地方来接我。"电话中有人这样说。

约翰·里德点点头，松了一口气："谢谢你。我就知道你会同意我的。"

"我要谢谢你让我看到这一切，约翰。"

"明天早上转账给你。"

"好的。在钱上，你一直都很慷慨。"

"是你应得的，你是最棒的。"

在纽约，一辆黑色的奔驰S600悄悄地开到了一个六十米宽的大门旁，一名昏昏欲睡的保安隔开了大门和装载区。左边体积巨大的准备第二天装船的货物和右边起重吊车的影子挡住了他的视线，他没有看见这辆车。装载区一片荒芜，黑压压的仓库一排排地站着，因为市政法令的规定，这里的电量也不足。保安室是由深棕色的木头建成的，墙上镶着深绿色的百叶窗，整个看起来是A字形。在奔驰停着的斜对面不到一百米的地方，就是通向这座码头仓库办公室的门。大门紧锁，办公室里面也没有灯亮着，超大型的装料门阴沉地面对着荒芜的码头。

方向盘后面的男人熄掉引擎，但是他好像并不准备下车。不到一分钟，有人敲了敲副驾驶的玻璃。司机打开门，外面的人快速地坐了进来。

"真是冷得像是身处冻肉库一样。"这个人一边擦掉眼镜上的雾气一边说。

司机伸出手说:"你能加入我们,我很高兴。"

这个男人默默地握住了对方的手。

"你说说,是什么让你改变心意了?"

"你的坚持。"法国人长舒了一口气说。

"没有别的办法了,皮埃尔。"约翰·里德说。

"告诉我,约翰,你告诉别人了吗?"皮埃尔把折好的眼镜放到一边说。

"我可以告诉谁呢?我都不知道还可以信任谁。"

"董事会呢?"

"没说,董事会有问题。"他沉默了一会儿接着说,"有件事情我一直想问你。你走之后不久,我就接到了一个电话,电话里的人说那个死记者的文件和资料在他们手上。他说还有其他人愿意花一大笔钱来勒索我们。他为什么会这么说呢?"他直直地盯着法国人。

"很明显,卡罗尼手里握着钱,这个人手里握着这些文件,你的大计划破灭了。"

"我的计划很好!"里德拍了一下扶手。

"是吗?"

"不是你想的那样,"里德的呼吸加重了,"这只是一部分。还有两个条件。"

"我很清楚,约翰。"皮埃尔打断了他。

"不可能。你并不是——"

"董事会的人？'章鱼'的人？"

"那你怎么——"他停下来，盯着面前的这个法国人。

"除了前组织的疯子，这个攻破你们所谓的密不透风的系统，然后带走几万亿美元的人以外，还有谁比他更了解你们的每一步行动呢？承诺还存在，只有卡罗尼能做到。他就是我们要的。"

里德震惊了，但是很快就恢复了，他伸出右手想要攻击法国人的脖子。但是他年纪大了，行动缓慢。皮埃尔轻松地就用左手掌挡住了对方的拳头，同时右手一记上勾拳，击中了对方的下巴。里德大叫着，跌坐到了座位上。接着皮埃尔掏出了装着消音器的赫克勒–卡尔霍恩P7手枪。

"你对给你打电话的那个人承诺了什么？"

约翰·里德的注意力都在手枪上。"你在干什么！"他尖叫着："你说什么？"

"你觉得我们不知道吗？你们的以优先信息基础的双赢合作，让我们陷入了一个非常尴尬的窘境，约翰。如果一个人背叛了规则，那么其他人就要背叛他。总而言之，你已经不可信了。"

"这是一种策略，是引他出来的一种方式。我是永远不会背叛董事会的。"

"我关心的不是董事会。"

"你到底是谁？"里德大喊着，充满了仇恨，他紧紧地握着拳头。

"枪对拳。"法国人稳稳地握着枪，指着他的头说，"我绝不会

接受你的任务,因为卡罗尼认识我这张脸。"法国人提高音量说:"我履行了杀丹尼·卡萨拉罗的合同。"

"你会为此付出代价的。"里德的呼吸很沉重。

"付两次。"他微笑着说,"为了公平,我得在你死之前告诉你,我是为另一个出资者办事。约翰,这唯一新鲜的是,就是你不知道的历史。"

作为最后的抵抗,里德从座位上跳起来,向前扑去,但是眼里却散发出无能为力的光。豪华奔驰车里低沉的枪击声很小,基本上听不见。里德倒在方向盘上,眼睛瞪得大大的,死亡正在慢慢靠近。法国人靠过去,轻轻地在他耳边说:"我的名字是——"

但是里德已经死了,他的身体俯在方向盘上,头歪向一边,还瞪着大眼睛,盯着他的制裁者。

第三十六章

西蒙妮·卡萨拉罗在床上伸了伸懒腰，以此来迎接纽约的早晨，她的脸上还有枕头褶皱的痕迹。昨晚没有怎么睡，她感觉自己的神经有些刺痛。

丹尼死后，她就像是活在一片浑沌之中。她有多想他，多渴望见到他，哪怕一天也好，一瞬间也罢。不幸的家庭。托尔斯泰的箴言说得不对。不幸的家庭都是相似的，全都笼罩在沉郁的悲剧，懊悔和痛苦中；都是死了人的家庭。幸福却有很多种，痛苦却是反复的，永远都是那张僵硬固执的脸。

咔嗒。从客厅传来了音乐声——手鼓，木琴，然后是长笛。咔嗒。狗叫声，接着是欢乐的笑声。又一声咔嗒。一个沙哑的声音正在宣布俄罗斯马戏团的到来。咔嗒。"哦，你还没听说吗？"这个人吃惊地说。然后是笑声音效。啪！听起来像是一记耳光。然后又是笑声音效。"为什么观众想要别人告诉他们什么时候笑呢？"西蒙妮暗暗地想。咔嗒。"胜利者出现啦！即时销售冠军就是阴险贾斯丁的《正义之手》，这本书不仅仅是一部间谍恐怖小说,它也是文学著作!给我们提供了内部视角,让我们从另一个角度来了解反恐战争中的英雄们。这部小说里充满了诱人的情节,赤裸的动作,带你进入一个不同的世界!"她有些不开心。

她想,艺术只要与政治沾边,那就会彻底沦为垃圾。阴险的垃圾。西蒙妮咧嘴笑着,然后大笑了起来——接着笑得更大声了,突然她意识到原来自己还是可以笑的,这时她站起来穿好了衣服。

"早上好!"迈克尔大声说,他手里握着遥控器,双脚放在桌上,笑得嘴都要咧到耳朵了:"我把你吵醒了吗?我很久没有看到过这些东西了。"他指着电视说。

柯蒂斯不知从哪里出现了,他的姿势就像是一个高级服务员,他说:"早上好,西蒙妮。桌上有咖啡,新榨的橘子汁,还有新鲜的水果,各种麦片、熏肉、薄煎饼、香肠和坚果。"他假笑着低声说。

她冲着柯蒂斯微微一笑,说:"咖啡就好了。不加糖,请泡得浓一点。"咔嗒。"《痉挛4》创作者的又一部作品,《生皮车》来啦,更多动作场面,更多危险,更多图谋不轨!"咔嗒。"我们爱的是谁?耶稣!谁?耶稣!耶稣就是主!赞扬主!赞扬耶稣,为他奉献你的生命——"咔嗒。"……向你播报昨晚枪击案的最新消息。"

突然所有人的目光都集中在了电视上,镜头中慢慢出现了奔驰S600,受害者的名字出现在了屏幕底部。"受人尊敬,有权有势的美国顶尖的金融机构之一花旗银行的CEO,约翰·里德昨晚被人用枪杀死了,令人瞩目的调查正在进行当中。对于这起命案,纽约警方拒绝发表任何评论。匿名人士透露消息说,花旗银行参与了与某未知金融实体重大紧急的现金谈判,以应对其重要投资部门所面临的严重损失。有发言人说,里德的死与组织现在的活动并没有联系,但是他拒绝透露更多细节,称调查仍在进行中。"镜头移到了转运到救护车的裹尸袋上。突然画面变成了奔驰车里血淋淋的案发现场,里德的公司照片出现在了屏幕的右上角。

"怎么回事?"西蒙妮问。

"有人抢在了约翰·里德前头。"柯蒂斯回答说。

"我们的诱饵起作用了。"迈克尔说。

"不,没有起作用。"柯蒂斯阴沉地说,"我们需要里德去把他引出来。他准备用信息来换取我们的沉默。我得给克里斯蒂安打个电话。"

"你好?"电话才响了一声,克里斯蒂安就接了起来。

"里德死了。"

"我知道了。我现在不方便说话。我在等总统的电话。"

"哪儿的总统?"

"美国的总统。"

"哦,那个总统啊。"

"对。但是我告诉你,新闻里说的那个与花旗银行协商的未知金融实体,其实是我们。政府超负荷了,他要我们借点钱给花旗银行,以政府人员的担保为支持。"

"世界银行把纳税者的钱借给一家美国组织?这可是大新闻。"

"一切都爆发了。有人把准备文件透露给了《时代周刊》。如果这消息被公开了,我们就死定了。所以总统才要给我打电话。我回头再给你打电话。"说完电话就断线了。

柯蒂斯摇摇头说:"那么,丹尼正准备曝光'章鱼',曝光掌握世界上大部分财富的二十多人制造的这场阴谋。然后他被杀死了。里德也做好了合作的准备。有了他,我们就可以把'章鱼'从他的洞里拉出来。现在,里德也被杀死了。啊!……"他看着迈克尔说:"记得里德说过的话吗?"

"大多数人都不知道真相。"迈克尔说。

柯蒂斯看了看手表说:"快十点了。克里斯蒂安说得对。是关联的问题。要引他们出来,我们需要在他们面前丢些诱饵……但是首先我们需要的是互联网。"

"你想让我们做点什么?"西蒙妮问。

"我要你去中央研究图书馆,找出所有关于里德的成就的东西。所有。名字,时间,照片,微缩影片。你能找到的所有东西。"

迈克尔凝视着柯蒂斯说:"拿什么做诱饵呢?"

"不是什么,是谁。"

"好,谁?"

"我。"

第三十七章

如往常一样，事情发生在晚上。一架运输飞机在黑暗中降落，为了避免被发觉，机上所有的灯光都处于熄灭状态。它缓缓地在凹凸不平的跑道上滑行，最后停在了跑道尽头的飞机库内。地平线与海面齐平，只看得见在最远的地方有一堆乱石。飞机尾部的斜坡被缓缓放下，十多个穿着军队作战服的人像外星人一样，在运输机的昏暗红色灯光的照射下出现了。准确地说是十三个人。他们的队列成网状，这是标准的特种兵阵形。每一位特种队员都与至少另外两名队员保持着通信——视觉、听觉或者是电子的。这种协作方式，可以有效地保护队伍中任何被敌人击中的队员。

每一位队员身上都配备着赫克勒·科赫G36冲锋枪。他们还各自带着30卷5.56毫米×45毫米、高速、超轻的黑色聚合弹药，通常这些东西都是留给特种部队的。瞄准器具选用的是红点十字标。因为这寒冷的北风，他们头上都戴着头巾。在俄罗斯冬天的冷空气中，他们的呼吸也是清晰可见。这一条特殊的飞机跑道不属于任何一个民用或军用机场。实际上,普通地图上根本就没有这一条跑道。

一辆帆布顶的吉普车在运输飞机旁边停了下来,一个人下来了。"你好,上校。"一名士兵说。他穿着一件T恤,上面写着,"第三通信营:通信狗"。"TOC已经准备好了。93号序列正在路上。"

TOC指的是战术作战中心,是一支军队的指挥总部。93号序列指的是一组增援力量。穿着上校制服的男人拿出了一部军用黑莓手机,按下了几个键。这部电话装备了端对端RASP数据安全协议。这是秘密行动的标准配备。

几辆军用货车也在运输机旁停了下来。冲锋枪和其他军用设备都被转移到了这几辆车上。整个过程耗时不到十分钟。

最后一辆车离开之后,这只大鸟开始颠簸起来,机身倾斜,飞机开始沿着跑道冲了出去。几秒钟之后,它就飞上了天。陆地上剩下的两个身影目送着飞机飞上天空,接着他们慢慢地走过一座坚固的桥,桥面宽度连过一辆车都不够。这两个人与其他人一样,身穿军服,头上戴着的头巾遮住了他们的脸。两人都微微转头,以躲避攻击他们的阵风。他们穿过树林,快速迂回地前进,来到了一小片空地,这里停着一辆类似吉普的车,但是这辆车比吉普更大,更重,还装备着厚橡胶低压轮胎。

两人中高一点的那个拿出了一个电子通信设备,看起来就像一个坚硬的灰色塑料贝壳,但是这东西的信号很好。

"我是阿尔法贝塔11号。结束了。"对方说了什么听不清。十秒钟之后,吉普车的尾灯就消失在了夜幕中。

第三十八章

坐落在第八大道620号的《纽约时代周刊》的参考书图书馆是全世界参考书资源最丰富的图书馆，更不用说图书馆内收藏的可追溯到十九世纪五十年代的一些绝版报刊杂志的电子档。这座图书馆是阿斯特家族捐助修建的。图书馆周围交通便利，对面就是阿斯托利亚酒店。图书馆内的藏书对于研究者和职业调查者一类的人来说，简直就是绝佳的资料库。巨大的弧形玻璃深深地镶嵌在贝伯克大理石上，外墙上装饰着细长的旧铁栏杆阳台。图书馆里还有一个半开放式的中庭，给研究者们提供了一个安静的环境，这对于他们的工作来说是非常必要的。

迈克尔和西蒙妮踩着一楼的楼梯，拐弯走进了通向大阅览室的走廊。这间阅览室里摆着六排巨型的长方形桌子，每一张桌子上面都放着一台平板电脑。

三小时后，他们就粗选了相当多的关于曾经辉煌一时的花旗银行的已故首席执行官约翰·里德的文件。文件中记录着，在担仟花旗银行一把手的十一年里，里德展现出了总是能在对的时间出现在对的地方的天赋，同时还小心地维系着银行的声望和信誉。

其中还有他家人的照片：深爱的妻子，可爱的孩子。文件中还记录了他的哈佛时光，参加的活动，还有社团的照片。照片里的里德风华正茂，一副自信的样子，肩膀宽阔，下巴也冲着镜头高高地抬着。然后就是一些慈善晚会的照片，与总统、外国领导人和残疾儿童的合照，还有出席花旗银行赞助的体育比赛的留影。里德的身影都出现在了这些照片中，而且都是前排正中的位置。正确的时间，正确的地点。这些都是公共消费。成千上万的真实世界碎片，一段段清晰的记忆，都呈现在了顶尖期刊的一张张纸上。他的一生，就是因为公共消费，不断被书写，又不断被抹去的一块石板。

迈克尔和西蒙妮决定找找更久以前的资料，找到里德一生的开始。他来自哪儿？他参过战吗？打过哪些仗？他曾在谁手下服役过？在哪儿？服役过多长时间？在接下来的两个小时里，一份不同的档案浮现了出来。这份档案中的这个男人，曾在麦克阿瑟的领导下打过仗。战斗领域：太平洋战场。里德受过严重的伤。他获得过荣誉勋章，1956年的《海军新闻》上说，他的获奖理由是"做了有勇无谋的事，其中之一就是救了另一名士兵的命"。里德参与的战斗主要都是丛林战，其主要的目的就是要安全地转移部队和供给。必须要保持绝对的隐秘。那么，现在呢？

她停下来，推开面前的一本书，踌躇地看着迈克尔说："没什么有用的。"她揉了揉眼睛，深色的发丝轻轻地掠过她的锁骨。

她靠着椅背，踢掉了鞋子，漫不经心地前后摇晃着双腿。

突然，她想起来了。她想起丹尼在白雪覆盖的地上跑过的情景。雪花轻轻地飘着，但是到某一个角度的时候，雪花会突然改变飘动的方向，一次又一次。西蒙妮的神情变了，变得更加坚定了。

有人推着满满一手推车的书经过他们。推车的轮子有些不稳，吱吱嘎嘎从油布地板上滚过。

"我们还是继续吧。"她语气柔和地说。迈克尔盯着她，但是没有对上她的视线。

他们继续更深层的搜索。1956年的春天，里德作为秘密部队的一员，在澳大利亚接受训练，接着被派到菲律宾，去执行秘密任务。柯蒂斯怎么说的？"老男孩儿俱乐部"。六十年前的事了。在日本以及韩国。

里德，麦克阿瑟，澳大利亚，菲律宾？这些词是怎么聚在一起的？

柯蒂斯在自己的记忆中寻找线索，回想着蹚入这摊浑水以来的每一段对话的细节，每一个名字、日期、地点。他把这些东西都写到了纸上，关键的名字写在左边，明显重要的信息写在右边。写好之后，他就开始整理自己的思绪，结果被图书馆里的两个人给耽误了。他们本该在四点的时候就打电话给他的。他看了看手表，已经过了二十分钟了。他们到底干什么去了，要花这么长时间？他摇了摇头。

电话响了。只响了一声柯蒂斯就赶忙接了起来。

"我们研究政府欺诈。"

"给我个名字，迈克尔。给我点信息，让我可以继续我这部分的调查。"

"里德参加过太平洋战役，两次。一次是跟着麦克阿瑟在韩国，转移部队和供给；第二次是作为在澳大利亚接受秘密训练的一员，被派去菲律宾的丛林里执行秘密任务。我找到了一份非机密的报告，题目是金百合。"

"这次任务的内容是什么？"

"不知道。无法进入系统。"

"分别是什么时候的事情？"

"1952年和1956年。"

柯蒂斯皱着眉头大声问："报告是谁写的？"

"一个叫史蒂芬·阿米蒂奇的人。"

"里德，麦克阿瑟，韩国，菲律宾，各个机构。"

"我们得找到阿米蒂奇，也许他就是拼图中缺失的那一块。"

"找到他应该不难。阿米蒂奇退役之后，在哈德孙教书。"

柯蒂斯拿开电话，解开他的外套，把领子都立了起来。昏暗的晨光笼罩着周围的一切。金百合，这几个字现在还像石头下的伸出来的模糊的阴影一般。但是他们必须要踩住这个影子，防止它溜走，防止它再次消失在亡魂的迷雾中。

第三十九章

哈德孙大学坐落在曼哈顿上东区的第74大街上，两旁分别是中央公园和东河。大学的学生大约两万两千名，教员和员工加起来接近一万人。这其中之一，就是东方研究学院的教授，史蒂芬·阿米蒂奇，同时他也是中央情报局的一名秘密特工。

"就在这里停下吧。"出租车还没有停稳，迈克尔就抓住了门把手。他们两人步行穿过公园，打开了校门，抄近路走进了卡尔·萨根大厅。

鹅卵石楼梯经过几十年的踩踏，已经变得很光滑了。两个年轻人走了下来，迈克尔走上前去。

"劳驾，我在找东方研究学院。"

"上楼梯，沿着走廊走到底，然后右拐就到了。"鬓发的学生指着入口处说。

他们走上楼梯，穿过拱形门廊，两边都是在这个领域顶尖精英的办公室。二十六名罗氏奖学金和四十名诺贝尔奖提名者都是康奈尔的教员。阿米蒂奇的办公室是左边最后一间，突出的长方形柱子把它挡在了后面。

两人走向这间办公室,在门口站了一会儿,听了一下里面的情况,才轻轻地敲了门。他们听到了椅子在地板上摩擦的声音,几秒钟之后,就听见了脚步声。门被打开来。

"史蒂芬·阿米蒂奇?"西蒙妮问。

他们面前的这个人看起来很凌乱,他的头发就如贝多芬晚年画像中的头发一样。他咳嗽了一声,皱着眉头擤了擤鼻子。

"阿米蒂奇博士,对。我就是史蒂芬·阿米蒂奇博士。"他说着好像是在自我确认一样。他的手明显有些抖。"有什么我可以效劳的?"

西蒙妮看了看自己左手边,观察了一下走廊里的情况,接着她紧盯着教授说:"金百合。"

阿米蒂奇博士被震惊了,沉默了好一会儿才反应过来。"抱歉,这当中肯定有什么误会吧。这是东方研究学院。你们要找的应该是威尔医学院的莱雷姆教授吧。"

"不是,我相信我们没有走错。金——百——合。"西蒙妮慢慢地重复道。阿米蒂奇转过身,让自己镇定下来,接着又转回身说:

"你们是谁?"

"我们需要一些私密空间。"

阿米蒂奇再次沉默,隔了好一会儿才点点头,示意他们进屋。这间办公室充满了典型的学术气味。阿米蒂奇的办公桌上堆满了各种颜色的文件夹和亮黄色的信封;这些东西的上面放着一些旧报纸,有些报纸掉在了地上,还有些已经被踢到桌子下面去了。墙边的椅子上也堆满了考卷;这就是它最真实的样子,不是为了做样子特地布置成这样的,而在秘密服务行动中这样的情况也是很常见的。

"你们到这儿来干什么?"阿米蒂奇一边问,一边关上了门。

"你写过一篇关于金百合的文章,我们有些问题想问你。"

阿米蒂奇微微一笑说:"金百合。听起来像是个维多利亚时期的酒吧歌手的名字。"没有人笑,他尴尬地咕哝了一声,走到办公桌后,坐了下来。"请原谅,我已经老了,我的记忆力也大不如前了。"

西蒙妮前倾身体:"我们不是来和你吵架的,教授。我弟弟被人杀害了,而我认为他的死和金百合有关。时间紧迫,而且我脾气也不是很好。"

阿米蒂奇靠着椅背,双手放在扶手上。在这冬天接近黄昏冰冷昏暗的日光下,他的脸显得很苍白。"这些年来,有很多人都想去了解这个秘密。但是活下来的人不多,而活下来的人呢,宁愿爬进又深又黑的洞里,也不愿说一个与此有关的字。"

迈克尔的大脑飞速地转动着,他在处理教授发出的这个确认信息,金百合是真实的。"西蒙妮的弟弟发现了一起严重的阴谋事件,这其中涉及到世界上最有权力的一些人。而且这些人有一个共同点:'二战'。在四十年代后期和五十年代前中期,日本、韩国和菲律宾都出现过金融危机和黄金。"

阿米蒂奇没说话,他伸出手说:"一群有权力的人。"他停了一下接着说:"都在美国?"

"应该分布在全世界。"

"你知道这阴谋的代号是什么或者名字?"

"其中有一个叫'章鱼'。"西蒙妮说。

"'章鱼'?这只是一个机构呀。"这位学者摇了摇头说:"你们把能想到的触发词都说出来吧。"

"什么?"

"CIA手册里写着呀。"阿米蒂奇说,"局里有人认为,如果你用具有挑逗性的词来做密码的话,那么这项任务会听起来更合法。"阿米蒂奇说完后没再讲话。附近的通风设备发出的轰鸣声让这时的沉默显得更加沉重了。西蒙妮专注地看着学者,而这位老者却看着窗外。终于,他开口打破了沉默。

"金百合是日本裕仁天皇写的一首诗。"

"一首诗?一首诗和这个可怕的秘密之间有什么关系?"

"在1937年到1942年间,裕仁天皇的弟弟领导的一个高级秘密组织接到了系统掠夺东亚的任务。这个任务就被叫作金百合。在金百合行动中掠夺到的数量和价值都足够让你头皮发麻。日本控制下的整个亚洲,都进入了搜寻宝物的状态。实际上,他们在这六年的时间里偷盗的黄金数量,已经远远超过了世界中央银行的黄金储备量。毋庸置疑,这是人类历史上最大的阴谋;不是因为它的范围之广,不是因为它的数量之大,也不是因为它的胆量之大，而是这阴谋背后的东西。如果处于危险境地的黄金和货币数量被公诸于众的话，那么一个更加敏感的秘密就会被揭露出来。"他举起食指，意味深长地看着西蒙妮说："单单是'二战'期间被埋在菲律宾的黄金数量，就比官方统计的人类挖到的十四万吨黄金的十倍还要多。有这么多非官方渠道的黄金存在，这个消息就足够震惊了。更令人吃惊的是，这个秘密也是受官方保护的。"

"你说1937年到1942年间？"

"1943年初，大多数财宝都被运到了秩父宫雍仁亲王在菲律宾的总部去了。"

"1943年发生了什么事？"

"斯大林格勒保卫战。'二战'欧洲战场的转折点。轴心国失败的开始。最狡猾的德国和日本指挥官立刻就明白了过来，失败只是时间问题。把宝物运到日本不明智。哪怕只是权宜之计，也必须要改变计划。日本军队把黄金运到岛上之后，不得不把黄金留在那儿，战后再悄悄回来取回战利品的希望也只是空想。他们花了几个月的时间，才把地盘清空出来，建造了足够储存大箱子的大型复杂隧道，有些隧道的深度比海平面还低。"

他停了一会儿，走到樱桃木制的柜子边说："我得喝一杯。你们要吗？"阿米蒂奇拉开把手。里面出现了一个存货充足的小型酒吧。

"等会儿再喝吧。"迈克尔回答。

阿米蒂奇耸耸肩，倒了一小杯白兰地。他喝了一口，把酒包在嘴里,慢慢地品味了之后才咽下。"这毒药我喝过太多次了,迈克尔。"说完他猛地一口喝光了杯中剩余的酒,接着用手背擦了擦嘴。"要理解这个故事,真正地欣赏它的广大和恐怖,你就要把它形象化,尝尝汗水的味道,闻闻腐烂的气味。囚犯们在日本军官的监视下挖隧道,呼啸的风侵袭着他们,他们忍饥挨饿,看到的全是土,拳头大的虫子啃食着他们半裸的身体,他们知道出去的可能是微乎其微,如果你对这一切没有形象的认知的话,那么你就无法真正地理解这一肮脏的片段。"他点点头,接着皱起了眉。

"这大量的黄金和其他宝物被分装到了大小不一的171个大箱子中。大多数都在'二战'末期的时候被埋到了菲律宾岛上。金条、铂金、钻石以及价值不菲的宗教工艺品——包括重达一吨的黄金佛像——1943年金百合计算的这些东西价值是1.9万亿——这些宝物与被迫挖隧道的同盟国俘虏埋在了一起。"

"之后发生了什么事呢?这些东西现在在哪儿呢?"

"拜托,不要操之过急。"他咳嗽了一下,用红色餐巾纸擦了擦嘴,又给自己倒了一杯白兰地:"日本制图师制作了一张标记着所有宝物藏匿点的地图,天皇信任的会计在每一个箱子上面都标注了一个三位数的编码,这个编码代表着箱子里的宝物价值多少日元。其中一个箱子上写着'777',就等于9万吨黄金;也就是世界官方黄金储备的75%,等价于1945年的102万亿美元,那个时候美元与日元的汇率是1:3.5,目前的黄金债在它面前简直就是小巫见大巫。"

阿米蒂奇又停了下来。

西蒙妮惊讶地张大了嘴巴:"按照现在的汇率,这就是好几万亿美元呀。"

"应该是好几千万亿,这个数字太荒谬了,简直就是颠覆了现实。"

"要隐藏这么大的阴谋根本不可能,肯定有别人知道。"

"正是这样。1942年5月末的时候,美国破解了日本天皇的通信代码,准备着手偷取这些战利品。你还记得罗斯福发表的敦促轴心国无条件投降的著名演说吗?"

"那是在1943年1月的卡萨布兰卡会议上。"迈克尔机械地说。

"对那些妄图逃脱自己恶行后果的人,我们要说——联合国要说——我们对轴心国政府提出的唯一条件,就是'无条件投降'。"这位老者大笑着继续说:"在他说出这些鲁莽的话,让丘吉尔大吃一惊的时候,这位伟大的人道主义者完全没有考虑到受害者。"

"那政府是知情的。"

"罗斯福知道。你要明白这一指控的严重性。从来没有公开过。所有士兵都在执行任务时消失了,是为了什么?"

"丘吉尔呢?"阿米蒂奇摇了摇头。

"美国破译了密码,决定谨慎行事。美国情报部门在1948年到1956年间,在菲律宾执行了一次秘密的巡回任务。CIA搜寻队花了五个月的时间才找到了第一个位于地下七十米的宝物藏匿山洞。日本工程师发明了一种复杂的技术,用异形的岩石和其他地理标记来作为他们重寻藏匿地点的信号。"

"那么他们是怎么处理黄金的?"

"一部分被二次抢夺的黄金成为了CIA在随后战前时期中的地下行动资金,他们要创造一个全世界范围的反通信网络。为了确保对事业的忠诚,CIA把金券分发给了全世界各个有影响力的名人。"

"其余的黄金呢?"

"为了安全起见,他们把剩下的黄金留在丛林里了。那些黄金现在还在丛林里。"

"菲律宾。费迪南德·马科斯。他知情吗?"

"他当然知道。他是在1953年的时候发现的。当然,那时他还只是个低贱的流氓而已。但是他野心很大,美国政府低估了他。1953年到1970年间,有了在菲律宾抓获的日本战犯的帮助,马科斯挖出了600多吨的黄金……直到1971年末他找到了地图之后,才开始了正式的挖掘工作。结束的时候,马科斯已经挖出了32000吨的黄金。"

"他是怎么找到那张地图的?"

"有一个日本战犯是金百合计划的元老之一。他以自己的自由为交换条件,给马科斯画了地图的一部分,就是1943年他记住的那部分。"

"二十八年了,那个战犯后来怎么样了?"

"人们在一间丛林小屋里找到了他,他弓着背伏在椅子上,喉咙被刺穿了。"

"这是马科斯的感谢方式吗?"

"我猜是的。"

"那菲律宾的那些黄金呢?"

"马科斯被免职之后,我们的政府没收了这些黄金。"

"美国政府是什么时候发现马科斯盗取了这些黄金的?"

"他在一次民众起义中被免职的一周前,如果你相信童话的话。"

"还有别人知晓宝物地图的存在吗?"

"我们的政府是肯定不知道的。至少那个时候是不知道的。"

"囚犯呢?"

"我猜应该不知道。不幸参与了金百合计划的大多数人都和宝物被埋在了一起,成为了地窖永远的看守。"

"日本士兵也一起被埋了吗?"

"没有一个日本士兵和囚犯在这场折磨中幸存。我这里有一份1982年的相关国会小组委员会报告。"阿米蒂奇坐回到椅子上:"但是,有一个有趣的问题,在战争末期的混乱中,也许有少数人还是在日本天皇制裁者的魔爪下逃脱了。你知道什么我不知道的事情吗?"

"只是一种预感罢了,但是像你之前说的,这种机会很渺茫。"

"如果真的有幸存者,那他们现在应该也有八九十岁了。"

"为什么要把黄金藏在菲律宾呢?"

"我可没说过只藏在了菲律宾。装着黄金、铂金、宝石和无价的宗教工艺品的箱子还藏在了印度尼西亚的丛林中。当代历史中未记载的,就是在1955年的时候,印度尼西亚总统苏加诺和其余一些第三世界的领导人一起,准备建立一个秘密的中立银行,就拿非法走私的这些黄金来当抵押。"

"西方国家作何反应呢?"

"这么强大的一个实体机构,其黄金储备让西方可用黄金量显得异常渺小,这让西方政府,乃至整个欧洲和美国的银行同僚们都吓得瑟瑟发抖。他们拿着战后重建的钱,派了一支高级代表团去印度尼西亚,想要说服苏加诺。作为交换条件,他们保证提供更大程度的合作和保护,一致对敌,并且降低印度尼西亚商品的关税等。这是基辛格的第一次外交任务——也是第一次非正式滑铁卢。"

"苏加诺怎么说?"

"他礼貌地听完对方的话之后,给他们展示了一个秘密储藏室。储藏室采用了各种高科技的设备,就算按照今天的标准来看,诺克斯堡与其相比,也不过是日间夏令营而已。由原始珍贵金属制成的储藏箱一堆堆,一排排地放着。这些箱子里都放着一公斤约翰逊·马修标准的黄金条或者是铂金条,每一条上都有一个独特的编码,还有一张按照约翰逊·马修身份标记的证明。银行证明表示黄金和宝石都存在银行里,总共有几千吨。金库钥匙和存款人身份证都是黄金制成的,就像《一千零一夜》一样。当代表团的成员从震惊中回过神之后,他就开始咒这些人倒霉。基辛格气炸了,亲自去威胁苏加诺,说要暗杀他。"

"这些受侵害的人中怎么就没人提起诉讼的呢?四十年的时间,足够一个国家重新拿回自己被偷的财产的。"

"政府？然后暴露这整个阴谋吗？谁有这个胆子呢？好好想想吧，年轻人，参与其中的人没有一个想把这些偷来的战利品还给亚洲国家的——缅甸、越南、柬埔寨、中国和韩国；这些东西就留在马科斯、苏加诺、罗斯福、CIA，还有一些顶尖银行的秘密保险库中。"西蒙妮皱起了眉头。

"谁管着这些账户呢？"迈克尔说。

阿米蒂奇耸耸肩说："这我可不想知道。相信我，我努力地忍住了想要弄清这些人身份的冲动，这么多年过去了，我还是更愿意待在我的学术山洞里，最后躺进埋在地下六尺的红丝绒棺材。"

迈克尔耸耸肩，手捂着双眼，陷入了沉思。各种细枝末节出现在他眼前，但是大体轮廓在他看来已经很清晰了。"非常感谢你，史蒂芬。"迈克尔说。

老特工打量着这个年轻他许多的神秘历史学家说："那么，虽然我不知道是什么，你都弄清楚了吧。真棒。时间很宝贵，迈克尔。学问积年而成，而每日不自知。也许生命自有定数，更敏感更深沉。问题是我已经太老了，我应该永远也无法了解为什么恶总是比善更受欢迎了。"他用颤抖苍白的手撑着自己的头，指关节咯咯作响。"当人们的信仰崩塌的时候，有人就不知所措了。"

西蒙妮闭上眼，好像眯了一会儿。她睁开眼，抬起手触摸着阿米蒂奇的脸。

"我要替我那未完成事业的弟弟谢谢你。"

"不用谢，现在你们两个可以离开我的办公室了吧，我还要工作！"

迈克尔打开了门。

"史蒂芬，"学者听到后抬起头，"我们欠你个人情。"

他们走出大楼，走进了夜色中，他们的心激动地跳着。金百合。西蒙妮希望她可以再次踩住从这金百合里散发出的恶臭，阻止它消失在死灵的迷雾中。

第四十章

队长定定地站着,双手扶着窗台,脸靠近玻璃,看着窗外的花园。黑夜与黎明的交替,让周围的一切都变得异常壮丽。斜斜的晨光给沙地蒙上了一层蓝白色的薄膜。

"我们这是要准备干什么,队长?"其中一名警卫问。

"我们只需要做好一切准备。"这个男人阴沉地回答。

在这座庄园的另一边,面对着峡谷的地方,另一群人也聚集了起来。他们也在做准备工作。

"记住,催泪瓦斯由我来远程遥控。比利负责管状炸药,击杀半径是五米。"

"你的手下做好行动准备了吗?"

"走。"久经沙场的上校说。

维拉·斯坦利身处罗马南边五英里处,周围是种着橄榄的山丘。橄榄园的北边,东边和西边的墙上都爬满了植被。南边的墙起到的不仅仅是保护作用;虽然墙高不足四米,但是从下向上看,这堵墙是高得不得了的,只有通过长满荆棘灌木的峡谷,才能爬上这面墙。

第一名突击队员弓着腰,他的同伴把自己的左右脚先后踩在了他的肩上。这名突击队员毫不费力地默默地直起身子,这时踩在他肩上的同伴也抓住了墙,然后快速地翻了过去。其他人跟在他身后。

十三名队员。整整十三人。他们像彼此的影子一样快速地呈扇形散开,溜进夜幕中,利用周围的环境作掩护。

一个身材高大,耳朵像乒乓球拍的光头男人滑下外墙,斜靠着墙根。他往前爬了十米,站起来,听了听周围的声音,双眼扫视着各个方向,特别是暗黑的地方。

"兰布达回声一号就位,完毕。"

"继续,兰布达回声一号。"对方回应说。

树枝折断的声音。三名士兵交谈着走了过来。

突击队员紧靠着墙,等着这三个人走过。风吹得很大。

"我进来了。"

"兰布达一号报告。"

第一位突击队员通过TIG7热红外望远镜扫视了一下周围的地形。一大片修建整齐的草坪,一直通向约八十米远的环形车道。草坪上整整齐齐地种着一些柏树,给这地方带来了一种雕刻版的精致感。

两条重重的铁链一直延伸到入口处,把草坪和步道分割开来。在主屋的另一侧,大约五十米开外的地方,又是一片种满了榆木和松树的区域。

主屋的灯光穿过高大茂密的松树冠，射下斑驳的光影。

"入口处两个人，你的两点钟方向有三个保镖，十二点钟方向有一个，九点钟方向有两个。"

"主屋的情况呢？"

"一楼四个，二楼六个。"

"岛田位置还不清楚。"

"我们会找到他的。"

"收到。"

砂石被踩踏发出的声音慢慢向他靠近；有个人的脚趾轻轻地踏在地面上，控制着自己脚步的重量，以免打草惊蛇。脚尖贴脚跟，平滑连续地移动着。

"危险靠近，两点钟方向，距离四十米。"耳机里的人说。

"放诱饵。"上校命令道。

接到命令的人变换成了蹲姿，捡起了一些石头，慢慢地朝着同向环形车道的碎石路走去。成排的柏树成为了他的掩护，保镖们看不见他。"二十米，十八，十七。"

他丢了一颗石子到保镖身边，保镖转过身，手指放在扳机上，他弓着腰，体会到了未知带来的恐惧。他慢慢地朝着声音的方向移动，"一点钟方向，十二米。"耳机里的人小声说。

突击队员又丢了一个稍小的石头过去，刚好丢在了保镖的脚边。保镖转过身。就在这时，另一名突击队员跳了出来，用自己的手臂锁住了保镖的喉咙，防止他发出声音，同时把一把刀插进了保镖的胸膛。保镖喘着气，瘫在了地上。突击队员把他的尸体拖到了阴暗处。

"第二组上。"嗓音铿锵的这个人命令道。

这时，两个人出现在了密林中，利用庄园西边的灌木作掩护，大弧度朝着北边走去。他们穿过西边的入口，然后背对着大门，在一个较高的地方停了下来。其中一个突击队员看了看自己的手表。他们花了四十八秒钟才就位。两分钟后，他们正在沿着通向大门的路上移动着，这时在距离他们约七十米的地方，两名保镖出现在了他们的视线中。第三组人员在前方，一个挨着一个的正蹲在墙角，等待他们的信号。他们紧紧地盯着预定地点，全神贯注，他们接受过训练，可以在接到指令的瞬间移动身体。"倒计时十秒。"指挥的人说："九，八，七。"

两个保镖距离他们不到三十米了，他们随意地聊着天，完全没有察觉到等待着他们的死亡陷阱。

"二组，三组各就各位。六，五，四。"

突然，探照灯照射到了第二小组右边约三十米的地方。

"三，二。"耳机里的人说。

位于高处的第二小组突击队员举起了武器。立刻发出了声响。其中一个保镖抬起了头。

"一，开火！"话音刚落，子弹从装备着消音器的高性能冲锋枪里射出来，穿透了两个保镖的身体。第二小组从高处下来，同时第三小组也从下方涌了出来。

"管状炸药和催泪瓦斯已经就位，完毕。"

"收到，第四小组上。"

一个金属爆炸了，接着又一个。南墙的一个保镖突然就倒在了地上，就像他踩着的地毯被人抽掉一般。这时一声闷响，接着又一声闷响。第二个保镖往前跑去，但是他被右边脚下的什么东西给绊倒了。

两具尸体。现在，他明白了。有狙击手在掩护他，上帝保佑他。他俯下身，扫视着林下的灌木丛。

一个保镖转过头，这时一把锋利的匕首划过了他的脸颊。突击队员熟练地挥舞着匕首。他保护着自己的身体，抓着匕首的右手猛烈地朝着对方刺去。保镖右腿一个扫堂腿——这时匕首再次朝着他的头部飞来——保镖踢到了攻击者的膝盖，接着本能地挡住了对方的手腕，打断了对方的动作。突击队员往自己的左边旋转身体，松开匕首，换了一种握法。一瞬间，这两个人都看着对方匕首。这时，突击队员双眼放光，弯曲着长长的右臂，向上一挥，划过了保镖的下巴。保镖一脸痛苦，咬着牙喘着粗气，向后退了几步。

金属反射出了灯光。有枪！保镖斜着倒在地上，滚了一圈又一圈。突击队员把枪踢开，想要踩住保镖的头。突击队员向前一跃，用匕首刺向保镖的前臂。保镖单腿跪在地上，抓住了对方的手臂，扭动突击队员的手腕，然后用自己的肩膀去撞突击队员。保镖夺下对方的匕首，然后用尽全身力气挥动手臂，将这把长长的锯齿形的匕首刺进了突击队员的脖子里，血立刻就溅到了他金色的头发上。突击队员大声地喘着气，接着身体一软，倒在了草地上。

保镖沉重地呼吸着,伸手去拿自己的无线电通信。他脸部肌肉抽搐了一下,擦掉了脸上的血,然后努力地让自己集中注意力。

"听着!有紧急情况……"

"什么?"队长的声音还是如钢铁一般。

"有敌人。"

"我们已经做好了准备。""一个影子,这是什么预兆吗?"

队长放空了几秒钟,接着四连发的攻击让他二楼临时办公室的窗户都震动了起来。

"引爆西边和北边的管状炸药。"一个气急败坏的声音说。

爆炸声震耳欲聋,爆炸发出的光亮简直要闪瞎人的眼睛。火焰冲天,一道跳动着的火墙渐渐吞噬了燃料库,各种碎片被炸得满天飞。

"阿尔法小队停火,原地待命。"队长对着位于史丹利山庄二楼的人大喊。

"第二组,注意小路!"队长声音嘶哑地喊着,"如果我们把他们引到西边的话,我们就可以分散他们。"

"他们要通过前门进来!"队长的一个手下说。

"对!"队长回答说,"第二组,准备好了吗?"

"我跟你一起去,队长!"保护岛田的精英小队中的一个人说,"你人手不够。"

几秒钟之后,爆炸又来了,一开始是北边,然后是庄园的西边。

"通信后备中心被损坏了,长官。"其中一个人说。

"队长，他们用——！"

又一次爆炸，这次的爆炸比之前的更靠近主楼。他用自己的头撞了一下墙，发出了一声低沉的呻吟。"快！"队长对着无线电说："他们用的是热追踪导弹。你们两个——"

"长官？"

"掩护我，我们要把他们引出来。"

"太危险了，队长。"

"掩护我，这是命令。倒数三个数，三，二，一，行动！"队长说完，将乌兹冲锋枪扛在肩上，冲下楼梯，一下子干掉对方三个人。两个胸肌发达，头发修剪整齐的人紧跟着他。

他出来之后，身边到处都是乱飞的石子；他弯弯曲曲地朝着吉普车边走去。好痛！冲击波像闪电一样击中了他。

他抓着自己的肩膀。队长转身来到吉普车的边缘，拿出了自己的武器，朝着自己面前的士兵开火。击中了一个，又一个。他的肌肉痛苦地痉挛着。他按下了自动射击按钮，弹壳漫天飞舞……突然停了下来。爆炸声被一声异样的咔嗒声替代了，枪膛里的子弹射不出来了。

队长拿出贝瑞塔手枪。他的左臂软弱无力，还在流血。他用右臂紧紧地夹着枪，就好像它自己有了生命一般。两个掩护他的人就在他的两侧。他朝着前方三十米处的移动物体猛力地射击。

又爆炸了，接着第二次，第三次，总共四次爆炸，最后一次比前三次爆炸的声音都要大，而且也更近。

"他们在攻击西边，队长！我们必须要撤回去！"

"不行。"队长在混乱中大喊,"他们中计了。现在他们必须要通过主入口,这是他们进出的唯一通道。"

更多的爆炸声从庄园的北边传来。北边约五米高的后墙也被炸垮了。大地都在震动,乱石碎片被炸得满天都是。

"上校,我们中计了。现在必须撤离。"矮保镖咳嗽了一声说。

沉默。

"上校?"

"布兰达回声一号撤离。结束了。"上校回答。碎石路上的影子射出来的子弹击中了保护岛田的其中一个位于屋顶上的狙击手,他身体一软,垂直掉在了地面上。

突然,巨大的爆炸炸开了前门,一辆悍马车从黑烟和碎石中冲了出来,朝着庄园东边开去。一些狙击队员也朝着悍马车的方向奔跑着。只需要几秒钟,他们就可以跑出去了。

"拦下他们!"队长大喊。

又是一次爆炸,墙上被炸出了一个大洞,悍马车穿过这个洞,快速开走了。队长追了出去,愤怒地将自己的武器朝着悍马车的尾灯丢了出去,却只是徒劳。

第四十一章

门卫站在木质的柜台后面读着报纸,无精打采地噘着嘴,迈克尔和西蒙妮穿过大厅,冲着门卫点了点头。突然一个念头出现在了迈克尔的脑海里,天哪,我爱她。

西蒙妮看着迈克尔,她回忆起,因为他们之间的某种纠葛,他们的恋情中充满了各种为实现的期待和破灭的梦想。她突然想到,与崇高的期待和实时的兴奋比起来,这些愿望是多么的微不足道。她意识到,基本上,现实是无法名状的。同时她也感觉到了自己的变化,整个人比前一段时间精神了。到底什么才是爱呢,如果爱不是相互探索发现的惊喜,那也是一个得到感官愉悦的机会。

她推开公寓的门,跨着门槛,时不时地调整着门的开合程度。一阵风吹来,把桌上的纸都吹到了地上,有的纸平平整整,有的纸却皱皱巴巴的。迈克尔走过去,在窗边站了一会儿,默默地看着浑然的灯光照进来。虽然几个小时之前雨就停了,但是窗外的一切还是湿漉漉的。她感觉到了他的目光,但是她突然一瞥却没能捕捉到他的眼神，只看到了他微微上翘的嘴角。

她从背后走上前来，将手滑进了他的衬衫里。这突如其来的在胸口蔓延开的魔力，让迈克尔的后背肌肉颤抖了一下。他转过身，用嘴唇轻抚她的脸颊，轻轻地咬她，像一只小猫一样，用自己的牙齿去触碰她颈部的肌肤。

突然，西蒙妮推开他，站了起来。

"怎么了？"迈克尔问。

"脱下面具吧。"

她脱下自己的黑色真丝胸罩，然后脱掉了他的衬衫说："这次来真的。"

迈克尔脱下自己的衣服，看着她的眼睛说："好。"

酣畅淋漓之后，他们纠缠着躺在一起，午后的阳光穿过法式窗户照射了进来，留下了一道道长长的光束。日光照亮了他们最近发现的真相。从远处的街道上，传来了音乐声——优美的萨克斯。俄罗斯狂想曲。一切都是那么美好，这一天充满了活力，充满了爱，充满了光明的希望。

第四十二章

弗吉尼亚州阿灵顿第24南大街街尾的建筑外面，停着一辆黑色敞篷车，一辆林肯大陆车和一辆笨重的SUV。三辆车的车头灯照射着前方的环形车道，车道后面就是通向巨大橡木门的宽阔楼梯。这栋白色豪宅远离主干道，周围种满了红色的雪松和橡树。此刻是黄昏，街灯已经亮了起来，给房屋表面镀上了一层厚厚的淡黄色。天空中布满了丝绒一般的云，看起来今晚的夜空应该是晴朗的。仿佛万物都静止了。一切都准备就绪了。

罗伯特·洛维特轻轻地按下了门铃，其他人也跟了上来。他用手帕擤了一下鼻子，突然打起了哈欠。这时门开了。

"先生们请。"这话听起来更像是命令，而不是邀请。四个人默默地走进了书房。大卫·亚历山大·哈里曼三世打开灯。松香油毡和堆满了书的木质书架都被镀上了一层黄褐色。半圆形的月亮投射的冷冷月光透过窗户玻璃，反射出夜晚特有的温柔白光。这个夜晚绝对难忘。

"你听说了吗？"哈里曼一边说，一边把下午版的《华盛顿邮报》扔在了红木咖啡桌上。他看着洛维特说:"我觉得你应该先睡一下。"

洛维特坐在柔软的沙发上,又擤了一下鼻子说:"这几天一直都在忙。"

"我早上看到了沙夫豪森的报道。他们居然真的说这是抢劫未遂而已。"爱德华·麦克罗伊一边摇头,一边轻蔑地哼了一声。"杀掉里德的跟他们是一伙的吗?"他扯着耳朵问。

"不是,爱德华,里德是我们杀的,沙夫豪森的事是别人做的,除非你还知道什么我们不知道的事情。"CIA副局长亨利·斯蒂尔顿前倾身体,拉过来一个靠垫放在自己身下。

"在此期间,我们还有正事要做。"哈里曼拿起一个玻璃杯,往杯子里放了一块冰,倒上了波旁酒。他从容不迫地说:"罗伯特?"

四个人都屏住了呼吸。罗伯特·洛维特是国务院的高级分析师,但是在座的人还知道他的另一个秘密身份,那就是美国情报组织负责领事事务的一个分支,即政治稳定小组的成员。"我们调查过卡萨拉罗的104个联系人,因为一些原因也从中剔除了几个;有三个人是因为自然死亡,其余的对事情本质毫不知情。我们费力地检查过他们的通话记录、信用卡消费、银行账户状态、私人和工作上的各种关系,寻找任何可能不小心透露事情真相的蛛丝马迹,可是一无所获。"

"剩下的三个人呢?"哈里曼问,双眼透露出智慧的光芒。

"一个是卡罗尼。另一个是巴里·巴克拉克,一名美国律师。

像弓箭一样正直，喜爱自己的国家。"

"爱国主义者，"斯蒂尔顿补充说，"我认识这个人。局里有几次因为一些小事情想要买通他，结果他反倒把我们的一些良将送进了监狱。"

哈里曼慢慢地站起来，摇了摇头，脸上露出了一个阴险的微笑。"总是有些迷途羔羊会认为凭一己之力就能改变世界；有时候你又不得不通过杀掉他的方式才能让他相信事情不是这样。"他停下来，看着斯蒂尔顿说："这就是民主的症结所在，亨利。"

"我把最好的留到了最后。"洛维特说。

"谁?"哈里曼追问。

"记得吗，当初因为他利用路由器线路，绕过反行动监测，使得我们无法找到他的事情吗？授权是通过密码和一个基于内部安保的电话实现的。"洛维特解开了他棕色羊绒外套的扣子。

"没有日志，没有磁带，也没有相关新闻，我还记得。"麦克罗伊说。

"我们找到了一个漏洞。"他自鸣得意地扫视了一下这个房间："有密码授权的路由器线路有28A-40J的许可。那是他们的专用标志。只有有3个0和4个0的人才有。"

"为了保密，他们没有名字，而是各自有一个编码。"斯蒂尔顿问："你是怎么弄明白的?"

"我们把所有可疑的3个0和4个0的人都挑了出来，查看了通话时他们的位置。这就让我们得到了以供验证的密码。万一全国陷入紧急状态，需要与其他机构合作的话，也会有访问受限的内部验证系统。这样一来，我们就得到了一张简略的人员名单，也让我们得到了最高级的确认。我们向联合情报服务提了一个小小的要求，他给了我们两个人的照片，这其中就有打电话的人。一个人正在接受手术。贝塞斯达的医务人员和监控都可以为他的紧急阑尾炎手术提供证明。"

"另一个呢？"

"另一个人在最不可能的地方却有4个0的证明许可。"

"你知道，罗伯特，我不明白你在说什么。"哈里曼仰了仰头说，"请直接把他的名字告诉我们。"

"他叫麦克·奥唐纳。"洛维特从牛皮文件袋里拿出了一张照片。

"克里斯蒂安·贝鲁奇的高级职员。"詹姆斯·F.泰勒补充说。

"天哪，天哪！"哈里曼扫视了一下房间说，"我最讨厌欠别人了。还是比较喜欢别人欠我。"他这话是对麦克罗伊说的："我们要付点酬劳给他，爱德华。"

前国务卿拿出手机，拨了个电话。

"你好。"

"我是大卫·哈里曼。有件事情，我要你立刻着手去办。"

"请您吩咐，部长大人。"

"稍后我会把照片给你。弄清楚他都知道些什么，完了就让他安息吧。尽快动手。"

"明白。"

哈里曼拿起遥控器，打开了电视。电视里正在播CNN的节目。

"史蒂芬妮,你的白宫线人透露了什么消息吗?"

"卢,如果有人怀疑这如狼似虎的熊市会持久的话——那这周的事情就能打消他们的疑虑。"

"这其中有什么好事吗,史蒂芬妮?"

"我们来看看吧。通用汽车公司的股票下跌了22%,现价2.56美元,这是71年来的新低。市场资本总额也因此降到了10亿以下,这可不妙。"

"银行业呢?"

"银行业的好事吗,卢?美国银行的股票也达到了历史新低,花旗银行股价是28年来最低的。两大金融巨头都面临绝境,但是政府却无力挽救这艘下沉的巨轮。"

"谢谢,史蒂芬妮。"

国际新闻,拉脱维亚整合政府于今日正式垮台,让波罗的海国家陷入了政府动荡,同时其经济也面临困境。投资者们越来越担忧东欧的状况。

"1月,因为抗议者们对经济政策的抗议,拉脱维亚首都里加一片混乱。冰岛政府在经历危机垮台之后的一周,拉脱维亚政府也步了它的后尘。冰岛的危机毁掉了这个岛国的经济,而不到一周前,立陶宛总统和爱沙尼亚总理也在不信任投票之后相继辞职了。"

哈里曼按下了关闭键,把遥控器丢到了一边。"只要我们找到钱,这些事情一点都不是问题。"他咕哝道。他背着双手,声音听起来很愤怒。

"我们一直都在尽力。"爱德华·麦克罗伊耸耸肩说。

"爱德华,过去十年的大部分时间,我们都在满世界买公司,兼并,征用,把有误导性的幌子公司当作代理,逼迫世界市场,操控价格。现在世界经济每况愈下,我们原始的投资已经失去了大部分的价值,我们的附属公司也被征用了。这一切都是因为前美国政府公务员破解了一个存着几万亿美元贿赂基金的秘密账户。我们得更尽全力才行。"

第四十三章

此时已是半夜,世界银行的副主席拖着疲惫的身躯走出了位于华盛顿1818H大街的办公室,他找了一辆出租车,直奔机场,随后登上了公司的飞机。不到一小时之后,他就在纽约拉瓜迪亚机场降落了。

克里斯蒂安坐上车,驶出了位于机场东边尽头的专用停车场。这个停车场专供政府官员和企业精英使用。他把宾利车挂到四挡,在灯变红的瞬间穿过了十字路口。如果要用凶残来形容今天,那也绝对只是保守说法而已。世界银行的某人,将一份草案文件泄露给了《纽约时代》的一位高级金融专栏作家。这份草案中显示,世界银行借钱给了花旗银行,而且这事儿的中间人是白宫。政府依靠的是《时代周刊》的CEO,他被迫理解了这一状况,前面提到的记者线人的机密性是与大家的利益挂钩的。这位高级金融专栏作家,在立刻被免职的威胁下,供出了麦克·奥唐纳这个名字。这位亲切友好的爱尔兰人,是克里斯蒂安手下最高级别的职员。克里斯蒂安立刻就开始怀疑这位有秘密的人了,总统竟然因此取消了那通电话。

此外,奥唐纳现在也消失了。他本来与高盛集团的总经理约好了吃饭,但是他没去,也没有做出任何解释。原定于晚上六点三十分开始的采访,他也只留下一张小纸条就取消了,他只说他被耽搁了,没有留下任何联系方式。以克里斯蒂安对奥唐纳的了解,这个疏漏很蹊跷,特别是现在,市场金融正在瓦解,新任总统不得不面对紧迫的货币问题,这个时机是有问题的。随时都有一大堆人在期待他的建议,等待他提供的许可、签名和信息。作为贝鲁奇的高级助手,没有人比奥唐纳更了解世界银行的内部运作。他不可能会这么做。这也给克里斯蒂安敲响了警钟,前一天晚上他清空自己的办公桌,把所有私人物品都拿走了。有谁给他暗示了吗?是谁?如果奥唐纳是泄露机密的人,那么很明显,克里斯蒂安就要处理掉这个告密者,让他离办公地越远越好。

***

柯蒂斯扣上夹克的扣子,将领子立了起来。黄昏的薄雾让周围的一切都变得昏暗。有什么不对的地方。

CTP是真的。基金中的一部分,由担保交易程序产生的几万亿美元,拯救了世界上众多大型银行。这些银行面临着破产的危机,情况一天不如一天。这就是一开始要执行CTP的原因。情势每况愈下,好的话政府与他们同甘共苦,坏的话政府就撇得一干二净,总之无法拨乱反正。

如果政府通过CTP，手里有几万亿美元的话，那他们为什么还要向世界银行借一千亿呢？除非，他们根本就动不了这笔钱。如果真是这样的，原因是什么呢？

柯蒂斯一边想着，一边慢慢地在街上走着。他双手插在口袋里，经过了邮局，超市，还碰到了几个弯着腰，伸着手的乞丐。他酌情给每个乞丐都发了几美元后，就接着往前走了。他穿过了一个小型公园，公园里有一些石凳，有两张石凳被某个叫乔伊的人涂了鸦，用歪歪扭扭的字来表达他对沙莎永恒的爱。

* * *

车库的门慢慢打开来，克里斯蒂安的宾利车往左拐了个弯，毫不费力地就爬上了陡坡。三十秒钟之后，他就停好了车，锁好了车门。他看了看手表，差五分钟到两点。这时一个影子从柱子后面冒了出来，影子手里拿着一个长条形的东西。克里斯蒂安转过身，看着这个黑影，又看了看他手里的东西。他恍然大悟。"不要，请不要这样。你要钱的话，我给你。我有钱。"他犹豫地挪动了一步，接着又跨了一步，随后伸出双手以示投降。

"我收的钱已经够多了，但是你能这么说我还是很高兴的。"

两声快速的闷响。克里斯蒂安感觉到了一丝灼热，他慢慢地向后倒了下去。他右手按住腹部，左手还提着公文包。他听到了一阵脚步声，缓慢又从容。现在黑影出现在他的上方，他弯着腰，俯视着他的受害者。他大笑着说："好了，我的朋友。再见。

（法语）"

　　一阵微风吹过。克里斯蒂安听到了风吹过的声音，但是奇怪的是，却没有感受到。

＊＊＊

　　西蒙妮坐在克里斯蒂安客厅的桌子边看着旅行杂志，迈克尔坐在她旁边。她时不时地走一下神，完全无法集中精力。她看了看手表。"他怎么还没来？"她放下手里的杂志，给自己倒了一杯茶，又看了看门口。这已经是这一分钟内第三次看门口了。

　　突然，迈克尔的手机发出了两声尖锐的哔哔声。迈克尔拿出手机："喂？"

　　"我中枪了……我就在车库。"

　　下行的电梯速度异常缓慢。轿厢门打开之后，两个人小心翼翼地跨了出去。"克里斯蒂安！"两人不约而同地小声喊。

　　"我在这儿。"声音非常微弱。

　　"啊，上帝啊，怎么回事！"

　　"没时间解释了。"他靠着车前轮，左手握着手机，驾驶室的门还开着。他费力地站起身，头部痉挛了一下。他抬起眼看着迈克尔。"叫救护车，赶快。"他的声音还是很微弱，好像嘴唇都没有张开。

　　迈克尔拨了号码，对电话那头的人说了什么。"救护车五分钟之后就到。"他说。

十二分钟之后,克里斯蒂安就被两名医护人员送上了急救中心的救护车。西蒙妮和迈克尔也跟着去了。

这时迈克尔的手机响了起来。

"迈克尔,是我。很抱歉这么晚才打电话来。你们两个在睡觉吗?出了什么事?你们有什么收获吗?"

"没有。克里斯蒂安中枪了。"

"什么?!怎么回事?"

"就在车库。警察正在调查;我们正在去医院的路上。"

"怎么会这样呢?"

"明显是有人知晓他的行程,就在那儿等着他。"

柯蒂斯紧张了起来。

"迈克尔,我们现在越来越危险了。里德说得对。还有别人,别的玩家,比'章鱼'更厉害,而且他们已经盯上'章鱼'和我们了。"

"好吧,"迈克尔的声音越来越小,"求上帝帮助我们。"

"我也希望我能相信他。也许,上帝根本就不关心。"

第四十四章

白宫战情室

总统站立着。他咬着下唇,思考着什么。接着他转过身来面对着其他人。

"女士们先生们,我请你们来,是因为,作为美国的总统,我有道德义务和宪章赋予的义务来领导这个伟大的国家。"他的语气有些踌躇,却又坚决。"如我们所见,这次危机的范围已经广到了令人难以置信的程度。我们努力地提出了一组全新的危及生命的问题,面临着真相被人看见的危险——不是给猪抹口红,而是给尸体抹口红。

"我们现在要解决的问题是那笔丢失的钱。找到钱。我不管你和死神要做下什么样的协定,给我把钱找到。拉里,我们还有多少时间?"总统站了起来。

"三天,最多一周,总统先生。"国家经济委员会主任回答道。"要来的风暴正以光速向我们靠近,我们可能没有多余的时间来组织撤退了。系统已经崩溃了。崩溃的原因远不止贪污这么简单。空前的经济崩塌,把人类与不可思议事件之间的每一面墙都推倒了,已经无法挽回了。"

"上帝啊。"总统双手捧着脸,定定地坐了几秒钟,"还有什么?"

顶尖经济历史学家,同时也是经济顾问委员会主席的柯尔斯顿·罗默站起来说:"第一阶段系统崩溃会削弱我们的经济。好像整个国家都踩了急刹车一样。没有福利金,没有社会安全,没有医疗保健福利,没有发给穷人的食品救济,也没有钱来支付350万政府公务员的薪水。"她停了一下继续说:"我预见,在几天的时间内,恐慌会将物价抬到前所未有的高度。供不应求,物价太高,商业无法运作,甚至是日常必需品也得不到满足,市场会慢慢瘫痪。货车不用开进食品店。货架也空空如也。囤积和不确定因素会导致暴力和混乱的出现。警察和军队也只能维持短时间的秩序。消费者不再付清自己的账单,也不去上班。这就是第二阶段。穷人是最先遭受痛苦的人,而且他们也是痛苦最深的一群人。他们会死。这就是最终阶段。"她慢慢地说着,声音有些颤抖:"要接受这样的现实很难,也很痛苦。但是大自然母亲丝毫不给我们喘息的时间。"

总统点点头说:"重点放错了地方,真正的问题反而被忽略了,政治变得狡猾自私,一点也不公正,不真诚。政治不是终结,而是一种手段。"总统接着说:"我要清晰的解决方案。"他说着,突然发现自己的头有些微颤,后背也有些隐隐作痛。

"先生，我觉得在这个时候，确认任务关键系统是绝对势在必行的。"国家筹备办公室的协调员，威廉姆·斯塔基说："刀子已经飞出来了，尖尖的刀刃正头也不回地靠近我们。短时间内，我们就能知晓美国到底是死是活了。而且，我们还会知道从长远看来，文明社会到底是一个可行的选择，还是触不可及的梦。如果是，那野蛮人就会带着他们强有力的嗜好推翻大门。"

"你说什么呢？"

"先生，问题是我们没有B计划，而且现在制定C计划，D计划也为时已晚。找到丢失的钱是我们唯一的希望了。"

海军中将阿尔·休伊特清了清嗓子，身体僵硬地坐在椅子上说："总统先生，为了国家安全，我们觉得我们必须要开始军事管制的实时准备了。只有进步才能让光明从黑暗中重现，让文明在混乱中产生，让繁荣在贫穷中崛起。所有这些至关重要的东西都岌岌可危。"

"阿尔，如果我们直接实行军事管制，民主选举出来的平民政府主体就会被关闭，由军队来接管，这当中很可能还包括我们。"国务卿索伦森说。

"我们一定要保卫我们的国家，我们没有异议。"休伊特回应说。

"民选政府的职责不是对美国的人民宣战！"索伦森回击说。

"政府的职责就是维持法律和秩序，就算要实行军事管制也要做！"

"上帝啊，阿尔，你这是拥护国土安全局，为平民机构的军事化提供做准备。"

"我们是在为保证国家免受伤害创造必要的条件!"

"什么时候战争被叫作和平了,什么时候镇压和起诉被当成了安全,什么时候暗杀变成了解放,什么时候污秽的语言开始为肮脏的生命与尊严说话了!"

"布拉德,我觉得你是入错行了吧。你应该去做那些怪异的自由主义者的演讲稿撰写人。你可以挣到不少钱。"

"去你的,休伊特!不要忘了你是在跟谁说话。"

"所有的政治力量从根本上说都是幻觉,布拉德。不要太自我膨胀了。"

总统不得不插手:"我是美国的总统。现在,这也许是暂时的,但是绝对不是幻觉。嘴巴仗到此为止。"

大家都安静了下来,相互看了看之后,都看着总统。国务卿索伦森皱着眉头,眼里满是疑惑。

总统慢慢地点点头,用手掌揉了揉自己的太阳穴。"据说,伏尔泰的其中一个学徒问他,'我想要创造一种新的宗教。我应该怎么做呢?'大师回答,'很简单。把你自己钉在十字架上,然后抬起你的头。'"他又停下来,但是这次的沉默有所不同。他又开口的时候,语气也发生了变化:"这可能还简单些。也许我们该问问其他的人。"

还差几分钟就到凌晨四点的时候,会议终于结束了,大家都离开了白宫战情室。最后离开的是国务卿和总统。

"布拉德,我欣赏你刚刚说的。"总统将一只手放在索伦森的肩上说:"真正读过宪章,理解平民政权的真正含义的人并不多,你是其中一个。"他们沉默地走了一会儿,各自深思着,与自己内心的恶魔战斗着。

"我们认识多久了,布拉德?"

"四十年了,误差不过几个月。"

"四十年。那还是高中时期。上帝,那时候你经常让我抄你的数学考试卷。"

"我会永远为你效劳,先生!"索伦森微笑着说。

"不,不会的。你太道德了。"他们又沉默地走了一会儿。"如果他们说得对呢?如果这是我们的唯一选择呢?那怎么办?一想到后果,我就不寒而栗。"

索伦森默默地点点头,没有回答。

"听着布拉德,休伊特确实是个混蛋,但是他很擅长他的工作。我们需要他。我也不同意他的方式,不赞同他的原则,但是这与个人喜好没有一点关系。我们要在这历史上最关键的时刻做正确的事情。现在我们需要的,是确保我们有战斗的手段。我们需要时间,而休伊特也许可以为我们赢得时间。"总统停了一下说:"让他去指挥那些玩具兵。那是他最擅长的事情。但是到最后,那些玩具兵是不会赞同他的——"

"因为他们没有任何政治概念。"国务卿插嘴说。

"对。记住,就算到最后,决策也是要在白宫做出的。"总统看着索伦森,冷静地微笑着说:"我会控制着他的,你就去找钱。"他们转向出口时,总统接着说:"你觉得他们是怎么偷走钱的?"

"利用超级复杂的计算机系统。"

总统扬起眉毛说:"电脑程序?"

"那个电脑程序,长官。'承诺'。"

***

电梯在三楼停了下来,铃响之后,门就打开了。"右边,先生。"一个呆滞的秃头男人说。走廊整体是一片质朴的白色,地板铺着的是玫瑰色的大理石,这一切都符合西奈山医疗中心独一无二的名声。

柯蒂斯右转之后,沿着走廊继续向前走。他经过的一间间病房虽都不及普通酒店套房的大小,但是也比平常医院的标准病房要大得多。但是,西奈山医院并不是普通医院。它是全世界最有钱有势的人的医疗健康中心,当然这些人付出的报酬也是高得离谱的。两个谈吐文雅的保安中,有一位穿着私人保镖公司的制服,实际上这家公司也是属于政府的实体。他在名单上核查了一下柯蒂斯的名字,然后礼貌地说:"这边请,先生。"柯蒂斯穿过用刷过漆的橡木制成的门,门框顶部安装着的红灯还闪烁着。

"……还是相信硬挺的衣领和袖口。"西蒙妮一边说,一边舔着自己的嘴唇,她把杯子放回到桌上,咖啡的香气在整个房间中弥漫开来。

"相信什么呢?"

"柯蒂斯！"迈克尔跳了起来，苍白的脸立刻紧绷了起来，但是看到柯蒂斯很明显还是让他松了口气。

"我正在跟迈克尔讲我爸爸的事情。"

柯蒂斯机械地瞟了一眼自己的左边。床是空的。他感到一阵恐惧与惊慌交杂的刺痛感。

"他还在做手术。他们让我们在这儿等着。"一阵沉默。"如果晚来十分钟就完了。"

柯蒂斯盯着空气，眼神透露出紧张。

"看看我们，"西蒙妮想要调节一下气氛，"我们的样子真的糟糕透了。"

柯蒂斯看着房间角落的等离子屏幕问："有什么关于这次枪击的新闻吗？"

"CNN发布了特别公告，但是没有什么具体细节内容，只说是行凶抢劫。"迈克尔回答说。

剩下的话不用说大家也明白。柯蒂斯离开桌子，靠在了墙上。

"今天股市又跌了18%。"柯蒂斯仿佛昏迷般地闭上了眼。"还有我们没有看到的东西。"他离开墙壁，在房间中踱步，双手背在身后。"克里斯蒂安说过，根据美国政府的要求，世界银行准备借钱给花旗银行。他们为什么要这么做呢？"

"丹尼找到了秘密交易程序和花旗银行的关联。"西蒙妮定定地看着柯蒂斯说。

"据约翰·里德所说，这种关联是一个包含了军政机构的多层系统。"迈克尔前倾身体，透过柯蒂斯看着窗外说。

"我在想，你弟弟到底了解到了多少，西蒙妮，在他们认为你弟弟危险到要除掉他之前。"迈克尔补充说。

"军政机构，"柯蒂斯慢慢地说，"他们要寻求管制，是吧？"还没等人回答他就继续说："但是在钱的问题处理好之前，他们是不能期望于军事管制的。"

"又回到了一个问题上。"迈克尔说。

"有人正在让世界经济慢慢进入停滞状态。"柯蒂斯说。

西蒙妮很惊讶，她僵硬地坐在椅子上，努力地让自己的眼睛睁着。柯蒂斯坐在窗边，注意力集中在某个难以触及的东西上。"丹尼所有调查中的共同点是什么？"

"CTP。"迈克尔说。

"最终结果？"柯蒂斯补充说，"黄金？钱？'章鱼'？通过控制货币供应量来垄断世界市场。美国政府？用钱来换取自己远大目标的实体。'承诺'呢？"

"追踪这一切的一个电脑程序。"迈克尔补充说。

"答对了。"

大约一小时之后，门打开了。一位护理员，一位护士和一位医生一起把昏迷中的克里斯蒂安推了进来，他的脸色很苍白。医生将食指放在自己嘴边，示意大家安静。接着他冲西蒙妮点了点头，让他们三人到外面来谈一谈。

"真是千钧一发，但是他的命保住了。我们给他注射了大量的镇静剂，他现在非常虚弱。他随时都可能会醒来。不管他什么时候醒，我只能让你们跟他一起待五分钟，一秒也不能多。"

克里斯蒂安睁眼之前,三个人默默地在他的床边坐了二十分钟。他看到了一张脸,但是非常模糊。麻醉药的效用还没有完全消散。他发出了一种奇怪的声音,三个人都站了起来。

"你中了两枪,怎么看起来还是这么光彩照人呢?"柯蒂斯轻柔地问。

克里斯蒂安的脸抽搐了一下,接着他就把脸别过去了。终于他开口说:"别逗我笑。我呼吸都很困难。"他回答,只有嘴角在动。他听得见自己的声音;虽然很微弱,但是还是听得见。

医生举起右手:只有五分钟。他和护士默默地走了出去。

柯蒂斯等了一秒钟,听了听外面的噪音。含糊不清的声音,接着就安静了下来。

"你有没有看到向你开枪的人?"

克里斯蒂安想要挪动一下身体,但是丝毫没有力气。"没看清。"

柯蒂斯一动不动地站在窗边,尽力控制着自己的语气说:"你看到什么了吗?"

"一个影子,他说的是法语。"伤员的脸又抽搐了一下。"柯蒂斯。"他的声音小到要听不见了。

壮汉蹲在床边说:"我在。"

"钱不见了。"克里斯蒂安虚脱地说。

柯蒂斯屏住呼吸问:"什么钱?"

"CTP。"

柯蒂斯看了看手表。五分钟的时间快要到了,他也知道与医生争辩是没有用的。"多少钱……"

"全部……我觉得,"克里斯蒂安回答说,"我想我知道是谁拿走了。"

克里斯蒂安集中力气,微微睁开了眼睛,他张大嘴说:"你一定……不然……"接着他就说不出话了。门打开了,他听见了轻柔焦虑的脚步声,越来越微弱……接着是悄悄说话的声音……再接着就什么都没有了。

第四十五章

在每一座大城市里，每一波新的伦理移民们都有他们自己的小小精神家园。布鲁克林的布莱顿海滩就是俄罗斯飞地的心脏。那里荒废的建筑是典型的纽约式，但是那里发出的声音和气味又充满着移民者故国的风味。这里的标志都是用两种语言写的。商店橱窗也是陈旧的苏联时代样式。俄式茶具，套娃，还有偶尔除除灰的塑料植物上缠绕着为上个节日而准备的俗气的装饰灯。性格急躁敏感的女人穿着五彩缤纷的围裙，她们用最高的音调说着独特的俄式英语。

离开医院一小时之后，柯蒂斯、迈克尔和西蒙妮漫步着经过了一家叫"万尼亚叔叔"的饭店。这家店里有各种各样的伏特加，还有小薄饼和鱼子酱。他们经过了雷哥公园，穿过木板路，踏上了宽大的沙滩，面对着大海。

"没道理啊，"柯蒂斯说，"西蒙妮的弟弟丹尼，'章鱼'，两位日本'二战'目击者，黄金，金百合，CTP，约翰·里德，现在又是克里斯蒂安·贝鲁奇和一张来自法国疯子杀手的名片。但是完全没有可以把这些不同的事件串联在一起的东西。约翰·里德肯定是集团中的一员。"

"曾经是。"迈克尔说。

"里德曾是这集团的一分子,这集团中还有一些有权有势的卑鄙小人,但是没有必要除掉他。完全不合常理。"他盯着空气说,"然后,贝鲁奇,世界银行的高级副总裁,全世界最有钱的人之一,半夜在自己的车库里被人打了一枪。他的宾利车还完好无损,所以肯定不是抢劫。"

"但是媒体报道的都是抢劫事件。"西蒙妮补充说。

"对。让我费解的是事情的发展顺序。虽然里德和贝鲁奇是截然不同的两个人,但是居然接连被人枪杀。"

"两个都是银行家。都有钱又高调。怎么回事呢?时间呢?"

"前后不到二十四小时。不管杀死里德的人是谁,但和枪击贝鲁奇的很有可能是同一个人。但是为什么呢?"柯蒂斯问。

"好了,柯蒂斯。你要一条线。我不知道我能不能给你一条线,但是也许一条线就是一条线而已。"迈克尔说。

"丹尼想要把这些世界上最富有的人和这历时六十年的犯罪活动联系在一起,他已经快要成功了。这群有钱人中的某些人想要他闭嘴,你觉得呢?"

"好,这是前提。"柯蒂斯点点头表示同意,"所以我才给里德打了电话,想把其他人引出来,我也没有料到结果我们会发现这些东西。一个由政府公务员、情报机构、黑手党还有流放罪犯组合起来的全球性集团。而在他们之上的就是'章鱼'。丹尼是这样称呼这些人的。"

"八只触角，八个心脏。杀不死，也饿不死。我喜欢它的象征意义。"

"所以我告诉里德，还有一个组织也对这些信息很感兴趣，而且他们有能力除掉'章鱼'。"

"你假装自己是中间人，假装自己只是想要钱。"迈克尔说。

"里德已经准备好变换阵营了。结果突然间，他就被杀死了。"柯蒂斯说。

"就好像有人一直在听着，在看着一般。"西蒙妮补充说。

"很明显，这些人不允许他这样做。里德知道的一定太多了。"

"他死后不到一天，克里斯蒂安就中枪了。"迈克尔说。

"如果里德是委员会成员，那么这就是'章鱼'的委员会，但是另一个组织想利用我们来接管'章鱼'的生意，于是以牙还牙，先是杀了里德，然后就是克里斯蒂安。"柯蒂斯说。

"他们要我们怎样我们就怎样，只是我们完全不知道他们的存在，而且他们把所有的原则和次要参与者都除掉了。"迈克尔总结道。

"到底还有谁比'章鱼'更有权有势呢？"柯蒂斯问。

"听我说完。现在，这只是理论而已。我们的奥数知识就是在这种时候派上用场的。你是特种部队的，对吧？我是说，你接受过训练？"迈克尔问。

"第十特种兵部队。"

"你们部队徽章上的标志是什么？"

"三支围成一个圈的箭，中间是一个特洛伊木马。"

"通常你们都执行些什么任务？"

"审问最顽固的基地组织囚犯和支持者。HVS，高价值目标。"他停了一下继续说，"特洛伊木马行动。"

"回忆一下这个标志的象征意义，"迈克尔说，"三支箭围成一个圈，中间是特洛伊木马。现在把这个象征意义转换成语言。"

"特洛伊木马周围有三支围成环形的箭……上帝啊！三级委员会的标志。世界政府。这个委员会的目的就是要设计并创造一个比地球上所有单个政府都要强大的全球性金融集团。"

"正是。围成圈的三支箭代表的就是由五个联合国安理会永久成员国所领导的五个市场。美洲，就是美国；亚洲，应该就是中国。然后就是欧共体的三个代表，俄罗斯、英国和法国。"

"世界经济变成一坨屎的同时，你也掌握着三个前线地区的人口——美洲、亚洲和欧共体。而且你也可以控制这三个市场——香港、华尔街和欧洲经济区。这应该是第一阶段的控制。"迈克尔说。

"总统和首相们控制着各自的国家。在三级委员会控制的三个市场之下，这些独立的国家实际上由世界500强公司在操控着，"柯蒂斯把自己的想法都大声说了出来，"这就是世界有限公司。这应该就是第二阶段的控制。"

"世界500强公司越强大，那么它占有的市场份额也就越多。"

"市场就是'章鱼'，"迈克尔插嘴说，"三，即三位一体的神圣数字。"

"大阴谋理论。"柯蒂斯补充。

"媒体给所有讨论这个事情的人都扣上了'阴谋理论家'的罪名。但这次不同,我们面对的是真实的人,真正的犯罪行为。听了你说的关于'章鱼'的事情之后,我做了一些调查。三个市场在三级委员会的作用下联合在了一起。你觉得是什么意思?"

"新世界秩序理论。"柯蒂斯说。迈克尔点了点头。

"为了要控制每一个市场,你必须要拥有或者对这四个东西有极强的影响力:情报机关、军队、银行业和人工智能。合法获得这四样东西肯定很困难——"柯蒂斯说。

"除非一群人像'章鱼'一样共同向着这个目标努力。"西蒙妮插嘴说,她突然想起了克里斯蒂安的话。

"所有机构都在发挥着作用,冒着极小的风险,却可以产生巨大的利润……这种制造货币的方式完全不会遭到任何形式的监管和问责的质疑。但是,启动这件事情的人,地位肯定不低。"

柯蒂斯接着说:"可是,这不是光靠武力就能做到的。"

"也不需要武力。"迈克尔回应说。

"手里握着全世界最尖端的人工智能,还要武力做什么。"柯蒂斯补充说。

"'承诺'。"西蒙妮说。

"这才是关键,不是吗。"柯蒂斯闭上眼,用右手手掌揉着自己的颈背说。各种场景在他的脑中一闪而过——起承转合,就在一瞬间。

在布莱顿海滩上,他们周围的人笑着闹着,各自牵着手,聊着诙谐的话题，偶尔停下来买个东西，相互推来推去，然后吃个热狗或者糖衣面包。仿佛有一层纱隔在这三个人所面对的噩梦和这些人之间。

"我们必须要找到创造出'承诺'的人。"柯蒂斯说。

"我想这个应该不是问题。"迈克尔回答。柯蒂斯的眼神对上了迈克尔的眼神，他准备好洗耳恭听了。

"你还知道什么？"柯蒂斯将一只手插进口袋，歪着头问。

"'承诺'背后的那个人已经是借着日子在活命了。"

"他们称他为'隐形人'。"

"他叫桑多夫。全名是艾伦·桑多夫。我在图书馆发现的阿米蒂奇关于金百合的报告中看到了这个名字。"

"阿米蒂奇的报告中提到了几篇参考文献。我们一开始没有发现这个名字，因为整篇报告提到的名字有一百多个。"

"报告中有几处用第三人称提及到桑多夫，但是都不是直接引用。只有一处，阿米蒂奇引用了别人关于这项科技的句子。这个人下的脚注是'保留匿名'。"西蒙妮补充说："肯定是同一个人。'隐形人'就藏在我们身边。"

第四十六章

柯蒂斯绕过街角,他行色匆匆,快速转到了布莱特大道上。他又看了看迈克尔给他的那个号码。还有一个街区就到了。这栋楼有些老旧,但是从整体上看,其外观却出人意料的相当得体。柯蒂斯一只手扶着栏杆,敏捷地踏上了七步楼梯上的平台。

桑多夫·A的名字刻在了第五个信箱上,名字下方有一个铃铛。柯蒂斯的警惕性冒了出来。他看了看街道。没有警察。他把手伸进口袋,拿了一把薄片般的钥匙。这是一把"撞匙",用它来猛烈地撞击锁眼里面的弹簧,上销就可以瞬间弹起来,其弹跳的高度已经足够超过剪力线。同时,在弹簧把上销推下来之前,钥匙就可以转动了。

柯蒂斯把薄片钥匙放在钥匙孔面前,插了一半进去,然后用手猛地拍了一下钥匙,尽可能地把钥匙往里面推,然后在进入的一瞬间快速地转动了一下钥匙。锁开了,门也开了。他悄悄地走了进去,接着随手把门关上了。他不能坐电梯,桑多夫有可能会听到电梯的声音。

他们称他为隐形人。

他小心地迈出了第一步。老旧的楼梯立刻发出了叽叽咔咔的声音。他继续敏捷地三步并作两步爬着楼梯。不到三十秒钟,他就上到了顶楼。桑多夫的住所位于走廊尽头。柯蒂斯定定地站了几秒钟,以平缓自己的呼吸。他准备按下门右边的门铃,但是又犹豫了。如果桑多夫不让他进去的话,那这门铃声可能会引来一些不必要的注意。柯蒂斯走到门边,轻轻地敲了门。

他听到一阵奇怪的声音从头顶传来,越来越响。有人来到了门边。接着声音停止了。有人站在里面听着外面的情况。柯蒂斯听见咔嚓一声,接着门就开了。

"谁?"一个身材矮小的黑人问。他的声音很低,就像是歌剧里男中音的声音一样。他大约五十多岁,身形虽然苗条,但是啤酒肚还是显露了出来。他睡眼惺忪,身上穿着丝绸睡袍,丰满腹部上的绿色小羊图案已经被撑得变形了。

"是艾伦·桑多夫吗?"

"那要看你找的是什么了。"

"智慧。"

"智慧?"他把门推开来说,"看看你周围。你找错地方了,不明白吗?"柯蒂斯在门槛处停了下来。这是一间又大又凌乱的阁楼,看起来更像是跳蚤市场,而不是某人的住所。

"还是很有特点的,看起来就像是《纽约时报》总部的作战室。"柯蒂斯说。

"你喜欢看这个报纸?"

"偶尔看看。"

桑多夫咕哝着说:"读《纽约时报》就像是去参加臭名昭著的语言学家的葬礼一样。"这个奇怪的黑人这样回应。

"这就是你对我的评估吗?"

"评估里面通常都包含着贴切的事实。"他转过身,面对着柯蒂斯说。

"我——"

桑多夫举起一只手说:"坐吧,孩子。"

柯蒂斯好奇地盯着这个黑人说:"'承诺'。多少是真的,多少是传言?"

桑多夫背靠在墙上,打量着他的访客。"你是谁?你想怎样?"他小声问道。

"他们说你是'隐形人',艾伦——'承诺'背后的天才。"柯蒂斯停了一会儿说:"求你了,我必须要知道这个程序能做什么。还有它已经做了些什么。"

"你应该知道,你现在已经掺和进了一项非常敏感的政府行动中,而这就是底线。"

"我的伤疤可以证明这一点。"

"那这就会是你的葬礼。"他漠不关心地耸了耸肩,然后朝着房间中间走去。

"传言,当然是无法被证实的,但是事实却可以被人理解和整合。"他一边说,一边摊在了沙发上:"有这样一个程序,它可以思考,可以理解世界上的所有语言,还可以给你提供偷窥世界上每一台电脑的观察孔，可以在别人不知道的情况下注入数据，还可以通过后门进入秘密的银行账户，然后不留痕迹地把所有钱都拿走，而且这个程序还可以超乎人类想象地完成填空题，可以预测人的行动——早在那个人还没有开始之前，而且误差范围只有1%，如果你拥有了它，你会怎么做呢？你也会利用它的，对吗？"

"一开始创造这个程序的目的是什么呢？"

"我设计它，是以整合美国一定数量的律师办公室的电脑数据的方式，通过立法、司法和行政机构来追踪案件。你上传的数据越多，系统的分析准确度和对结果的预测准确度就越高。"

"它是怎么办到的？"柯蒂斯问。

"实际上很简单。关于某人的所有信息都被输入了软件——教育、军队、职业背景、信用历史，基本上就是你触及到的所有信息。接着这个软件就会做一个评估，再根据已知的信息提出一个结论。已知信息越多，软件所能预测的结果就越准确。"桑多夫轻轻地笑着说。他站起来，磕磕绊绊地朝厨房走去："你要来点咖啡吗？"

"当然。不加糖，谢谢。"

"'承诺'真的可以根据关于一个人的信息，来预测这个人的行为，"他在厨房里高声说，"政府和间谍们立刻就确认了'承诺'在财政和军队上的应用，特别是国安局。它每天都可以接收到几百万条情报，但是他们一直都依靠老式的克雷超级计算机来记录、分类和分析这些情报。"他端来一杯咖啡。柯蒂斯喝了一口，差点吐了出来。

"上好的咖啡,对吧?"桑多夫问。

"好极了。"柯蒂斯勉强地微笑着说。

"别客气,厨房里还有很多呢。"桑多夫用手绢擤了擤鼻子,然后把手绢折成正方形,放到了一边:"总而言之,不管谁拥有'承诺',只要将它与人工智能相结合,那么就可以准确地预测商品期货、房地产,还有战场上整个部队的行动,更不用说各个国家的购买习惯、吸毒习惯、模式化、心理倾向,而且还是实时地根据流入的信息来预测。"

"有趣,但是与你当初创造它时的初衷不一样,对吧?"

"我的程序经历了电脑程序的进化。你也可以说是一次巨大的突破。你知不知道模块化社会研究理论?"

"我应该知道吗?"

"它表述了一个从假定和现实角度看都有的一个独特的优势。举个例子,选择一个太空中切实的物理点。现在,在你的脑子里,你把这个物理点放到你能想象到的最远的地方去。'承诺'可以把卫星定位在太空中你无法触及的位置。"

"终极宏图!"

"你终于明白啦!"桑多夫大笑着说,"还有一个优势,而且这个优势非常厉害。"说完他喝了一大口咖啡。柯蒂斯从来没有见过谁这么专注地喝咖啡。"我真是太喜欢好咖啡了!话说回来,就是测绘学。这个术语适用于多种科学——而这些科学都包含卫星图像——用来开发地理信息系统、全球定位系统还有太空遥感。这项技术可以准确地检测到油、稀有金属,其他自然资源的准确位置。

"真是个完美的骗局。"

"确实是,如果你有装备后门技术的进阶版'承诺'系统的话,就更不得了了。"

他站起来,朝着窗边走去。"向客户国提供以'承诺'为基础的软件,那么你就可以编译出一个关于所有可销售自然资源的全球数据库。因为有商品和未来市场的存在,连触碰这些资源的必要都没有了。装备人工智能后,基于'承诺'的程序就成为了完美的装备,让你可以一边看着一边操纵世界的政治局面,并从中牟利几十亿美元。"

"你觉得这是真的吗?"柯蒂斯问。

"后续研究清楚地表明,一个相似又遥远的假设位置可以清除人类所有活动的杂乱。通过可度量又可预测的模式,一切都是显而易见的。如你所说,就是终极宏图。还有一点要记住的是,数学证明地球上的所有人都是相互关联了,这就是'六度分离'理论,在秘密行动存在的情况下,这个数字缩小成了三。利用承诺的话,就只有二了。"

"世界真是小。"

"但是'承诺'并不是病毒。你必须要把它安装在你想要进入的那台电脑上。"他慢慢地走向书架,说:"看看你的右手边。最顶层,红色书脊,那是一个叫马西莫·格里马尔迪的人写的笔记,他是历史上最伟大的计算机大脑。五年多前我把它放在了那里,以为再也不用翻看它了。"柯蒂斯抽出一本厚重,已经发了

霉，被灰尘覆盖了的书。桑多夫翻到了某一页，拿给柯蒂斯看。"你看看这个?"他指着笔记说。

"什么?"

"艾尔比特闪存记忆卡。就是格里马尔迪的主意。"

"这东西有什么特别的?"

"艾尔比特闪存记忆卡可以在电脑被关掉的时候，再为其接通电源，'承诺'刚好可以装备在上面。"

"你是怎么做到的?"

"因为艾尔比特芯片激活的是电脑的环境电力。有一种新研制出的芯片，皮特里芯片，它能够储存六个月的键盘输入记录。艾尔比特芯片与皮特里芯片相结合，就可以在半夜把一台电脑的所有活动记录传输到附近的一个接收器上——比如经过的卡车，或者是低空飞行的通信情报卫星。"

"不可思议。"

"还有一些关于'承诺'的事情，我觉得你应该知道——陷阱门。有了陷阱门，任何知道密码的人，都可以获取存在数据库的信息。通过特洛伊陷阱门可以访问情报和银行记录，也就开放了政府——"

"确保了美元在国内外的生存。"柯蒂斯补充说。

"你还不是笨蛋啊。孩子，我这是在表扬你，真的。"桑多夫把格里马尔迪的笔记放在他面前摇摇晃晃的桌上。

"卖给外国政府之后，因为有人工智能版'承诺'的关系，我们的政府就可以神不知鬼不觉地获取他们想要的信息。别忘了，

239

这些可不是什么好人,坏起来就是金融暴徒。"

"看看周围,孩子。世界崩溃的速度比你说出'上帝怜悯我们'的速度还快。他们的目的是要进入世界上所有的银行系统。接着这些人就要用'承诺'来预测和影响全世界金融的动向。"

"要抓住每一个市场,你就要控制、拥有或者是影响情报,军队,银行业和人工智能,这一点我是知道的。"

"有这种说法。但是为什么要费尽千辛万苦去监控外国的情报行动和军队呢?有一个更简单的方法。在卖到加拿大,欧洲,亚洲的普通电脑和政府用的电脑上都安上装备了'承诺'的特洛伊陷阱门,这样就可以监控他们的军队,银行业和情报部门了。你侵入他们的电脑,然后你就会知道谁已经准备好要做什么了。"

"这也让所有数据持续面临被暴露的危险。"

"说得对。"

"政府知道这一点吗?"

"我不这么觉得,但是就算他们知道,在现在这个阶段,他们也不能做什么。关键任务系统需要几年的事件来发展,不是在热狗摊上三两分钟就可以做出来的东西。只要'承诺'软件一上线,强迫地球上的所有国家都与拥有这个程序的一方合作就很简单了。"

"因为软件可以控制一个国家的银行、情报部门和军队。"柯蒂斯补充说。

"正是。通过无限制的接入权去垄断银行业、情报部门和军队,他们要的就是这种威胁的力量。这样的武器,只有在知道它能力的人手上才能发挥威力。在使用原子弹之前,这东西也是无用的。"

"长崎综征。但是世人怎么会允许这样的事情发生呢?"

"他们是不允许的。你看这本书?是从格里马尔迪那里偷来的。他被人杀了,但是做得像是意外一样。"

"你怎么得到的?"柯蒂斯怀疑地问。

"是杀掉他的人送给我的礼物。"桑多夫如实回答。

"发生了什么事?"

"官方的版本是,他自己的头撞到了浴缸上,在两英尺深的水里把自己淹死了。上帝啊,格里马尔迪是意大利犹太人。他的鼻子比匹诺曹的鼻子还长。他怎么可能淹死呢,还是面部朝下,在两英尺深的水里淹死?"

"那么,没人知道事情经过了。"

"政府提供了修改版的'承诺'软件,这些国家又自己修改了,或者是认为自己已经修改了,并且排除了陷阱门。但是他们都不知道,在大家都认为电脑已经关闭了,万无一失的时候,系统里的艾尔比特芯片绕过了陷阱门,允许了数据的传输。加拿大、欧洲和亚洲做你不喜欢的事情的时候,你就这样削弱他们。"

"你能阻止他们吗?"

"我?你开玩笑,是吧,孩子?你看看我。"他说。

桑多夫卷起丝绸睡袍的袖子,露出了伤痕累累的左手。"我是吸毒者。有时候,我连自己脱裤子上厕所都做不到。"他停了一下说:"就算我能,那也已经来不及了。"

"什么意思？"

"你真的不明白吗？已经到第四节了，离比赛结束也仅剩十秒钟了。"

"我还有一个问题要问你。"柯蒂斯的声音很清脆。

"我也这样觉得。我猜你费尽周折来到这里，也不是要来听这些背景故事的。"

"如果有人想用'承诺'来打破一个牢不可破的系统。可行吗？"

桑多夫站起来，陷入了沉思，他将双手放在自己的大肚子上，交叉环抱着："那这个人得是非常了不得的人物。符合条件的只有一个人。保罗·卡罗尼。"

"你是说他知道'承诺'吗？"

"对。他确实是个混蛋。住在迷宫里的恶魔。"他松开双臂，以一个奇怪的姿势站起来，走到身材魁梧的柯蒂斯身边，用他骨瘦嶙峋的手抓住了柯蒂斯的前臂。"我给你个建议，孩子。你和那个人每握一次手，你就要掉一根手指头。"

"能碰到他的人真的很少，也许整个世界也只有一百个人能碰到他。"他看着柯蒂斯说，"我想你知道丢失的几十亿吧？"

"你是说几万亿吧。"

他微笑着说："我就是这个意思。这笔钱的突破和抢劫，就是证明'承诺'是经济原子弹的白沙滩。"

"他是怎么参与进来的？"

"是政府领他进来的，为了在'承诺'以外再创造一个更加聪

明的人工智能系统。卡罗尼有他自己的系统,所以我的宝贝和他的宝贝的结合,就创造出了一个'混血儿'。美国政府利用这个'混血儿'来搜集金融情报,监控银行交易。"

"搜集给谁呢?"

"给CIA,一开始是这样,还有其他机构。这是个集团,是一个健全的军政复杂阴谋集团,一直到最高层。他们的秘密落脚点。"

"最顶层的人都是些什么人呢?"

"听过亨利·斯蒂尔顿这个名字吗?"

柯蒂斯的双眼睁得大大的:"中情局的二把手?"

"就是他。他们密谋想要偷我的软件,然后修改成包含陷阱门的版本,让其他知情的人在别的电脑上也可以进入这个程序,然后再把这个软件卖给国外的情报部门。当其他国家,比如加拿大的机构,说着法语来向我寻求支持的时候,我就知道不对了,我从来没有跟加拿大做过生意。"

"卡罗尼。你能告诉我关于他的事情吗?"

"他还只有十岁的时候,他就将秘密电话系统覆盖了他父母所住的社区,而且还绕过了贝尔电话公司。"

桑多夫跌跌撞撞地走到阳台,打开了通向阳台的门。令柯蒂斯吃惊的是……外面居然是禅意花园。一块大约四米长,五米宽的地,只用了一些岩石、石头、沙粒和鹅卵石做装饰。"在日语里,这叫枯山水。意思是干水和山,沙粒斜斜地流过地面,创造出了一种涟漪的样子,这就是水。岩石和石头就代表了山丘和岛屿。"

"真是相当不错的景观。"

桑多夫咧嘴笑着说:"这里有十四块岩石和石头。有传言说,当有人获得了最高级别的禅的顿悟的话,那么他就可以看见这里的十四块石头。"

"你这样的人怎么会住在这里呢?"

"安全。"黑人说。

"这里!"

"你在这里看到有白人混蛋来抢劫我吗?"

"你可以消失呀。去别的地方生活。"

桑多夫摇摇头说:"不,我不能。他们马上就会知道。"没等柯蒂斯回答,他就接着说:"在我右边的三头肌里,有一块微芯片。政府盯我盯得很紧。"他停了一会儿,压低声音说:"因为我是个吸毒者。"桑多夫背靠着墙,向后仰着头,眼睛半闭着,嘴唇开始抖了起来。他清了清喉咙。

"生产出'承诺'和卡罗尼软件的'混血儿'之后不久,我就被绑架了,之后,他们就给我注射了顶级的海洛因。这就是他们的保险。他们放我走的时候,已经是三个月之后了。就当地的气候和蔬菜来看,我猜那是一间在西部的政府医疗点,不过也只是猜测而已。"他看着远方说:"曾经,我是曼哈顿最炙手可热的人物。现在看看我。"桑多夫一边揉着头顶,一边用低沉的男中音说。

"那你怎么还活着?"柯蒂斯追问。

"因为如果系统崩溃的话,没人能修。"桑多夫痛苦地说。

"我能帮助你。"

"你知不知道,对抗这股黑暗力量最理想的解决方案,就是这种可能,如果目标遭到了最尴尬,类似于社会责任的指控,有可能会自我毁灭,因此就没有未来再除掉他的必要了。"

"混蛋。这是中情局反间谍行动标准步骤,用来让那些威胁到他们的人闭嘴。"柯蒂斯厌恶地说。

"家丑不可外扬。"桑多夫补充说。

"伪装成自杀,通过精神或者情绪的毁灭,通过毒品和酒精来寻求解脱的人,已经有多少了?"

"在追求真相的道路上,已经有太多的人以各种方式被夺取生命了——都是栽赃诬告。"

柯蒂斯走到一张破损的沙发边,重重地跌倒在沙发里。"我很感激你,艾伦。如果有一天你想要从这摊污水中爬出来——"

桑多夫举起他的右手说:"我可不要你对我感到愧疚。到别处愧疚去吧。"他从沙发上坐了起来,挺直了背和肩膀说:"别多想。"接着他又补充说:"只是一个要死的人在与另一个要死的人说话而已。"

柯蒂斯垂下眼,重重地出了一口气。

桑多夫最后看了他一眼,转过头说:"保重,孩子。"

***

　　在华盛顿的郊区，在波托马克河的较为荒废的一段中，一具满身瘀青和鲜血的尸体被人从一辆白车上丢了下来。这具尸体的右手已经断了，眼球也突了出来，浅灰色的脸被打得变了形。在车里，一个身材魁梧的，右前臂上文着醒目的匕首图案的人拿起了车载电话，拨通号码之后说："搞定。"

　　"你有什么发现？"对方说。

　　"一无所获。对于一个知道得并不多的人来说，花了这么长时间，受了这么多痛苦才吐出这点东西也是难为他了。"

　　"把你的车开到医院外面，就在那儿等着。半夜的时候会有另一小队的人来接班。有什么情况立刻报告。在我们发出信号之前，一步也不要动。不要让我失望。"

　　"明白，部长先生。"

第四十七章

　　西蒙妮看着克里斯蒂安，又看了看监控器。他的生命体征都很平稳，呼吸也很均匀。接着她又看着迈克尔。

　　"我永远也不会停止寻找他们的，迈克尔。永远不会。我知道，我对他们来说是非常渺小的人。但是不管我如何努力地让自己分散注意力，晚上我躺在床上的时候，还是会一遍一遍地回忆我们在一起的最后那天的细节，我会问自己，我为什么误解了一切，为什么没能预见到这种糟糕的情况呢。"她的声音颤抖了起来："有时候，我几乎都说服了我自己，这一切都是无悔而已，丹尼随时都可能开门走进来。但是他没有，他也不会了，永远不会。"

　　"经历了这么多，爱你的人会一直跟你在一起；谁是真的爱你，你爱的又是谁，你会想如果失败了会是什么样的结果。一想到失去你，我就害怕得发抖。"她深吸了一口气，仿佛把房间内所有的空气都吸进去了一般。"喔，上帝啊，我真是太累了。等到一切结束就好了。但是是何时呢？要是我听从自己的心，没有让他走就好了。"

"西蒙妮,"迈克尔站起来,扭过她的身体,强迫她看着自己说,"在丹尼去记者学校报名的时候,他非常清楚地知道自己今后会做什么。在他与自己的第一个线人见面的时候,他也清楚知道自己要做什么。在他跟着猛兽进入狮子的贼窝时,他更是清楚地知道自己在做什么。他知道自己的身份。他热爱他的事业。"

"迈克尔。"

"你没必要背这么大的负担。"

她看着他的脸,仔细地打量着他的面孔,就像是在看一个陌生人一样。迈克尔低下头,温柔地亲吻着她。

"我想悄悄地离开房间应该是最传统的方式吧,但是很不幸,我被绑住了。"克里斯蒂安醒了。

"克里斯蒂安,我们只是——"

银行家举起一只手说:"没必要解释呀。"

西蒙妮给他倒了一杯水说:"给,你看起来很渴。"

他微笑着说:"谢谢你对我的这点关注。柯蒂斯呢?"

"去见'隐形人'了。"

"在哪儿?"他迷惑地问。

"这不重要。他觉得可以一石二鸟。"一道闪电点亮了百叶窗,六秒钟之后,一道响雷随之而来。纽约的天气又冷又无情。巨大的火红的云朵笼罩在天空中。

迈克尔的电话响了起来。他按下了这个过时手机上的免提键。

"什么情况?"

"是关于'承诺'的,"柯蒂斯说,"藏在秘密账户里面的几万亿美元,是通过'承诺'被偷的。桑多夫是这样说的。克里斯蒂安肯定也意识到了这一点。这东西就是钚。任何靠近它的人都会死。"

"全都告诉我。"迈克尔摇着头说。

"担保交易计划是政府搞出来的,其目的是阻止金融大决战那天世界金融市场内爆。除此以外,'章鱼'也利用这笔钱获取了可观的利润,记得吗?"

操控CTP的银行和中央银行有两本账,一本用来应付公众监督,另一本仅供内部浏览。"是谁偷的?"迈克尔问。

"一个叫保罗·卡罗尼的人。是政府领他进来的,想让他以'承诺'为基础再开发一个升级版的人工智能。他已经有他自己的系统了,所以桑多夫的系统和他相结合,就产生了一个'混血儿'。'章鱼',一拿到这个'混血儿',就抛弃了桑多夫。"

"为什么呢?"

"因为卡罗尼也是他们其中之一,至少一开始的时候是,而艾伦·桑多夫不是。他说抢夺这笔钱,只是为了检测'承诺'的经济原子弹特性。"

"你记得克里斯蒂安说过的话吗?"迈克尔问。

"他说这么一大笔钱,只能存在于网络中。"柯蒂斯回应说,"因为你根本无法转移这么大一笔钱。"

"他还说过,根本没有转移的必要,因为你只要敲一个键,就可以调动数百万的现金了。"

249

"这个时候就要用到'承诺'了。"柯蒂斯说。

"这么一大堆钱被存进了三十个账户,基本上就是花旗银行的支柱了。"

"花旗银行的首席执行官约翰·里德已经长眠于地下了。"

柯蒂斯快速地与大家分享了艾伦·桑多夫的奇特世界,他解释了这个阴谋集团是强迫地球上的所有国家都与拥有这个系统的人合作的事情,而且通过"承诺",要做到这件事情有多轻松,因为"承诺"人工智能会控制国家银行、情报部门和军队。

"他们为什么要这样做呢?"

"狂热。"柯蒂斯冷冷地回答说,"如果没有CTP这笔钱流入系统中的话,那世界经济就会彻底崩溃。但是这样做也是有代价的。也许只有傀儡操纵大师本人,才知道代价是什么,但是其他人,其他盲目地跟随他的人不知道。这种狂热让集团成员们都盲目了,看不到他们制造的这场阴谋的真正后果。但是这种事情一般都是纸包不住火的。他们这是在玩火,而他们最后也会被这大火吞噬,到时候暴乱,前所未有的暴乱就会出现在世界的每一个角落,终结旧秩序,建立新规则,在全世界最强大的人工智能'承诺'的帮助下,建立新的世界秩序。"

迈克尔茫然地盯着前方。已经没有回答的必要了,万千思绪像阴影一样笼罩着他。

西蒙妮走到门边,转动把手将门打开说:"我去给大家弄点吃的。"

第四十八章

大苹果城的一个下午。西蒙妮站在路边,慢慢地呼吸着这辛辣的城市空气。雪化之后的水迹还留在人行道上,细细的水流慢慢地向排水沟流去。

一辆白色的轿车轻轻地滑到了西蒙妮身边。后排滑门打开来,一只强有力的手抓住了她的腰,猛地一拉,就把她拉进了车里。门关上之后,轿车立刻就开走了。有人举着一把枪,死死地顶着她的太阳穴,这个动作传递出来的信息,任谁都不会理解错。

"你没有权力……"她停了下来,这样说话明显是很愚蠢的行为。她想要坐起来。但是不行。有人把一张柔软湿润又带着酸味的布按在了她的脸上,这时司机打开了收音机。

"首先是不到两周前,东欧信用级别已经降到了一文不值的地步;现在西欧的经济困境也已经成为了焦点。"

"是这样,拉里。"

"自标准普尔评级公司把意大利的信用级别降到'垃圾'之

后，该国的信用违约交换利差已经到达了最高水平。今天早些时候，标准普尔在一份独立报告中发出了警告，欧洲发生'重大危机的所有要素都已经就位了'。而且，穆迪投资服务公司对法国和奥地利进行了审查，指控他们的政治不安定，表达了他们对银行业的担忧，所以这两个国家下个月可能会面临信用降级。昨天意大利联合政府的垮台，让全世界都开始担心起来，因为这很有可能会在西欧经济中引发多米诺效应。"

"谢谢，马里安。在国内，我国最大的几家银行已经处于瓦解边缘，世界经济也很快就要崩溃了，华尔街的严重灾难即将到来。"

"具体来说，事实上，所有关于近几个月事件的可怕的预测，都有可能在短时间内成为现实，现在这样的可能性越来越大。包括股票市场的全面爆炸：股票的道琼斯指数会迅速下降到3000点，标准普尔指数降到300……或者更低。"

"大卫，看起来越来越像经济末日了，清算的日子。给我们一些短期的预测吧。"

"短期是对的，拉里。我们指的是几天或者几周，而不是未来的几个月。首先，企业破产：根据破产法第十一章提出申请或者联邦收购所引出的连锁反应，不仅包括通用汽车公司，克莱斯勒，还包括捷蓝航空，梅西百货，萨克斯第五大道，西尔斯百货，玩具反斗城，美国航空，甚至还包括像福特和通用电气这样的巨头。接着，就是超级大银行倒闭：破产或者国有化，不仅包括花旗银行和美国银行，还包括摩根大通公司和汇丰银行。第三步，全国中小型银行倒闭。第四步就是保险公司破产了。"

"现在我们还能期待的，就是新总统要如何兑现他的政府在过去两个月中许下的承诺。"

"他们许诺了多少钱，大卫，有人知道吗？"

"马里安，算上送给 AIG 的 3000 亿美元，总统说是 8 万亿美元。"

"他们有这么多钱吗？我想我们很快就会知道答案了。"

迈克尔走到窗边，这里似乎是一个适合思考的好地方。他瞭了一眼克里斯蒂安，他已经让自己进入了深度睡眠。迈克尔又走到咖啡机旁。他做了一杯黑咖啡，没有加糖。他双手捧着杯子，喝了一些。他又看了看手表。三十分钟过去了。她去哪儿了？他又倒了一杯咖啡，双眼盯着地板，又喝了一口。接着他给她打了电话。四十五分钟过去了。电话通了，但是她没接。当他再次拨打她的电话时，却直接转到语音信箱了。

"嘿。你在哪儿？你还好吗？"虽然他这样说着，但是他心里知道她肯定不好。

第四十九章

在华盛顿，越来越弱的小雨绵延地下着，笼罩着这座都城。总统的眼神透过图书馆的防弹凸窗，落在了白宫的草地上。在这个不寻常的温暖的冬日，在午后昏暗的日光下，草地都变成了灰色。穿着开领式三个纽扣衬衫，配搭着金色袖口，下身搭配了一条黑裤子的总统，陷入了深深的沉思。国家与自己的战斗，国家与国家之间的战斗。这是一场生存之战。

他非常想念儿时漫天飘雪的冬天。他闭上眼，回想起了他的第七个圣诞节，他想起了家里的会客厅，圣诞树被各种颜色的树叶包围，还有镶着金边的书……这幅画面在他的脑海里徘徊着，让他感觉到了一丝温暖……电话机发出了嗡嗡的声音。记忆的画面默默地碎了一地，快速地消失在了无法回去的过去中。我这是在干嘛呢？他看了看手表：五点一刻了。

"什么事？"

"总统先生，国务卿索伦森先生想要见您，先生。"

"让他进来。"他简略地回答，又清了清喉咙。

门打开来,布拉德·索伦森走进了房间。

"针对'承诺'事件,我们已经有办法了。有人与某个明显参与了软件改进的人见了面。"

"什么时候,谁?"总统盯着他的国务卿,接着转身,在自己的豪华皮椅上坐了下来。

"就在昨天。据物理描述和情报报告看,总统先生,这个人叫柯蒂斯·菲兹杰拉德。前特种兵,曾在第十特种部队中服过役。"他将一个马尼拉文件夹放到了总统的桌上。

"他的履历?"

"来自我们一位秘密特工的报告,他在与目标人物的争执中受了重伤。"

"继续。"

"先生,设计原始软件的人住在哈莱姆区。他叫艾伦·桑多夫。据我们所知,菲兹杰拉德就是去见的他。"

"这个菲兹杰拉德。"总统一边说,一边打开文件夹,浏览着菲兹杰拉德令人称羡的简历。

"是我们的人吗?"

"也许吧。在现在这个节骨眼上,我们也只能猜测。现在还无法知晓他是为谁办事,也不知道他究竟知道多少。"索伦森说。

总统定定地盯着国务卿,愤怒与失望终于爆发出来了:"布拉德,现在我们已经忙得不可开交了,这种复杂的事情必须要处理掉。你觉得他,或者是他们与偷钱的人有关系吗?"

"现在我们的人正在审问艾伦·桑多夫。"

"菲兹杰拉德呢?"

"还没有,先生。我们在等待您的指示。"

总统停了一会儿,接着坚定地微笑起来,他的声音很冷酷,眼神也极具穿透力:"看在上帝的分上,带他来审问。距离全面崩塌也只有几周的时间了,你还在玩手指,等待指示!立刻把他带回来!"

"是的,先生。马上就办,先生。"

柯蒂斯的手机响了起来:"柯蒂斯,是我。"

"什么事?"

"西蒙妮不见了。"

"什么?"

"你听到了。西蒙妮凭空消失了。"

"你确定吗?"

"已经一个多小时了。她去给我们买吃的。也许是我反应过激了,但是我觉得真的是这样。"

"也许她半路上去别的地方了?"

"那她肯定会打电话给我呀。"

"我马上就来。"说完电话就断了。

第五十章

柯蒂斯进入了特种部队训练模式，集中精力在眼前的事情上：找到西蒙妮。在他朝着医院所在街区走去的时候，柯蒂斯明显地感觉到自己被人跟踪了。西蒙妮就是在医院对面失踪的。突然，他在街角拐了个弯，穿过红色雨棚，走上了相邻的街上。他非常了解周围的环境，假装自己是一个漫无目的的散步者。在接下来的十五分钟内，他又随机地换了几条街，结果他发现了一个身材矮壮，一副无精打采模样，还提着一个购物袋的男人一直在跟着他。

这个小尾巴让柯蒂斯有些烦恼。如果这人是在跟踪他，那么他也太明显了。这说明他可能只是个诱饵。那真正在跟踪他的又是谁呢？柯蒂斯在街区尽头往左拐，走上了一条非常狭窄的人行道，接着又快速地转进了一条小巷，然后就听见了一阵快速靠近的脚步声。就在丧气鬼的脸出现的瞬间，柯蒂斯绕到他身后，把他按在了墙上。

"举起手来！"这个胖子气喘吁吁地说。

"你开玩笑,是吧?"柯蒂斯问。

"我想他应该没有。"从小巷尽头黑暗的地方传来另一个声音。柯蒂斯向右转头,同时推开胖男人,伸手去拿自己的枪。

"放下枪!你动一下就死定了!"他听到的这个声音曾经是用来发号施令的,简短又清晰。特种部队训练的那种命令。他听到了一阵脚步声,缓慢又从容,一步接着一步。

"转过去,面对着墙,张开腿!快动!……现在!"柯蒂斯无计可施,只能按照他说的做。

***

西蒙妮无精打采地坐在曲木制成的椅子上。手和脚都被皮带绑着。透过一扇半开的窗户,她看见外面有牧草。她应该是在牧场之类的地方。氯仿的气味在她的鼻腔中徘徊。恢复意识之后,一辆轿车与一只拉她进车子的大手的画面像一股热浪一样冲刷着她,仿佛要一遍一遍地将她吞噬一般。

门打开了,有人慢慢地走了进来。西蒙妮斜眼看着。一个男人出现在了视线中。他身材高挑又健壮,身上穿着得体的衣服,脚上蹬着一双鳄鱼皮靴,皮肤晒成了健康的褐色。

"这世界上最仁慈的是,卡萨拉罗女士,就是人类无法将自己大脑中的所有部分都连接起来。"杀手一边说,一边朝着房间另一边桌上放着的金属工具箱走去。

"你想要什么?"

"密码。"

她没有畏缩。西蒙妮保持住了镇静。在他们的母亲去世的时候，西蒙妮就学会了镇静，她成为了家长，成为了大姐，既是知心姐姐，又是问题终结者。

"我不知道什么密码。"

"最好的谎言都是在面对面的情况下说出来的，还都带着一点傲慢的态度。"杀手慢慢地说着。他有些自以为是："你缺失的傲慢，都通过自尊心来弥补了。"他突然眯着眼睛说："在目前情况下，我觉得我可以相信你。"

他递了一部电话给她说："打。"

"打给谁？"

"柯蒂斯。跟他说你怕得要死了。如果可以的话，哭给他听。接着告诉他，我要用你来交换密码。"他停了一下说，"告诉他要一个人来。"

"如果我不呢？"气氛的突变就像是气温骤降一般。他眼睛眨也不眨地瞪着她，脸上的肌肉没有一块在动。让西蒙妮感到特别紧张的是，这种沉默具有独特的穿透力。

"卡萨拉罗女士，你有没有觉得，你的生命就是一系列的排练，但是从来没有真正开演过的一部戏？"西蒙妮没有回答。

"好，大幕就要拉开了。告诉那个特种兵，让他两个小时之后，在纽镇的第一长老教会的教堂见我。让他按照指示行动，这样我就会放你走。毫发无伤。我保证。"

第五十一章

三个陆战队士兵夹着一个身材高大的男人走到了银行的电梯处,这时第四名陆战队士兵,一名中士按下了按钮,等待着,他手里还握着一把钥匙。在他右边的电梯门打开了,发出了一阵轻柔的叮当声。他们走进去之后,中士把钥匙插在了印着"SR"字样的蓝色控制面板上的钥匙孔里,扭动了一下,又按了下方的按钮。一阵温和的嗡嗡声之后,门关上了,电梯直接下到了地下层。门开了之后,四名陆战队士兵走了出来。

"快走!"其中一个对着站在他们中间的男人吼着,并推了他一把。他们沿着长长的走廊,直接来到了一扇巨大的钢铁门前,门的正中间有一个金属标志——"战情室"。

"转过去。"柯蒂斯按照指示行动,双手放在身后。"面向前方。"陆战队员命令道。这个人与柯蒂斯差不多高,一身的肌肉,剃得干干净净的头就像是从他强壮的脖子上延伸出来的假肢一样。"双手扣在自己面前,我能看见的地方。"柯蒂斯握住双手,放在了胸前。中士把他推到了墙边,紧紧地抓着他。"现在你听我说。我不知道你是谁,也不知道你做过些什么,坦白讲我也不关心。但是你听着,牛仔——"

"我是陆战队士兵,美国第十特种部队。"柯蒂斯茫然地盯着这名士兵说。

中士向后退了一步,但是快速地又走上前来:"哦,是个混蛋。我不管你是否——"

"中士。"门打开了,美国总统走了进来:"请在外面等着。如果需要你的话,我会尖叫的。"

"是的,长官。谢谢,长官。"

总统等陆战队中士离开之后,关上了门。"欢迎来到白宫战情室,菲兹杰拉德先生。你也许在想你为什么会来到这儿吧。"

"我这样想过,长官。"

"你是美国第十特种部队的特种兵,柯蒂斯·菲兹杰拉德?"

"是的,长官。我是。"

总统点点头说:"那你就是我想见的人。"

"要带我来白宫,其实有更简单的方法,总统先生。"

"噢?"

"你可以直接邀请我。"

"你会来吗?"

"应该会。"

"不问为什么吗?"

柯蒂斯没有立刻回答,他打量着总统疲惫又布满皱纹的脸说:"应该不会。"

"我也是这样想的。你和艾伦·桑多夫是什么关系?"

柯蒂斯紧张了起来。

"一位已故的调查记者揭露了一个阴谋集团,却在世界上最强大的人面前停下了。他把这些人称作'章鱼'。我们已经发现,长官,这场阴谋的关键因素,就是'承诺'人工智能程序。"

"那你是知道'承诺'的?"

"是的,长官。"

"这就是我想见你的其中一个原因,菲兹杰拉德先生。"总统听了一下说,"艾伦·桑多夫跟你说了些什么?"

"'承诺'遇到了电脑程序的进化,在模块化社会研究理论和测绘学技术上有了一个巨大的飞跃,桑多夫说,这可以消除人类活动的随机性。"

"一个可测量和可预测的模式,一切都会变得显而易见。终极宏图,"总统说,"对,我们知道。他有没有告诉你,'承诺'还可以通过控制国家银行、情报部门和军队,来预测和影响全世界金融市场的动作?"总统问。

"有,长官,他告诉我了。"

"他有没有告诉你别的?菲兹杰拉德先生,在你回答之前,请认真想一想。"

柯蒂斯保持着微笑,始终打量着总统的脸:"长官,我不是唯一知道这些信息的人。如果你——"

总统举起右手说:"菲兹杰拉德先生……我可以叫你柯蒂斯吗?"

"可以,长官,请便。"

"柯蒂斯,政府并没有伤害你和你朋友的意图。如果我们真的有这个意思,我可以向你保证,那我就不可能站在这里跟你说话了。

"我相信你和美国政府要找的应该是同一批人。我们也相信,你现在应该也掌握了一些信息,应该还有银行密码,这些东西可以阻止世界内爆的发生。没有这些信息,这个想法应该可以吓到所有有理智的人吧,美国,总而言之,这个世界,都注定要灭亡。"

柯蒂斯向前倾着身体说:"我应该接受这样的事实吗,长官?"

"在现在这种状况下,因为你已经知道的信息,你已经经历的事情,如果是我,我应该不会接受。我唯一能让你相信的办法,就是美国政府总统的话。"他走到房间另一端的控制台边,坐了下来。

"我想让你看看这个,然后你再决定,看总统的话有没有分量。"他又按了一个按钮,灯管熄灭了,令人震惊的画面立刻出现在了安装在他们面前墙上的六个大型等离子屏幕上。

"这是三天前录制的。出于安全考虑,所有内部会议都会自动被记录下来,包括视频和音频。"

总统已经很熟悉这幅画面了,这是专门放给柯蒂斯看的。布达佩斯的鹅卵石街道——是战区。画面中的抗议者用冰块摧毁了匈牙利的财政部。六个屏幕上同时出现了暴怒的人民强行冲进立法机关的画面。

"你可能在晚间新闻上都看到过了,柯蒂斯。"他尴尬地停了一下问,"晚间新闻没有播放的是下面这些内容。"

在黑暗中,柯蒂斯听见了站在他身边的这个男人的声音。

"这是真实的,女士们,先生们。现在,经济崩溃正在侵袭其他工业化国家,他们承受的伤害比美国的更加严重。在全世界,从亚洲,到欧洲,工业化国家都在紧张地为国内暴乱做准备。这不是推理小说。这也不是《地球战栗》。"

总统按下了控制台上的一个按钮,快进了视频。他低垂着眼,声音空洞地说。

"现在来看看这个。"

"要维持美国经济,保持住人民对美元的信心的话,美国政府需要多少钱?"

"直接国外投资每天最少需要28亿美元,大部分都是通过购买国库券来为我们的经济服务的,但是更现实的数字已经要达到40亿了。"

柯蒂斯完全被吓到了。

"由秘密账户创造和约束着的基金合并池中已经有几万亿美元了。"

"这笔钱不见了……你一定要找到这笔钱。找到它。如果找不到——"

突然,他定定地看着总统,柯蒂斯用一成不变的语调说:"保罗·卡罗尼。桑多夫告诉我,这是他做的。"

"是,我们知道。"

"他是为谁工作的?"

"这个我们不知道。我们只知道基金的所在。"柯蒂斯无语地看着总统,"你们为什么不直接再印点钱呢?"

总统摇了摇头说:"不能印。200万亿美元印出来需要一年的时间。但是我们最多也只有一周的时间了。"

"200万亿美元?我不是幻听了吧,长官?"

"没有,你听得很清楚。200万亿美元。"

"太疯狂了!黄金呢?"柯蒂斯轻声说,"我知道金百合。"

"那些黄金已经不是我们的了。早就作为这几百万亿美元的担保了。"

"您在说什么呢?"

"在我们找到这笔钱之前,这些黄金都不是我们的。而且我们也不能真的在报纸上打广告——"

"因为你们用的是'二战'的黄金储备。"

"对。你能看到我们的窘境吗?"

"'章鱼'的那些人呢?董事会?"

"肇事者们。"总统说,"这么说,你知道斯蒂尔顿了。"

"当然,我们知道斯蒂尔顿。我们还知道里德,哈里曼,麦克罗伊,洛维特和泰勒。"

"哈里曼?"总统吃了一惊,"前财政部长大卫·亚历山大·哈里曼三世吗?"

"就是他。"

"超级富裕的东部势力集团家族的他?敬畏上帝的他会去

教堂?"

"去教堂不代表他就是基督徒,换句话说,难道去洗车场就代表你是一辆车了吗?"

"上帝!那个混蛋。"

"社会学家把这种情况称作精英偏差行为,当社会中的精英开始认为社会规则不再适用于他们的时候,就会出现这种情况。"

总统看着陆战队士兵说:"如我所说,你们和美国政府要找的应该是同一批人。"接着他坐在椅子上说:"我离开了自由的生活,现在我每天半夜都会惊醒,每次醒来都是一身冷汗。我已经两个月没有睡过好觉了。实际上,你我的世界偶尔会交叉,那是因为我们都有工作要做;要照顾这个常规的世界,日常世界,照顾朝九晚五的人,让他们可以和家人一起烧烤,一起野餐,让他们可以带着儿子女儿去看星期六早上的球赛,去参加晚上的生日聚会。要想常规世界安全,就要确保坏人的计划不会成功。有时候这就意味着要转换角度,与敌人的敌人,甚至你敌人的挚友合作。柯蒂斯,这些都是非常手段,也正是这些让我不断地质疑我的理智。"

柯蒂斯坐在了总统左手边的椅子上。

"总统先生,你说我们已经掌握了可以阻止世界内爆的银行账户密码了。抱歉,长官,但是我真的不明白你说的是什么。"

"当政府发现是卡罗尼破解了系统,偷走钱之后,我们就从头开始,绘制了一张过去六个月中他的关系网。"总统停了一下说,"他的其中一个联系人就是一位失业记者。"

"丹尼·卡萨拉罗？"柯蒂斯问。

"卡罗尼给了卡萨拉罗先生一个32个数字组合成的加密伪随机字符串，因为，据他自己对卡萨拉罗所说，他为自己的性命感到担忧。卡罗尼告诉卡萨拉罗，这串数字，要与一个错误捕获的程序在保护记忆模式下同时使用，才能把大量的钱从藏匿地点解锁出来。"

总统看着柯蒂斯，伸手去拿他的饮料："但是卡萨拉罗有一个特点是卡罗尼不知道的——那就是他高水准的电脑能力。卡萨拉罗肯定知道，这个32个数字组成的加密伪随机字符串，是用来为银行业机构的非法活动虚拟秘密情报投递点加密的，他们通过类似于环球同业银行金融电信协会和美元大额清算系统的公司，这些都是在线金融清算银行同业支付系统。"

"什么？"柯蒂斯问。

"是一个金融信息网络，银行可以在上面交换信息。"总统回答说，"价值200万亿美元的储备资金就被卡罗尼藏在那儿了。"

疯子。之前没有考虑过的可能性浮现了出来。接着，柯蒂斯说："你肯定是对的，丹尼手里肯定有这些东西。"柯蒂斯盯着总统，血从他的头上流了下来，他睁着眼睛，一下也没有眨。

"卡萨拉罗变得好奇，或者贪心，或者两者都有，所以他做了他不该做的事情。他没有告诉卡罗尼，就把密码藏起来了。"

"你是怎么知道这些的？"

"因为我们已经瞄准卡罗尼好久了。丹尼·卡萨拉罗给他打电话的时候，我们把对话录下来了。卡罗尼的计划出现了事与愿违的效果。"

"所以他把丹尼杀掉了。"

"政府不这么认为。"

"你为什么觉得我们手里有密码呢?"柯蒂斯问。

"沙夫豪森银行,柯蒂斯。我们并不是香蕉共和国呀。"

"长官,我们看了所有的文件,但是没有找到任何与这串数字有丁点相似的东西。"

总统打断说:"查了再查。检查他的录音、日志、文件。不要去找消失的东西。就在那儿找,你们看不见的东西,肯定就在其中。"总统用拳头重重地打击了一下桌面说:"在他的文件中,有一枚嘀嗒响着的定时炸弹,马上就要爆炸了。我们必须要找到它,拆掉它。我们只有一天的时间,柯蒂斯,准确地说,就是今晚。"

柯蒂斯认真地看着总统说:"总统先生,我觉得,你为自己的下一次总统竞选赢得了一票。"

门突然被打开了。"抱歉,总统先生。"

"布拉德?"总统疑惑地看着国务卿。

"你得看看这个。"他们面前静止的画面突然消失了,熟悉的电视评论员的脸出现在了整个屏幕上。

"现在到了让事情变得简单的时候了。首先,上千的市府、州府,还有其他免税市政债券的发行者,都在过去的24小时内,发生了违约行为；亚洲的大部分股票市场都关闭了。记住，这是今天早些时候发生在东方的事情。信贷市场也冷淡了下来：所有信贷市场都关闭了，除了美国国券库，有小道消息称，国券库有的现金最多也只够他们再撑两天。公司债券、商业票据、资产担保券、市政债券以及各种形式的银行贷款都开始大量地抛售——实际上没有人买。政府债券也崩溃了：中长期政府有价证券的价格下降了90%，美国财政部因资金短缺而强势地要价，以此来负担越来越不足的预算。我们看到的是一连串的债务爆炸，以及金融市场的自由落体运动。没有如果，没有但是。就是这样，朋友们。世界崩溃的金融大钟已经敲响了。"

总统按下了操控台上的一个按钮。"我们会派飞机送你回去，菲兹杰拉德先生。今晚请一定与我保持联系。"

"长官，我走之前，想请你帮个忙。"

"只要是与拯救世界有关，什么都行。"

"你们的人抓住我的时候，我正在找人。我有理由相信，她是被绑架了。"

第五十二章

司机看了看自己的手表,打开开关,按下了传输按钮,"请说。"一阵静电干扰之后,开始说话了。

"接班的人已经到了。你有十分钟的时间去拿包裹。来回一共十分钟。"

"明白,部长先生。"

他转身,面对着副驾驶的男人说:"表现时间到了。"杀手调整了一下自己的名牌,接着打开了汽车上的一个储物箱,拿出了一个圆柱体的东西,并把它安在了短枪管上,又检查了一下消声筒的状态。他最后一次旋转枪体,检查弹夹。

***

一名保镖背靠着墙,揉着眼睛,他看了看表:"十分钟。"

这人名叫道基,但是大家都叫他戈登,因为他的外形与巴斯特·克雷布饰演的飞侠戈登非常相似。他二十出头,留着一头金色的平头，还有一双蓝色的眼睛。他和他的同伴已经值了六个小时的班了。他们奉命保护的这个人明显是重要人物，因为公司的惯例通常是一项任务只派一个人执行。

代表其家族来管理公司的人是个小气鬼，但是他们需要工作，特别是在现在这种萧条的时期，公司有一位经理曾经这样形容：一人一项任务，保持低开销以增加利润。

房间里的这个人现在由他们负责，虽然他们知道要保护这个人，但是理由却并不知道——但是他们都认为，保密并不是明智之举，因为人类本性总会产生好奇心。经过冗长的讨论，他们得出结论，这人既不是著名运动员，也不是什么名演员。有了这种认识之后，他们对他的兴趣就降低了许多。

"十分钟之后，我们就要离开这里。"

"兄弟，我觉得真无聊。"道基打了一个哈欠。接着同伴，J.J.也打了一个。"你要喝可乐吗？我上周不是欠你一瓶嘛。"

"无糖可乐。我很干渴。"J.J.拍了拍自己的肚子说："干渴，这个词如何？"

"我喜欢。你就是一本字典。"

两个杀手踩着大理石阶梯，经过了一个玻璃隔着的询问台，沿着又长又狭窄的走廊，来到了一扇门前。他们身上昂贵的定制细条纹西装下，隐藏着的是莫诺克里斯防弹衣。紧接着出现在他们的左边的就是高效的人工衣帽间，然后就是一个普通管理人员和员工的办公室，再接着就是一扇玻璃门，门后就是医院的内庭。健壮一点的男人停了下来，转头看了看四周，紧盯着他周围的人。他看了看自己的同伴，同伴也对上了他的眼神。"走吧。"他们绕过二楼的平台，走上楼梯朝三楼走去。到了！健壮的男人小心地打开门，又看了看走廊两端。在他的右边，有一个穿着制服的人正在可乐贩卖机里找着什么。

"抱歉？"

"什么事？"这个人抬起眼来。

"我们得谈谈，你和我。"两个杀手中健壮一点的那个用枪指着这个保镖。他轻轻地说着，眼睛看着保镖的身后。

"如果你不如实招来，你就太蠢了。"另一个杀手补充说。他亮出了他的武器，指着这个人的太阳穴，享受着掌握这个人生死大权的快感。

保镖呼吸沉重，眼睛眨个不停。

"克里斯蒂安·贝鲁奇在哪儿？"

"走廊尽头，经过电梯后，左边第三间房。"

杀手用武器戳着这个人的太阳穴，让金属的冰冷充分地渗透进去。

"保镖有多少？"

"求你了，我什么都不知道。我不会告诉别人。我不知道你们是谁！求你了，我想活着。"

"多少？"杀手将保镖重重地推到了墙上。

"两个。我和我的同伴。"他非常害怕，小声回答。

"你们为谁工作？"

"政府。"

杀手摇了摇头说："训练可不是这样的，兄弟。"说完他冲着这个人头，开了两枪。

道基捂着嘴巴打了一个哈欠，挠了挠下巴，这时他突然听见有人小心地推开了走廊的沉重金属门的声音，门被打开了。他看了看右边，看到两个人转过角落，沿着走廊朝他走来，他们走得很随意，一点也不慌张。

道基让自己背靠着墙，他面对着这两个人说："先生们，有什么能帮你们的吗？"他微笑着。

"我们要见贝鲁奇先生。"两个杀手中稍健壮的一个说。

"我们是同事。"另一个杀手补充说。

"同事？"

"是的，先生。他是非常重要的人呢。真是悲惨啊。"两个杀手一起摇了摇头。

保镖看了看访客名单说："抱歉，这个时候没有安排任何访客。你们必须要得到保安公司的批准。与这个人有关的事务，我们有明确的规定。"

健壮的男人微笑着说："我们理解。我们是在这里参加研讨会的。"

"只有一天的时间。"另一个人说。

"只有今天。"健壮杀手重复说。他指了指身份牌。

道基看了看这个人的名牌一眼："世界银行？"名牌上的照片与佩戴名牌的这个人是同一个人。"我不是很清楚。"他看了看走廊说："我们还有几分钟就下班了，也许你们可以等下一班人来的时

273

候再问一下。"

"我也很愿意这样做,但是不幸的是,我们只有几分钟的时间了。"

"这是个惊喜。"

"我的同伴马上就会回来了。我想——"就像是一声惊雷,就是他小时候很喜欢听的那种。杀手伸出手,凭空变出了一把MP5K手枪。一阵强光,一阵噼里啪啦的声音,道基双膝跪地,慢慢地倒在了地上。

***

克里斯蒂安在床上坐了起来。他听见了一些模糊的声音,缓慢又单调。接着,他听到了砰的一声。有人在门外面,而且还是不该出现在这里的人。克里斯蒂安朝着门的方向倾着身体,右手握住金属栏杆,听着外面的情况。一声金属发出的咔嚓声,沉重的金属把手被人转动了,但是门还没开。门被锁住了!克里斯蒂安伸手去拿他的手机,开始拨号。他感觉身体中部一阵刺痛,惹得他一阵喘息。外面的声音一下接一下地传来。保镖去哪儿了?

突然的爆炸把锁整个炸掉了。仿佛时间都静止了一般。接着,克里斯蒂安看到监视器也爆炸了——到处都是玻璃碎片——甚至在他听见与之相随的爆炸声之前。穿着条纹衣服的人冲进病房,同伴抱着保镖死气沉沉的身体,跟在他身后。

健壮点的男人微笑着。他的深蓝色眼睛里看不到一点迟疑。

"我想你是贝鲁奇先生吧。"

"你要做什么?"克里斯蒂安问。

"纠正一个错误。"杀手回答。克里斯蒂安意识到自己手里还握着手机。按下按钮,电话就会拨出去了。他坐起来。"与地下投资一样——"他从容地按下了绿色的按钮,"无法承受的,就是暴露在灯光下。"克里斯蒂安知道爆炸马上就要发生了,在他留意到这个人的动作之前,他就觉得自己的太阳穴像是要爆炸了一般。

"抓住他的腰,把他拉起来。"第一个杀手命令道。

有什么东西从站在克里斯蒂安右边的人后面窜了出来。一个影子。克里斯蒂安听见了两声闷响,接着就是一阵痛苦的尖叫。瘦一点的杀手跳过克里斯蒂安的床,拔出了枪。但是为时已晚。从房间深处又射出来三发子弹。杀手砰地倒在了地上,喉咙都被撕开了。

克里斯蒂安呻吟着,用手肘支撑着自己坐了起来。

"你怎么这么久才来?"

"抱歉,老板。遇到了一些意外。一切都搞定了。"

第五十三章

当柯蒂斯越来越靠近飞机的时候,这架猎鹰者750飞机的轰鸣声也越来越大。机身门打开来,电动楼梯也缓缓地降了下来。

"我得先打个电话,很快。"因为引擎的声音,柯蒂斯提高音量对着陪同他的政府特工说。他歪着头,眯着眼,一边用左手擦了擦脸,一边用右手握着电话。

柯蒂斯觉得天色已经很晚了,其实也才晚上六点半而已。大雨倾盆,狂风吹得他几乎要站不稳了。

迈克尔的手机响了起来:"柯蒂斯?你在哪儿?"

"华盛顿。"

"你去华盛顿干什么?"

"我被绑架了。"

"绑架!啊我的天哪!谁绑架了你?"

"美国总统。"

"柯蒂斯,"迈克尔冲着话筒大喊,"他们抓了西蒙妮。她给我打了电话。你有九十分钟的时间去救她。"

柯蒂斯用双手把电话捧在下巴边说:"迈克尔,你仔细听着。检查丹尼的文章、日志、文件,我从沙夫豪森那儿拿出来的丹尼的所有的东西。拆开看。总统认为我们手里有密码和银行账户账号。"

"我要跟你一起去。"

"不,你不要来。距离金融崩塌只有几个小时了。这是总统说的,我们浪费不起时间。我要你去把密码找出来!我会去救西蒙妮的。迈克尔,一定要看那些文件!总统的建议是,不要去找藏起来的东西,要找存在的但我们却看不见的东西。丹尼很有可能把密码藏在但丁的《神曲》里面了,就像沙夫豪森保险箱的那一串字母数字组合钥匙一样。"

"所有的文件我们都看过了,柯蒂斯。所有文件,所有日志,所有黄金券,所有光盘,所有简报,我们都仔仔细细地看过了。什么都没有!"

"听我说,迈克尔。那个盒子里,有我们忽视了的东西。我不知道怎么回事,但是这东西会带我们找到卡罗尼的账户,找到政府阻止世界经济崩溃所需的几百万亿美元。"

"好吧。"

"克里斯蒂安如何?"

"我回来之后就给医院打了电话,就在不到二十分钟之前,但是没打通。我要——"

"不用,迈克尔,丹尼的文件要紧。迈克尔,"他看了看手表说,"我们只有五个半小时的时间了。"

"你准备怎么把西蒙妮救回来?"没有回答,电话就被挂断了。

* * *

到拉瓜迪亚的飞行,和坐政府专车时候,柯蒂斯都感到异常烦躁。首先,柯蒂斯研究了教堂的布局,接着他断断续续地回顾着过去几周发生的事情,着重回想那些更重要的东西。他非常痛苦地意识到,自己在这段时间收效甚微。就好像他大脑的一部分拒绝工作一样;不管他如何转换思维方式,都始终无法打开关键点。

挂着政府牌照的黑色轿车在路边停了下来,这里到与绑架西蒙妮的人约见的地点还有六个街区。他看了看手表,还差十分钟。他捏了捏皮带下面的自动手枪。他现在身处的这个街区的基督教长老教会教堂,虽然看起来还是很威风,但是毕竟是三百多年前建造起来的荒废避难所,在柯蒂斯还没出生的时候,就已经是废弃建筑了。这里也是布下陷阱的地方。柯蒂斯知道他们只计划要抓住他,强迫他说出密码。但是他也知道,他们肯定会低估他,低估他用自己的性命去冒险把西蒙妮救出来的意愿。他们不会知道,他现在已经知道真正的利害关系了。

一对情侣走了过来,他们在黑暗中笑着,相互探索着对方的身体。年轻男子的手里拿着女子物件,像挥动缴获的旗帜一样挥动着这个东西。

废弃教堂就在他面前了,茂密的植物挡住了二楼的彩色玻璃。他穿过街道，快速地朝着坚固的木楼梯走去，然后推开了门。门发出了吱吱嘎嘎的声音。他们知道他已经进来了。位于走道另一头的沉重的门打开来，伴随着重重的明显的噪音，他们又把门关上了。脚步声有些模糊，但是很独特，很从容也很谨慎。陷阱已经布下了。他们是不会让西蒙妮活着离开的，他知道。他了解这个地方。横拱处的过道微微有些左倾，通向一个更宽敞的区域。

里面有多少人？柯蒂斯保持着蹲姿，窥视着暗处。

现场一片沉静。一点声音都没有，也没有人动。柯蒂斯顺着墙角，一步一步地向前爬行。突然传来一阵吱吱嘎嘎的声音。从哪儿传出来的？是谁？他掏出了自动手枪。

一个影子！对方在动。一个穿着黑色雨衣的人，他把领子立了起来，宽大的口袋里肯定放着强大的武器。这个人快速地跑到了走廊尽头。他左手里握着一把装着消音器的长管枪。

柯蒂斯脖子上的血管全都肿胀了起来，下巴的肌肉微微颤抖着。

一，二，三！他将自己推离开了墙壁，低着头，急速冲过了空旷的区域，一系列的动作仿佛就在一毫秒间完成了。一道炫目的光出现，枪声随之而来。柯蒂斯瞄准了走道尽头的一个杀手，扣动了扳机。

这名特种兵爬到一个柱子后面，扭动脖子扫视着周围的情况。这是一排多立克式的圆柱，其特点是柱体上刻着的凹槽，这种柱子没有底座，顶部有一块三竖线的装饰板。教堂的地面铺着佛罗伦萨马赛克,这种马赛克由镶嵌了精美石头的白色大理石制成。他又听到了枪栓拉动的声音,快速移动的子弹嗖嗖地飞过来,击中了圆柱底下的方形平板,只差几厘米就击中他了。

肾上腺素充满了他的血管。他感觉口有些干,心脏也跳得很疯狂,他还感觉自己的胃里像是打了结一般。自我意识已经消失了。又是一阵枪响,连发三枪,枪枪致命,但是都打到了距离他仅有几米的大理石立柱上。这几枪都来自同一个方向,但是声音听起来比之前更重。还有一个枪手。离我有多远?他们到底有多少人?这些杀手训练有素地行动,他们慢慢地削减着柯蒂斯的逃跑空间。

他看了看自己的弹夹:还剩六发子弹。他唯一的逃跑线路,就是穿过开放的走廊,再穿过拱门,从侧门逃跑。他们在引诱他,而且这明显是个陷阱。很诱人,但是也几乎等同于自杀。他即刻就会被拦截。他听到了一阵模糊的脚步声。对方走得像猫一样。有人走下了楼梯,那么就是说还有另外的人在高处掩护着他。特种部队的标准阵形。每一名队员至少要处于另外两名队员的视野范围内。他总结道,他们至少有三个人。柯蒂斯意识到,走下楼梯的那个人只是诱饵而已。如果他要弄死这个人,那么他就会在交叉火力中死去。交叉火力!对!决定性的子弹一定是来自侧翼。

柯蒂斯尝试看清楼上的所有细节。主楼梯合并成了双回旋楼梯,在主楼梯到中间平台之间还有一段宽大的楼梯,而在这中间平台到楼上之间,也有两段宽楼梯,这两处都由巨大的大理石栏杆支撑着。楼上的走道又长又宽,直接通向侧翼的阳台。这个阳台顺着侧面的墙一直延伸到了走道尽头。两侧的尽头处都各有一个夹层。柯蒂斯确定第三个杀手就在那个地方。

又是一阵枪响,子弹全部打到了柱子的底部。这几枪的目的不是打中他,而是要把他赶出来。这很明显是特种部队的训练内容。脚步声越来越大,仿佛在召唤他出现一样。根据脚步声的大小判断,这个人距离楼梯底部还有不到十五米。为了获得打中这个人的角度,柯蒂斯就必须要从柱子后面出来,让自己处于开阔的地方。毫无疑问,掩护这个诱饵的第三个枪手肯定会打中他。不要再想了,直接行动。

凭着本能,柯蒂斯突然站了起来,保持在位于柱子后面的位置,瞄准了侧边阳台的一块空区域。有人移动了。这个杀手在根据柯蒂斯的行动做反应,瞄准着柯蒂斯应该所在的位置。子弹打中了佛罗伦萨瓷砖,碎片溅得飞了起来。柯蒂斯瞄准之后就开了一枪。即刻间,他就听到了杀手从喉咙里面发出的喊叫。一枪一个:在风向不定的情况下,这确实也是出乎意料的结果。

还剩五发子弹,还剩两个人。柯蒂斯朝着开放区域又移动了一点,始终低垂着身体,背靠着柱子。为了获取可以射击柯蒂斯的角度,第二个枪手必须要调整自己的位置。那就意味着诱饵必须要停止移动了。当诱饵扣动扳机,印证了柯蒂斯的怀疑的同时,他又听见了吱吱嘎嘎的声音。他们在争取时间。柯蒂斯听见从右边传来了微弱的尖叫和呻吟声。

时机就是一切。救援到达之前,至少还有几分钟的时间。柯蒂斯能在这几分钟内到达侧面的出口吗？如果他成功了，他怎么能确定那就不是陷阱呢？但是，没有时间计划了。他别无选择。突然他听见声音，有人向他跑了过来。就是现在！柯蒂斯向前一跃，滚到了开阔区域，朝着较低的位置打了一枪，子弹击中了诱饵的膝盖。

杀手脸朝下倒了下去，又朝着柯蒂斯的方向滑了几步。柯蒂斯没有受到丝毫影响，他又往前一滚，直接瞄准了诱饵的头部。他扣动扳机，把诱饵的头打开了花，红色的血和白色的脑浆溅得到处都是。从楼上飞来的连续子弹只差几厘米就击中了柯蒂斯。子弹跳进了他右边的墙内。他又一滚，来到了二楼阳台的下方。

还剩三发子弹，还有一个杀手。柯蒂斯一动不动地站着，他屏住呼吸，听着。他感觉到了手中枪支的重量——鲁格点四四，红鹰手枪——近战的理想武器。现在时间是有利于他的。他可以等着对方出现。外面的人肯定听见了枪声，也已经呼叫了救援力量。增援人员随时都可能到达这里。

接着他听见了西蒙妮的声音。一声微弱的呻吟，就从他头上的某处传来。她被绑在了柱子上，双手位于她身前的一个台子上，她背后就是彩色玻璃。上帝啊，不要这样！为了掩护她，柯蒂斯就必须走到开阔区域，让楼上的枪手看到自己。

有一些事情在他的脑海中盘旋。他曾经遇到过这种情况。2001年，在贾拉拉巴德的郊区，他所在的巡逻队遇到了敌人交叉火力，塔利班又处于占领高地的有利条件。有两名巡逻士兵已经死了，他自己也受了伤。他甚至感觉有些恶心，还有一种麻木的感觉，非常可怕。柯蒂斯必须要到她身边去，掩护她；不然，她就会死。只有三发子弹了，必须要慎重使用。

突然，他听见了微弱的擦挂声。金属在某样东西上划过的声音。不是某样东西，是大理石。大理石栏杆。再过一秒钟，杀手就要扣动扳机了。她就在杀手面前。而且他肯定瞄着她的脑袋。

柯蒂斯晃到右边，弓着腰，向前滚去，他暴露了自己。低沉的破裂声断断续续地重复着。他周围的佛罗伦萨瓷砖一块接一块地爆炸。他俯身向前，来到了自己右边，离开了柱子。杀手必须要位于他的正前方。瞄准，开枪。柯蒂斯纵身一跃，左手稳住右手，将枪端在正中，瞄准他觉得杀手会位于的地方。他连开了三枪。弹夹已经空了。

一声尖叫，接着从楼上传来了一阵喘息声，杀手从楼上摔了下来，头先着地。柯蒂斯一动不动地站着，等着，听着，看着。一片寂静。他面对着阳台，向后退了几步。

柯蒂斯抬起头，痛苦地扭曲着脸，看着位于自己右上方的被堵着嘴，绑在柱子上的西蒙妮。她如释重负般地看着他。她还活着。

第五十四章

"西蒙妮。"柯蒂斯喊道。西蒙妮放低身体,像一片树叶一样剧烈地颤抖着。她盯着柯蒂斯,眼中流露出了怀疑、恐惧和困惑交织在一起的复杂眼神。

"快去,"她虚脱说着,希望柯蒂斯能听见她的声音,"快去帮迈克尔。"

"没有你可做不到,西蒙妮。"痛苦中的她听见了他的回答。柯蒂斯把她拉了起来,扶着她的双臂。她的喉咙又干又热,但是她的肚子却很冰冷。冰火两重天。他问了她一个问题,但是她已经无法回答了。他抱着她,跑了起来,目的地是克里斯蒂安的住所。靠着他宽阔的胸膛,西蒙妮任凭思绪将自己淹没。迈克尔,迈克尔,迈克尔。

他抱着她穿过了门厅中间的矩形石阶,登上了老旧的摇摇晃晃的电梯。电梯一如往常地像老人一般呻吟着到了一楼,到二楼的时候必定要呻吟一下，然后在三楼渐渐减速，乒乒乓乓地经过4楼，在顶楼完全停止之前，还要在五楼稍微加点速，最后沉重地叹一口气，把乘客吐出来。

西蒙妮进门的时候，迈克尔向前一跃，抱住了她："西蒙妮！"

"你没事吧？"她也抱着他，在餐桌旁边坐了下来。

"我没事。"迈克尔张嘴准备说什么，但是又闭上了嘴。

"怎么了？"她问。

"克里斯蒂安被人带走了。"

"哦，上帝啊。什么时候的事！怎么回事！"柯蒂斯感到一阵麻木。

"我也不清楚。两个穿着西装的人杀死了两个保镖，到病房里把他绑架了。"

柯蒂斯接过了迈克尔递给他的电话。他颤抖着手按下了一个号码。"好，我等着。"

"沙夫豪森事件有什么进展吗？"等待白宫电话接通的时候，柯蒂斯看着迈克尔问。

迈克尔摇摇头："没有。我看了他发表在报纸上的文章，丹尼的金券。还有——"

"总统先生？我是柯蒂斯·菲兹杰拉德……是的，长官，谢谢你，长官……我已经回来了，我们正在着手做这个事情……我知道长官。我们非常清楚。总统先生，虽然时机可能有些不对，长官，但是克里斯蒂安·贝鲁奇在西奈山医院被人持枪绑架了。谢谢您长官，我会的。"

"怎样？"

"政府会发布全境通告，全面通缉这两个人。警察和FBI会扫荡式地检查各条街道，联邦机构也会与他们的秘密线人联系。如果他还活着，他们就找得到他。"他停了一下，走到电视机边，打开了电视。"他们会找到他的，希望找到他的时候，不是像奥唐纳那样。"

西蒙妮蹒跚地离开了房间，回来的时候，一手拿着一本便笺和一支铅笔，另一手拿着丹尼的笔记本。

台灯边上挂着的腕表显示，现在是十点零八分。

"我觉得我应该猜出来了。"她拿出丹尼那本破旧的日记本，指着第十七页边上空白处写着的字：

在我们人生的旅途中，
我发现自己身处黑暗森林，
我已找不到径直前进的道路。
我继续前进，而你就跟在我身后。

"怎么了？"柯蒂斯问。他将外套脱掉，随意地丢在了面前的沙发上。

"这段话不对。"

"你是什么意思?"

"《地狱》第一章中是这样写的:

> 在我们人生的旅途中,
> 我发现自己身处黑暗森林,
> 我已找不到径直前进的道路。
> 他继续前进,而我就跟在他身后。

"这段话在接下来的几节中也出现了。"

"丹尼为什么要把这段话加在但丁的开篇呢?"迈克尔问。

"在《神曲》中,但丁把每一章的第一段或者最后一段话交给他诗中的人物来完成,而不是交给叙述者,他就是通过这样的方式离开改进自己作品的。"西蒙妮解释道。

"但是在这里,丹尼把他自己写进了《神曲》里。"

"这段即兴创作并非随意涂鸦。"她补充说。迈克尔点点头。

"找本来就在,但是我们看不到的东西。"柯蒂斯重复说,"总统的新闻发布会安排在了半夜时分。"

"那就是一小时五十一分钟之后。"迈克尔说。"前三句是第一章的序言。"西蒙妮继续说,她的声音有些颤抖。

"但是最后一句——"

"被改动了的这句。"

"正是,这句在后面的文中又出现了。"她指着丹尼写的最后一句:"我继续前进,你就跟在我身后。"

"好。我们找的正是三十二个字母的组合（译者注：此句英文字母刚好三十二个）。"柯蒂斯紧张地看了看手表说："你觉得这是敏感信息文字加密的标准方式吗？"

"当然是。"迈克尔回答。

"我们需要一本密码书来破解。"

"有什么方法？"西蒙妮问。

"首先，现代还是古代？"柯蒂斯问。

"照丹尼对卡巴拉教和九型人格学的熟悉程度来看，我觉得应该是古代的。"迈克尔看着另外两个人说。

"这是反射密码，比如，神秘的诺斯替教的辟邪字也是一种替换。不对，这说不通。"他快速地补充说。

"为什么呢？"

"在诺斯替教的辟邪字中，所有由名字翻译成的数字，都是以前十个数字中的一个为基础的。把这些数字加在一起，就得到了一个数字，也许就是我们要的数字，但是得不到三十二位的加密伪随机数字串。"

"通俗地说，世界银行刚刚发布消息，还有几个小时，全球经济就要开始大规模崩溃了。亚洲发展银行的报告中提到，在过去三个月中，超过一百五十万亿美元的投资财富化为了泡影。就像达摩克利斯之剑一样，几百万亿衍生品和坏账仍然威胁着世界银行业。

"如果今早的世界银行紧急会议，下午的货币基金紧急会议，还有我们政府的高级总统委员会会议证明了什么事情的话，那就要看你是否正在等待官僚来拯救你,如果是的话,那你只有等来世了。你唯一的希望就是掌控自己的命运……自己救自己。记住我说的:你只有靠自己。你们的政府已经抛弃你们了。"

"在转录的时候,丹尼为沙夫豪森银行账户设置的密码很简单。"柯蒂斯说:"六位数字和一句短语。但是这个密码不简单。这个密码非常难处理。而且,我们只有一小时三十五分钟的时间了。"

"著名的彼得伯勒墓碑就在加拿大的安大略湖边。墓碑上的文字被认定为一种北欧神符,其实是一种公元前800年的图阿雷格人使用的叫作提非纳字母的古老的地中海文字。"

"这跟但丁有什么关系?"

"墓碑上描写了一只猎豹,一只狮子和一只狼在不同阶段的状态。"

"当但丁发现自己在森林中迷路的时候,正是这些动物挡住了他的去路。"西蒙妮补充说。

"正是。"

"不对,也不是这样。输入的数据必须要是三十二位的十六进制字母,并且还需要经过密钥算法生成的四位数加密。图画行不通。迈克尔,我们需要的是文本密码。"

时间越来越少,纸上的涂鸦……还很长。他们一直在探究,研究,尝试,验算这些数字,逼迫自己的大脑运转起来,但是同时他们又痛苦地知道他们很有可能会被囚禁在这数字的监狱中。

"等一下!等一下!"西蒙妮大叫了起来。

"怎么了?"柯蒂斯焦急地问。

"丹尼写的'我继续前进,而你就跟在我身后。'就是这个意思。"

"什么意思?"柯蒂斯的紧张全部展现在了他的脸上。

"他这是要我跟着他进入第一章。这是我们之前的一种小游戏,看我们谁更了解但丁。我们两人对但丁的琐事都了如指掌,所以丹尼和我不停地发明各种游戏来相互挑战。丹尼发明的其中一个,就是看谁能按照字母表的顺序把第一章背出来。为了帮助自己的记忆,丹尼一边背诵第一章一边唱《ABC》字母歌。举个例子,第一句含有首字母为'A'的词在第四行,首字母'B'的第一句在第八行。"

"今天,在一场有重大历史意义的纳税人抗税中,从东海岸到西海岸,数百万的美国人走到了街上,表达出了自己的声音。基本上你能看到的所有地方,都有纳税人愤怒的面孔,他们要求华盛顿阻止美国破产……不要再把钱拿给那些毁掉自己公司的CEO百万富翁们了。对于数千万的人来说,欢乐时光已经结束了,他们想要在自由的土地上生活终身的梦想破灭了。梦碎了,家贫了。今天,他们走到了街上;他们的行动,也许能给数百万的美国人带来对于美好未来希望的一丝曙光。"

三个人站着盯着电视。柯蒂斯看了看手表:"还有四十五分钟,总统就要发表演说了。我负责A到I,你负责J到R。"他看着迈克尔。

"不对,第一章中没有J开头的词。"西蒙妮说。

"那我们怎么按照字母表来?"迈克尔问。

"深呼吸,宝贝。只找里面的字母。而且只需要找每个字母第一次出现的地方就行了。"她解释说。

"去拿书。"

"三十八分钟。"西蒙妮谨慎地盯着自己的手表。西蒙妮把但丁的《神曲》翻到了第一章,迈克尔从开头开始扫描了起来。

在我们人生的旅途中,
我发现自己身处黑暗森林,
我已找不到径直前进的道路。

啊,我啊!要说明这座森林多么荒野、艰险、难行
是一件多么困难的事啊!
只要一想起它,我就又觉得害怕。

这种痛苦的滋味和死亡相差无几。
但是为了述说我在那里遇到的福星,
我要讲一下我在那里看见的其他的事物。

我说不清我是怎样走进了这座森林的,
因为我在离弃真理之路的时刻,

> 充满了强烈的睡意。
>
> 但是在我走到山脚,
> 走到山谷尽头的时候,
> 我心中感到一阵恐慌。

迈克尔拿起笔,开始画线。第一行,第一个字母是M,就是1。第二行,第一个字母是I,就是2。第三行,第一个字母F,即是3。第四行第一个字母是A,就是4。

如果不是这样的呢?如果西蒙妮记错了,无意间把他们都送到兔子洞去了……柯蒂斯摇摇头,收起了这样的念头。

电话响了起来。"柯蒂斯?"

"我们马上就要破解密码了,总统先生。"

"十分钟之后我再打电话给你。这将会是我生命中最长的十分钟,柯蒂斯。"

"长官?"

"还没有克里斯蒂安·贝鲁奇的消息。相信我,我们正在用所有可能的方法来找他。"

"我相信你。"没必要再多说了。时间不够了。他挂断了电话。

现在剩下的时间只有这么点了,这着实令人吃惊——三十多分钟之后,美国总统就要在全世界面前发表演说了。他的话会改变历史。

柯蒂斯聚精会神地盯着迈克尔,看着他按照字母顺序写下了一整串密码。

"48102725831220213582167191817557。快数数！有多少位?"迈克尔屏住呼吸问。

"32位！"西蒙妮大喊着说。

"就是这个！伪随机加密的32位的密码！"

"给总统打电话。"

*　*　*

随着水银填充子弹的撞击，一个穿着黑衣的人从矩形双开门中冲了出来。一个身材高大魁梧，肤色黝黑的男人用自己的肩膀猛烈地撞了一下迈克尔，把迈克尔推到了房间的另一边。

"真是了不起啊！你们三个人实在是了不起！"他举着安装着消音器的P7手枪，指着柯蒂斯。杀手伸出手，抓着西蒙妮的前臂，把她拉到了自己身边，然后用左手手臂圈住了她的脖子，自动手枪正抵在西蒙妮的太阳穴上。

"你！"她喘着气说。

"你知道老话是怎么说的。如果你一开始没有成功——"

对西蒙妮来说，这个杀手的声音和法国口音像是偶然转到的电台一样。

"你一定就是柯蒂斯了吧。对于你的特殊才能，我可是久仰啊。这次的偶遇真是让我高兴啊。"他右手握着枪，抵着西蒙妮的右太阳穴，左手解开了自己的黑色外套。"我叫皮埃尔。请坐。"

"我不知道你是怎么找到这儿的,我不知道你是谁,也不知道你想要什么。"柯蒂斯大声说着,慢慢从惊讶中恢复了过来。

"当然是想要密码。"

"然后你就可以摧毁世界?"

法国人微笑着说:"不要相信表面的故事,才能明白简单的真相。"

柯蒂斯摇摇头。"可惜,我们并不知道。我像个傻子一样,还以为我们可以解开这个谜题。我们现在也不确定。丹尼的谜语实在是太难了。"

杀手打量着特种兵的脸,叹了口气,接着摇摇头说:"是吗?我是高估你了。有人告诉我,你有各种资源,可能还可以与我相提并论,结果你跟那些三流黑客也没什么区别。"他放开了西蒙妮,把她推向柯蒂斯。

电话响了起来,柯蒂斯扑过去准备接,结果一颗子弹在他手边炸开了。柯蒂斯一动也不敢动。

"告诉总统,你还要几分钟。"电话又响了一次,接着响了第三次。"两分钟!快!接电话!"

柯蒂斯抽搐地拿起听筒:"长官?"

"解出密码了吗?"总统的声音有些粗暴,不带一丝情绪。

"我们还需要几分钟的时间,总统先生。"

"我们找到克里斯蒂安·贝鲁奇了。"

他知道,他就知道。"我想听到的应该不是这个,总统先生。"

"我们明确地找到了他的尸体。希望上帝保佑他的灵魂。"

柯蒂斯突然觉得，一股令人恶心的气味突然间充满了他的肺和鼻腔。"我不祈祷。"他小声说。接着，他用更小的声音说："我不相信。只有上帝是安全的。"他摇了摇头，不自觉地闭上了眼睛，黑暗可以暂时给他带来一丝安慰。"死因是什么？"

"中毒。死于不明病因的化学毒品。"

"你确定是他吗？"

"我们将贝鲁奇档案中的DNA和尸体的DNA进行了比对。帮我们找到密码，结束这场混乱。"

"我们还需要几分钟，长官。"说完他就把电话挂了。

"克里斯蒂安？"西蒙妮支支吾吾地问。迈克尔眨着眼睛，泪水从他的脸上滑过。

"密码，菲兹杰拉德先生。我提醒你，枪在我手上，不在你手上。"咔的一声，保险栓已经打开。

"如果我拒绝呢？"

他的眼中有什么东西："那么，我就会杀掉你，还有你的朋友们。"

"那么，你肯定会穷死。"

法国人微微一笑，接着耸耸肩说："我就没有穷过。"

柯蒂斯想要分辨出这权威声明中的犹豫。但是没有。他真的不需要钱。那么，他要密码做什么？"你为谁工作？"

"为我。"双开门边站着这三个人很熟悉的人。

柯蒂斯从椅子上跳起来，他目瞪口呆，身体紧绷，眼睛瞪得大大的，身体好像着了火一般："克里斯蒂安。"他的声音小到快要听不见了。

"医院和枪击是怎么回事？"迈克尔结结巴巴地说，一副震惊与背叛的表情。

"'章鱼'看我看得太紧了，我担心他们在我准备好之前就猜到了我的计划。当世界命运和财富挂在天平上的时候，这样的冒险是可以接受的，也是必要的。"克里斯蒂安看着法国人说："皮埃尔是神枪手。他知道如何让人看起来很惨，同时又能避开重要器官。请相信我，我从来没有想把你们三个人都牵扯到里面来。此刻我们是敌人，否则我们也不会伪装，但是如果你弟弟没有偷密码的话，这一切都不会发生。"他平静地看着前方，像是要看穿什么一样："你弟弟本没必要死，但是他不愿意拿出密码。我该怎么做？"

"你……杀了我弟弟！"西蒙妮厉声说，她哽咽着，各种情绪交织在一起，她定定地盯着他，无法把眼神从这个她深深信任的人的身上移开，几分钟之前她还在为这个人的死哀悼。

"你为什么觉得你杀掉丹尼之后，就能拿到密码呢？"柯蒂斯看了看法国杀手的武器说。

"我们了解过你，西蒙妮。你是九型人格。这是不可避免的。"世界银行家嘲弄着说，"但是我们知道，你一个人是无法把这些点联系起来的。"他轻蔑地微笑着说："我们知道你会给你的旧情人迈克尔打电话，我们也知道他会跑着来。"他的微笑消失了。他停了停，又假笑了一下。

"如果我没有从沙夫豪森把这些文件拿回来——"柯蒂斯说。

"请不要低估这项行动中的计划和计算水平。"克里斯蒂安·贝鲁奇打断柯蒂斯说:"在你出现之前,我们就已经找到了卡萨拉罗先生的文件。"他停了一会儿又接着说:"可惜了你啊,西蒙妮,丹尼的谜语对我们来说太难了。我们解不开。"

"是你把我拉进来的?"柯蒂斯不带感情地问,"你可是我的朋友。"

"拉你进来!"克里斯蒂安怀疑地说,"你真是太看得起我了。我怎么知道迈克尔要找你帮忙?是机会把你拉进来的,柯蒂斯。有时候人不得不承认,人类活动中确实有微小巧合的存在。"

银行家不满足地叹了口气说:"你的确很出色。这个事情并不简单,到处都是阻碍,甚至危及性命,没几个人能幸存。"

"但是,为了计划得以实现,我们也不得不找你帮忙。"迈克尔补充说。

"这是自然!"贝鲁奇欢快地说,"当你在纽约给柯蒂斯打电话的时候,天意就决定了一切。柯蒂斯一参与进来,我就发现我可以一石二鸟了。"

"你这恶心的人!"她尖叫着。

"你要密码干什么,克里斯蒂安?"迈克尔问,"你已经是全世界最富有的人之一了。"

"我想要的不是钱……你还不明白!"他兴奋地高声说,"我要——"

"你想要阻止总统得到这笔钱,然后促成世界经济的崩溃。"迈克尔终于把所有的碎片都拼在了一起。

"正是。"银行家说。

"你觉得摧毁世界,你就能赢了吗?这种灾难性的事件,你还可以弄个概率表出来吗?"特种兵问。

"在高风险的金融和银行业的世界中,柯蒂斯,我们一直都是这样做的。重要的不是发生了什么,是可能发生什么,多重机会,是对抗黑暗而不是欣然接受是打造一个没有混乱的新世界秩序!"

一瞬间,他无人匹敌的气势流露了出来,但是也只是一瞬间。"在一个人的世界中,他像了解其他东西一样了解自己,也许两百五十年前的人会这样说。但是今天,一个人最不了解的就是自己。生物和文化的进化,都不是我们不可避免地朝着更好明天前进的保证。"

"你觉得你这是仁慈地在给我们一个更好的明天吗?"西蒙妮大声说。

"我们可以通过非武力的战斗就打败民主,因为特权阶级知道人们的思想是怎么回事。"

"你陷害了这个世界,让它陷入了崩溃的危险。"迈克尔说。

"我们是在拯救这个世界。"

柯蒂斯慢慢地站起来说:"总统的电话随时都会打来。当政府发现你的替身的真实身份,你们要怎么做。"他一边说一边谨慎地看着这两个敌手。

贝鲁奇摇了摇头说:"我觉得他们发现不了。"

"是吗?那你对法庭科学取证可不是很了解呀。"

"哦?"

"指纹,牙齿记录。"

"我们把这些都弄干净了:拔掉了他的牙齿,烧掉了他的指纹。"

"你的DNA——"

"克里斯蒂安·贝鲁奇的DNA是不存在的。虽然是通过不正当的双重诡计,但是我还是赢了。"

电话响起来,柯蒂斯朝着皮埃尔的方向跨了半步。

"别,柯蒂斯。"银行家不带一丝情绪地说,"你根本不是这个人的对手。接电话,告诉总统,你还没拿到密码。"银行家眨了眨眼,他那双猫眼一样的灰色眼睛好像要把这个特种兵看穿一般。"接电话!"

"如何?"老旧的时钟敲响了午夜的钟声。

"我们还需要些时间,总统先生。"

总统停了一下,深吸了一口气之后说:"我还会打来的。"

没有一丝预兆,西蒙妮朝着贝鲁奇扑了过去,用自己的身体去撞击贝鲁奇的身体,她用手像猫一样把这个她极其厌恶的人的脸挠出了血。子弹从杀手的枪管里飞了出来,一发……两发子弹击中了西蒙妮的胸腔。她弯着身体,但是还不愿意放手。她挠着他的眼睛。

就是现在!柯蒂斯展开身体,像一只豹子一样,沿着对角线穿过房间,朝着法国人冲过去,他双臂像两支攻城锤一样,向前伸展着,追寻着它们的目标。就在他长毛猿一样的右前臂接触到法国人的头部的时候，一声枪响。法国人躬着身体，但是没有倒下。柯蒂斯感觉到自己左边肩胛骨处一阵炙热的疼痛，这发子弹的冲击力使得他向后退了几步，接着喷涌出来的鲜血便沾湿了他的衬衣。法国人稳住了自己的身体。上帝啊，就这样结束了吗？柯蒂斯听见从自己右边的地板上传来了一阵金属落地的声音。

法国人朝着声音传来的方向看去，这时迈克尔手中沉重的花瓶砸中了他的头。杀手摇晃着向后退，他的步伐有些颤抖，但是手里还握着武器。柯蒂斯忘掉了灼热的疼痛，朝着杀手扑了过去，手臂快速向下运动，抓住了杀手的手腕，同时用自己未受伤的一边肩膀去撞他，在皮埃尔失去平衡的瞬间猛地一拉，用力扭动他的手，扭断了他的手腕。现在武器在柯蒂斯手里了。他开了一枪。杀手的头爆开了。接着柯蒂斯转身看着贝鲁奇。

西蒙妮跌倒在地上，最后的一丝力气也用光了，这时一颗子弹击中了银行家的腹部。"迈克尔。"她小声说。

"西蒙妮！"迈克尔感觉自己的灵魂已经碎成了成千上万的碎片。他尖叫起来，含糊不清地只说出了一些细碎的单词。

电话又响了起来。柯蒂斯蹒跚地走了过去。

"拿到密码了吗？"美国总统问，他的声音都在颤抖。

柯蒂斯找到那张纸，急促地念完了上面的数字。

一阵短暂的沉默。"感谢上帝。"总统说。

"不用管贝鲁奇的尸体了，那不是他。"

"什么？"

"他在这儿，他和那个叫皮埃尔的法国人都在这儿。一直以来，幕后主使都是他。"

"克里斯蒂安·贝鲁奇!"总统停了一下接着说,"我马上派特种部队过来。"

柯蒂斯看着迈克尔,他抱着爱人软弱无力的身体,抚摸着她的脸,吻着她的唇。

"西蒙妮·卡萨拉罗受了很严重的伤,总统先生。"

"救援马上就到。医护人员会在四分钟之内到。急救直升机会在这栋楼两百米外的地方等着。"

泪水从柯蒂斯的脸上流了下来。这是快乐与悲伤交织的泪水。

"人类的历史就是痛苦的历史。世界无法补偿你们三人的付出——"

柯蒂斯打断了他说:"你还有事情要做,总统先生。这整个世界都在等待你的领导,等待与它一起屏住呼吸。"柯蒂斯停了一下说:"祝您好运,长官。"

"啊,金波,这故事可真精彩了。简直是好莱坞式的结局。"

"对。谁说只有童话采用大团圆结局的?今晚,在历史上数量最多的听众面前,美国总统将世界从末日的边缘拉了回来。全世界都松了一口气。"

"正如你所说,金波。在波士顿、费城、纽约、芝加哥、西雅图、休斯敦、旧金山、迈阿密,在这伟大的国家数不清的城镇中,当总统命令美国军队撤离的时候,人民都高兴地跳了起来。

"'当乌云笼罩在我们头上的时候,'总统这样说道,'我看

向未来，我看到了怀抱希望的理由，看到了更加安全的金融。全国性的破产已经停止了，情势已经发生了逆转．'

"总统结束演讲时说：'为了这，为了你们的孩子们，我愿以我的财富，我的荣誉，我的生命为之担保．'"

"真是令人难忘的一天啊。可惜他再不能参加竞选了。"

"如果我是国会议员，我一辈子都会选他做总统。英国女王还称他为'她的披着金光闪闪盔甲的骑士。'"

"还有新闻报道，前财政部长，大卫·哈里曼三世今晚被联邦警察逮捕了，罪名是谋杀，谋杀未遂，勾结和违反限制贸易，与他一起被抓的还有前CIA副局长亨利·斯蒂尔顿，高盛集团的副主席詹姆斯·F.泰勒以及国务院高级官员罗伯特·洛维特。虽然细节还很粗糙，但是这绝对是O.J.辛普森谋杀案媒体最关注的焦点。"

"最后，在今天早些时候，岛田亮，日本残忍的天皇军队中的一员，去世了。他前几天才开始出名，因为他在这个震惊的世界面前说出的证词，揭露了'二战'时期最黑暗的秘密，解开了一段残暴的历史。"

"你正在收看的是NBC财经频道晚间新闻。"

"晚安。"

第五十五章

两周后

西蒙妮和迈克尔躲在长条形酒吧尽头的阴影中。一片温柔的灯光穿过低垂的活动百叶窗,在地板上形成了两个黄金色的楼梯。她抬起一只手,伸开手指,享受着玩弄般来回摇曳的阴影,享受着穿过指缝的灯光。

"没有你我怎么办,迈克尔?"她温柔地说。

"你爱我吗?"他斜着脸回应。

西蒙妮低头看着自己的手,身体向后靠在了椅子上。

迈克尔看着昏暗灯光中的西蒙妮。她的眼神有些疲倦,黑眼圈也挂在眼睛下面。但是,对他来说,她还是一如往昔般迷人,也如往昔般脆弱。

她微微一笑,这是迈克尔非常熟悉的西蒙妮式微笑。伦敦,佛罗伦萨,莫斯科。幸福。爱情。他耸了耸肩。在他身体的某个地方,有一种好奇的力量,这种力量遍布了他的全身,推动着他，让他走进了她古怪、莫测又奇妙的世界。他知道……这需要点时间。

柯蒂斯看着吧台，想起了阿布辛贝的那间咖啡馆。那只不过是几年前的事；却完全是另一种生活。他端着他们的酒，走到桌边坐了下来。

"柯蒂斯？"没等他答应，西蒙妮就恳求道，"你不能再多待几天吗？"

他有些走神。海湾，撕裂云朵的阳光，一艘小小的帆船，多浪漫。

"不行，"柯蒂斯说，"真的不行。"

柯蒂斯的眼睛本能地看着迈克尔的双眼，然后又移开，盯着别的东西。迈克尔知道，他的朋友有自己的事情要做。

"你要去哪儿？"西蒙妮问道。

"不知道。"他回答，他也确实是不知道。她向后靠着，看着他的脸。

"真的结束了吗，柯蒂斯？"

"我也不知道。我什么都不知道。"柯蒂斯定定地坐着，一动也不动。"以后再说。"

"谢谢你，谢谢你。"她重复地说着，紧紧地把他抱在胸前。

"这几周过得真是痛苦啊。"

"柯蒂斯，要不我送你去——"迈克尔说。

"不用了，我没事。我坐快车去费城。我已经……好久没有回家了。"

柯蒂斯想起了外面的混乱。这个世界错的东西比对的多。当时只差几分钟，这个世界就要在他们脚下爆炸，把整个世界吸到黑暗的地狱中。这个社会，有钱的人需求要优先于大多数没有钱的人的需求。但是人类和这个星球之间是有联系的。人类必须要实现自己的命运，走上自己唯一的人生道路，才能保证进化和生命的安全。

柯蒂斯的下巴紧绷着，胸腔一阵微痛。

"这就是历史，柯蒂斯。"

"这就是历史。"

西蒙妮举起酒杯，微笑着说："敬你，柯蒂斯。"迈克尔也举起了自己的杯子。

柯蒂斯端起冰冷的酒杯说："敬美丽，真相，敬那些为之而战死的人。"

"敬他们。"

特种兵把酒杯送到嘴边，一饮而尽。